옛날 옛적 어느 마을에
역시 시체가 있었습니다

むかしむかしあるところに、やっぱり死体がありました。

# 옛날 옛적 어느 마을에
# 역시 시체가 있었습니다

아오야기 아이토 지음 ― 이연승 옮김

한스미디어

## 차례

# 죽세공 탐정 이야기

**일본 전래 동화 원작, 『가구야 공주』**

가난한 대나무 장수인 할아버지는 빛나는 대나무 속에서 어린 가구야 공주를 발견한다. 아름답게 자란 가구야 공주는 천황을 비롯해 그 누구의 청혼도 받아들이지 않고 지내다가, 어느 날 할아버지 할머니에게 자신은 달나라로 돌아가야 한다는 비밀을 밝힌다. 결국 하늘의 부름을 받은 가구야 공주는 모두가 슬퍼하는 와중 달로 돌아가고 말았다.

# 이

내 이름은 쓰쓰미 시게나오. 야산에서 베어 온 대나무로 이것저것 만드는 보잘것없는 죽세공인이다.

사는 곳은 야마토국 시야누키라는 마을에서 조금 떨어진 낡은 암자. 강에서 길어 온 물을 마시고 주로 생선과 버섯, 월귤, 그리고 약간의 보리와 좁쌀을 먹는다. 수확이 없을 때는 집에서 된장을 안주 삼아 술을 마시고 거의 잠만 잔다.

시야누키에 사는 녀석들은 나를 괴짜 취급해서 평소에 거의 교류하지 않고, 나도 그런 삶을 좋아한다. 어차피 인생에 도움도 안 될 녀석들과 쓸데없이 말을 섞지 않아도 되니 이 얼마나 멋진 인생인가.

그렇게 남들을 멀리하고 남들도 멀리하는 나에게도 봄 하나만큼은 잘 찾아온다. 암자를 둘러싼 대나무 숲에서 어린 죽순들은 주변 눈치 따위 보지 않고 쑥쑥 자랐다.

'자, 그럼 오늘도 나가 볼까' 하고 엉거주춤 일어섰을 때 갑자기 암자 입구에 쳐둔 멍석이 쓱 걷혔다.

"시게 형님, 일어나셨습니까?"

"뭐야, 야스였군. 이제 막 일하러 나가려던 참이야."

"나가시기 전에 와서 다행입니다. 이거, 보리랑 술입니다."

내게 보따리를 건네며 히죽 웃는 그의 입술 사이로 덧니가 보였다.

아리사카 야스히라. 내 인생에서 가장 별 볼 일 없었던 도읍 생활 때 처음 알게 된 남자다. 나이는 나와 그리 다르지 않을 텐데 어째서인지 수하를 자청하며 낙향하는 나를 졸졸 쫓아왔다. 나와는 다르게 사람을 좋아해 마을 외곽에 세 들어 살며, 내가 만든 대나무 바구니와 소쿠리를 마을에서 먹을 것으로 바꿔서 이렇게 가져다준다. 도읍에서 일하던 시절을 잊지 못하는지 허리춤에는 늘 무용지물인 단도를 차고 다녔다.

"죽순을 따러 가시나요?"

"바보 자식, 이래 봬도 난 죽세공인이야. 도시락통 만들 때 쓸 굵은 대나무가 필요해."

"역시 시게 형님이십니다. 저도 돕겠습니다."

야스히라는 벽에 걸어둔 손도끼를 집어 들고 앞장서서 밖으로 나갔다. 정말 능글맞은 녀석이다.

"이게 어떻습니까?"

집에서 나가 대나무 숲 오르막길을 조금 올랐을 때 야스가 대나무 한 그루를 발견하고 그 위에 손을 얹었다.

"조금 더 굵은 게 좋겠군. 이 정도로는 물통이 고작이야."

"하지만 이보다 굵은 거라면……."

야스가 주변을 두리번거렸다. 사방에 대나무가 널려 있지만 굵은 대나무는 좀처럼 눈에 띄지 않는다. 그러나 죽세공인에게는 원래 끈기가 필요한 법이다.

"응?"

그때 묘한 풍경이 내 눈에 들어왔다. 수상쩍어하며 그쪽으로 다가갔다.

"뭐야, 이건."

야스도 그 대나무를 보며 눈을 휘둥그레 떴다. 굵기는 보통 대나무와 같지만 내 허리쯤에 있는 마디와 마디 사이가 빛나고 있었다.

"이런 대나무는 처음 보네요. 시게 형님, 한번 잘라 보시지요."

나는 야스가 공손히 내민 도끼를 받아 들고 대나무를 비스듬하게 내려쳤다.

"응……? 여자아이?"

잘려나간 대나무 속에서는 엄지손가락 크기만 한 소녀가 생글생글 웃으며 우리를 보고 있었다.

"여기는 어디고 당신은 누구신가요?"

소녀가 물었다.

"여기는 시야누키고 난 쓰쓰미 시게나오야. 평범한 죽세공인이지. 이 녀석은 내 부하인 아리사카 야스히라."

"쓰쓰미 시게나오, 아리사카 야스히라."

소녀는 확인하듯 되풀이하여 읊더니 다시 입을 열었다.

"절 당신 집으로 데려가 주시면 안 될까요? 부탁드려요."

여자가 하는 말을 곧이곧대로 믿거나 들어줘서는 안 된다. 그것은 내가 그 시시한 도읍에서 3년간 살며 얻은 가장 큰 교훈이었다.

"우, 우리 집이라도 괜찮다면……."

그러나 야스는 이미 입을 헤벌쭉 벌리고 있었다. 난 그의 목덜미를 붙잡고 빛나는 대나무에서 대여섯 걸음 떨어진 곳으로 데리고 갔다.

"야스, 너 설마 마쓰카제를 잊은 건 아니겠지? 그 여자 때문에 무슨 봉변을 당했는지 벌써 다 잊었나?"

"아뇨, 잊었을 리 없지요. 그렇게 말씀하시는 시게 형님도 모미지 때문에 마음의 상처를 입지 않았습니까."

그 짜증 나는 이름을 다시 떠올리게 하다니.

"맞아, 그래서 우리는 굳게 다짐했지. 두 번 다시 여자의 부탁 같은 건 들어주지 않겠다고."

"시게 형님, 저 아이가 마쓰카제나 모미지 같은 악녀로 보이십니까?"

대나무 속 소녀는 티격태격하는 우리를 보며 여전히 생글생글 웃고 있다. 몸집은 작지만 빼어난 외모. 아이는 우리의 더럽혀진 과거를 모두 씻어주지 않을까 싶을 정도로 아름다웠다.

"그런데 야스, 여자 복이 없기로는 네가 천하제일 아닌가?"

"그럼 시게 형님네 집에 데려가는 건 어떻습니까?"

야스는 묘안이라도 되는 것처럼 손뼉을 짝 쳤다.

"우리 집에?"

"저런 아이를 이렇게 어두운 대나무 숲에 그냥 내버려 두고 가실 생각인가요? 대나무 숲에는 호랑이도 있다잖습니까. 저런 아이는 한 입 거리도 안 될 겁니다."

내심 '일본에 호랑이 같은 게 있을 성싶으냐'라고 생각했지만 그런 건 아무래도 상관없다. 여자아이를 이대로 두고 가기는 분명 조금 마음에 걸렸다.

"여자아이들은 한번 길을 잘못 들어서면 그 어떤 요괴도 이기지 못할 요력을 익히게 되지요. 시게 형님이 저 아이를 직접 데려가 키워야 합니다. 마쓰카제나 모미지 같은 악녀로 자라지 않을게요."

왠지 감언이설에 속아 넘어가는 것 같지만 그때 나는 이미 머릿속에 아이를 집에 데려가는 내 모습을 그리고 있었다.

결국 집에 갈 때 나는 내 손바닥 위에 앉은 여자아이를 향해 말했다.

"날 시계라고 부르도록. 그리고 이 녀석은 야스."

"네, 시계 님과 야스 님."

"넌 뭐라고 부르면 되지?"

"가구야라고 불러주세요."

소녀는 그렇게 대답했다.


## 02

가구야와 함께 사는 건 생각보다 그리 나쁘지 않았다.

대나무에서 태어난 이상한 여자아이라 그런지 쌀을 한 톨도 먹지 않아도 배고프다는 소리를 하지 않았고, 내가 아침 먹는 모습을 그저 생글생글 웃으며 가만히 지켜보기만 했다. 일하러 갈 때는 내 등에 멘 바구니에 들어가 함께 갔고, 내가 대나무를 베는 모습 역시 조용히 웃으며 바라봤다. 베어온 대나무로 바구니나 소쿠리 따위를 만들 때도 웃는 얼굴을 잃지 않았다. 가구야가 옆에 있는 것만으로 내 마음은 비와호°처럼 평온했다.

그러나 함께 살다 보니 가구야의 이상한 면모들도 점점 눈에 띄기 시작했다. 우선 가구야는 놀라울 만큼 성장이 빨랐다. 집에 온 지 사흘째 되는 날 어느새 키가 내 무릎만큼 자랐고, 이레째에는 허리까지 오더니 열흘째 되는 날에는 평범한 여자아이들과 다름없이 자라서 나이도 열두 살 정도가 됐다. 그리고 그 무렵부터는 당연히 바구니에 들어가지도 못해 함께 걸어서 대나무를 베러 갔다.

"가구야, 넌 왜 그렇게 빨리 자라는 거냐?"

내가 묻자 가구야는 고개를 갸웃거렸다.

"제가 빨리 자란다고요? 오히려 여자라 늦는 것 같은데요. 남자는 더 빠르답니다."

"뭐?"

"남자는 아침이 올 무렵 이 땅의 대나무 속에서 불길과 함께 나타나지요. 그리고 눈 깜짝할 사이에 어른이 되고 이후 자신이 원하는 모습으로 살아갈 수 있답니다."

가구야는 내게 그런 수수께끼 같은 이야기를 들려주더니 왠지 걱정하는 얼굴로 나를 빤히 쳐다봤다.

"왜 그러지?"

---

° 시가현에 있는 일본에서 가장 큰 호수.

"저어……, 시게 님은 아니시지요?"

"아침에 대나무에서 태어났느냐고? 그럴 리 있나."

가구야는 내 말에 대답하지 않고 싱긋 웃었고 나도 그 이상 캐묻지 않았다.

가구야를 집에 데려온 뒤부터 원래 사흘에 한 번꼴로 얼굴을 보이던 야스가 매일같이 우리 집에 찾아왔다. 그때마다 방문을 구실 삼아 음식을 가져오는 바람에 집에 먹을 것이 쓸데없이 잔뜩 쌓였지만 나는 뭐라고 하지 않았다. 야스는 매일매일 성장하는 가구야를 마치 친딸을 대하는 것처럼 귀여워하며 돌봐줬다.

이상한 일은 그 밖에도 있었다.

가구야와 함께 대나무를 베러 간 지 이레째 되는 날, 이번에는 뿌리가 빛나는 대나무를 발견했다. 또 어린 여자아이가 나오면 큰일이라고 걱정하면서도 호기심에 못 이겨 나무를 베어보니 그 안에서는 무려 황금이 튀어나왔다. 그 뒤로도 매일같이 빛나는 대나무가 발견됐고 집에는 황금이 점점 쌓여갔다.

"이 황금을 어떡하실 건가요?"

한번은 야스와 함께 있을 때 가구야가 내게 물었다.

"글쎄, 난 황금 같은 건 딱히 필요 없는데."

"그럼 이 집을 새로 짓는 건 어떨까요? 시게 님처럼 착하고 훌륭한 분은 조금 더 좋은 집에 살면 좋겠어요."

"그거 괜찮네요!" 옆에서 야스도 찬성했다. "실은 저도 오래전부터 생각하고 있었습니다. 이 집은 너무 좁고 지저분하잖습니까."

"난 이 좁고 지저분한 집이 좋은데."

"시게 형님을 위해서가 아니라 가구야를 위해서입니다. 가구야를 조금 더 제대로 된 집에서 살게 해주고 싶지 않으십니까?"

나는 말없이 생글생글 웃고 있는 가구야를 바라봤다. 야스의 말에도 일리가 있다. 결국 난 시야누키에서 실력 있는 목수를 집에 불렀다.

"우리 집을 새로 지어주게."

집을 찾아온 목수에게 그렇게 부탁했을 때 목수의 눈은 나도 야스도 아닌 가구야에게 쏠려 있었다. 그럴 만하다. 겉보기에는 아직 열네 살 소녀지만 가구야는 시야누키를 넘어 도읍에서도 좀처럼 보기 힘든 예쁜 외모를 지녔으니까. 가구야는 무슨 생각인지 몰라도 그런 목수에게 "물 좀 드세요" "힘들지는 않으세요?" 하며 연신 신경을 써줬다.

다음 날 목수는 제자를 무려 다섯 명이나 집에 데려왔다. 그들이 모두 공짜로 일해주겠다고 해서 처음에는 어안이 벙벙해 고개를 갸웃거렸지만, 곰곰이 생각해보니 목적은 뻔했다. 그저 예쁜 가구야를 하루라도 더 보고 싶은 것이다. 그리고 새집이 다 지어질 무렵에는 가구야에 대한 소문이 이미 시야누키에 널리 퍼져 있었다.

완성된 집은 내가 살기에 아까울 정도로 번듯했지만 가구야가 기쁜 듯 보여서 순순히 받아들이기로 했다. 가구야는 심지어 집을 보며 이런 말도 했다.

"시게 님, 야스 님은 저희에게 늘 잘해주시잖아요. 그분께도 집을 지어드리는 게 어떨까요?"

나는 야스에게 가구야의 제안을 전했다. 야스는 구름을 뚫고 갈 기세로 기뻐서 펄쩍 뛰었다.

"실은 제가 집을 새로 지을 거면 여기가 좋겠다고 정해둔 곳이 있습니다."

야스는 나와 가구야를 데리고 대나무 숲을 내려갔다. 나는 평소 집에서 내려가는 길목에 있는 대나무들은 일부러 베지 않는다. 그래서 걸은 지 얼마 안 된 곳에 자란 그것에 대해서는 알지 못했던 것이다.

"이것 참 희한하군."

그 나무는 뿌리부터 사람 배 높이 정도까지는 평범한 대나무지만 그 위가 두 갈래로 나뉘어 있었다. 대나무는 정직한 사람을 빗대기도 할 정도니 뿌리부터 꼭대기까지 곧게 뻗어 있는 게 지금껏 당연하다고 여겼다.

"전 왠지 이 녀석이 마음에 듭니다. 그래서 이걸 집 안에 두고 키우고 싶습니다."

죽세공인으로서의 직업병 때문인지 흥미로운 발상이라

고 느꼈다. 바구니와 소쿠리, 울타리와 창호, 사다리와 붓, 거기에 악기와 무기까지. 지금껏 대나무로 수많은 물건을 만들어오는 동안 집 안에서 대나무가 자라는 집 같은 건 상상해본 적도 없었기 때문이다.

나는 즉시 목수를 수배하고 야스의 집터에서 그 두 갈래 대나무만 남긴 채 주변 대나무들을 닥치는 대로 베고 뿌리 뽑기 시작했다. 가구야가 옆에서 지켜봐서 그런지 대나무 몇 그루의 밑동에서는 황금이 나왔고 그것만으로도 야스의 집을 지을 수 있을 정도였다.

집이 다 지어지기까지 한 달 남짓 걸렸다. 집 입구는 여닫이문으로 안쪽에 타설 자물쇠를 설치했다. 안에서 봤을 때 왼쪽 문에 달린 회전하는 막대를 오른쪽 문에 있는 걸쇠에 내려서 잠그는 구조다. 막대는 성인 남자 팔뚝 굵기의 떡갈나무로 만들어 한 번 채우면 밖에서는 절대 열 수 없었다.

토방에는 최신식 부뚜막과 조리대, 거기에 야스가 어디선가 사 온, 사람 한 명이 쏙 들어갈 만큼 큰 항아리가 있었다. 반면 대청에는 작은 책상과 이불만 놓였다. 벽에는 회반죽을 발랐고 동쪽에는 걸쇠가 달린 덧창문, 서쪽에는 채광을 위한 작은 창이 있었다.

넓지는 않아도 남자 혼자 살기에 충분한 집이었다. 그리고 이 집의 특징은 뭐니 뭐니 해도 안쪽에 작게 딸린, 움푹 들어간 공간이다. 마치 그곳만 바닥을 깎아낸 것처럼 마루가 없고 땅에서 두 갈래 대나무가 의기양양하게 자라고 있었다. 천장에도 대나무를 위해 구멍을 뚫었는데 비가 내려도 집 안으로 들이치지 않게 설계했다.

"훌륭한 집이잖아."

"정말 근사해요."

"헤헤, 이게 다 시게 형님과 가구야 덕분입니다."

야스는 쑥스러운 듯 고개를 숙이고 나에게 말했다.

"실은 이 집을 마을 사람들에게도 보여주고 싶은데, 그때 가구야의 성인식도 같이 여는 게 어떨까요?"

가구야의 성인식. 그러려면 가구야에게 주름치마를 입히고 갈래머리도 한데 모아 뒤로 늘어뜨려 치장해줘야 한다. 실제로도 가구야는 이미 열여섯 살 정도 되어 보이니 슬슬 성인식을 해줘야겠다고 나도 얼마 전부터 생각하고 있었다.

돌이켜보면 묘한 일이다. 두 번 다시 여자들과 엮이지 않겠다 다짐하고 도읍을 떠난 내가 결혼도 하지 않은 상태에서 한 여자아이의 아버지가 되다니. 야스도 아마 나와 비슷한 심정이었을 것이다.

"아아, 그래. 좋은 생각이군."

"하지만 정말 하게 된다면……."

머뭇거리는 야스의 표정이 무엇을 의미하는지 난 알고

있었다. 야스는 성인식을 할 거면 이웃 마을의 세도가들까지 불러 성대한 잔치를 열고 싶은 것이다. 고작 셋이서 치르는 성인식은 적적하기 그지없을 것이고 그걸 떠나 가구야에게도 미안한 일이다. 하지만 나는 인간들에게 진절머리가 난 사람이다. 그렇게 많은 이들을 집에 불러야 하는 상황을 내가 싫어할 것 같아 눈치를 보는 듯했다.

"그래, 집에 사람들을 부르도록 하지. 대신 자네가 직접 불러와."

"그래도 됩니까?"

야스의 표정이 환해졌다.

"모처럼 그런 의식까지 치르는데 도읍에서 콧대 높은 사내들을 불러서 가구야의 미모를 보여주는 것도 좋겠지."

그러자 가구야도 마음이 내키는지 싱긋 웃었다.

우리는 행복했다. 그때만 해도 그런 비극이 우리를 기다리고 있을 줄 꿈에도 몰랐다.


## 03

그날 손님들은 먼저 야스의 집을 찾았다. 시야누키 마을 사람들은 근사한 건물을 보며 감탄했지만 도읍에서 온 귀족 남자들은 반응이 영 시큰둥했다. 두 갈래로 뻗은 대나무는 진귀한 구경거리였지만, 집 자체가 그리 넓지 않아서 그런지 그들은 좁은 집에서 살아가야 할 야스를 동정하는 것처럼 보였다.

그러나 우리 집에서 열린 가구야의 성인식 때는 그런 귀족들마저 술렁이기 시작했다.

주름치마를 입고 머리를 빗어 올린 가구야가 이 세상 사람으로는 보이지 않을 만큼 아름다웠기 때문이다.

실제로 가구야 주변에서는 신비로운 빛이 일렁이는 것 같았다. 내 얼굴을 힐끗 보고 부끄러운 것처럼 미소 짓는 가구야를 보며 나 역시 심장이 터질 뻔했다.

거기에 지금껏 사람들이 모이는 연회 같은 건 질색이었던 나도 술이 들어가서 그런지 기분이 잔뜩 달아올랐다. 귀족들이 입을 모아 "따님이 참 아름답네요" 하고 연신 추켜세워 주는 것도 흡족했다. 나이 서른 줄에 독신인 내게 가구야 같은 딸이 있는 게 수상쩍겠지만, 내 심기를 건드렸다가는 연회에서 쫓겨날 수도 있다고 걱정했는지 아무도 그에 대해서는 언급하지 않았다.

어느덧 밤이 깊었는데도 집에 가려는 사람이 없었다. 그러는 동안 술기운이 올라 대범해졌는지 곰처럼 덩치가 크고 털 많은 남자가 느닷없이 내게 다가와 "가구야 님께 첫눈에 반했습니다. 가구야 님과 결혼할 수 있게 해주십시오!"라고 해서 나는 몹시 당황했다.

"잠깐!"

"치사하게 선수를 치다니, 그게 상식이 있는 자가 할 짓인가!"

"신분과 힘이 있어도 재물이 없다면 행복할 수 없지요."

곰 같은 남자를 뒤따라 다른 젊은이 세 명도 몰려왔다. 그들의 무례하기 짝이 없는 태도에 나는 오랜만에 발끈하고 말았다.

"시끄러워!"

그렇게 호통치고 벽에 세워둔 죽봉을 들어 바닥을 탁탁 내려치자 그제야 네 젊은이가 조용해졌다.

"가구야는 내 귀한 딸이야. 오늘 처음 만난 시커먼 놈들에게 그렇게 쉽게 내줄성싶은가!"

"시게 님 말씀이 맞아요."

가구야가 조용히 옆에서 나를 거들었다.

"저는 여러분과 결혼할 수 없습니다."

"똑똑히 들었지? 썩 꺼져!"

나는 억지로 연회를 끝내고 네 젊은이뿐만 아니라 다른 손님도 모조리 내쫓았다.

그러나 이들은 포기하지 않았다.

다음 날 내가 평소처럼 가구야와 대나무를 베러 가는데 어제 연회에 온, 긴 머리의 젊은 남자가 문 앞에 서서 가구야에게 작은 꾸러미를 내밀었다.

"안녕하십니까."

고개를 비스듬히 기울이고 이를 보이며 환하게 웃는 그는 도읍에 사는 귀족의 아들로, 이름이 이시즈쿠리노 미코라고 했다. 남자인 내 눈으로 봐도 만 명에 한 명 있을까 말까 한 미남이었다.

"가구야 님을 떠올리며 제가 조합한 향입니다. 부디 받아주십시오."

"이러시면 곤란해요."

가구야는 거부했지만 이시즈쿠리는 안색 하나 바뀌지 않고 하핫 하고 웃었다.

"그야 곤란하시겠지요. 이토록 아름다운 얼굴을 가진 남자가 다가오는 상황이 말입니다. 도읍의 여자들도 모두 마찬가지였습니다. 저처럼 얼굴이 아름다우면 그저 거리를 거닐기만 해도 여자들 쪽에서 먼저 다가오니까요. 저에게 이렇게 향 같은 걸 선물 받기라도 하면 아마 평범한 여자는 당장 다리가 풀려 까무러칠 것입니다. 그런 제가 허다한 여자들을 물리치고 당신을 아내로 맞이하고 싶다고 청하고 있습니다. 하물며 저와 당신 사이에서는 얼마나 어여쁜 아이가 태어날까요. 어찌 구애를 거절할 수 있겠습니까."

자기 외모에 대한 지나친 자신감 때문에 듣기만 해도 신물이 넘어오는 청혼이었다. 바로 그때였다.

"고개를 들어~ 초승달을 바라보면~ 처음 만난 그녀의~

눈썹이 떠오르네~."

카랑카랑한 목소리가 들리더니 바로 옆 덤불에서 뱁새 눈에 얼굴이 갸름한 남자가 단풍무늬 부채를 탁탁 두드리며 나타났다.

"아이고, 이거 죄송합니다. 저도 모르게 만엽집万葉集 속 사랑 노래를 읊고 말았군요. 저 정도 되는 수재는 사랑에 빠졌을 때도 이토록 마르지 않는 샘물처럼 지성이 흘러넘치니 곤란할 따름입니다."

구라모치노 미코. 그는 이시즈쿠리와 비슷할 정도의 명문가 귀족 아들로 이미 궁중의 요직에 있다. 어릴 때부터 신동 소리를 들은 수재라 불과 열두 살의 나이에 정사에 관여하게 됐다.

"가구야 님, 부디 이렇게 허울뿐인 남자는 멀리하십시오. 당신과 저 사이에서는 아주 영리한 아이가 태어나겠지요. 인간은 원래 머리가 똑똑해야 행복해지는 법입니다. 가구야 님께 조금이라도 남자 보는 눈이 있다면 누구를 남편으로 삼아야 할지 이미 명백하지 않습니까?"

말 한마디 한마디가 아니꼽기 그지없는 녀석이다.

내가 호통을 쳐서 두 사람을 모두 쫓아내려던 바로 그때였다.

"아무리 그러셔도 전 시집갈 마음이 없어요."

가구야가 강한 어조로 잘라 말하자 두 남자는 대번에

주춤했고, 나와 가구야는 그런 그들을 놓아둔 채 대나무 숲으로 들어갔다.

그런데 이건 또 어찌 된 일일까. 숲속 탁 트인 곳에 양탄자를 깔고 옆에는 다섯 명의 종자를 거느린 채 번쩍이는 의자에 앉아 비파를 땅땅거리며 연주하는 남자가 보였다. 뒤에는 유리가 들어간 멋들어진 가마도 있었다.

"기분 좋아 보이시는군요. 장인 어르신, 그리고 가구야 아가씨."

얼굴이 떡같이 퉁퉁한 이 남자는 우대신右大臣인 아베노 미무라지다. 상당한 재력가로 난바와 기비, 이와키에 별택까지 가지고 있다. 생전 처음 보는, 번쩍번쩍한 자수가 박힌 일곱 색의 사냥 옷을 입었고 치아에는 모조리 금박을 씌웠다. 악취미라는 단어밖에 떠오르지 않는 남자였다.

"자네는 거기서 뭐 하고 있나?"

내가 그렇게 묻자 아베는 또다시 비파를 땅땅 퉁기더니 "뭘 하긴요" 하고 웃어 보였다.

"우리 아내를 데리러 왔지요. 자, 가구야 아가씨, 이 가마에 오르십시오. 세상에 둘도 없는 대저택에서 달콤한 신혼 생활을 시작하시는 겁니다."

"싫어요. 가요, 시게 님."

"어, 어째서입니까? 저는 이렇게나 돈이 많은데."

가구야는 주머니에서 짤랑짤랑 황금을 꺼내 바닥에 흩

뿌리는 아베를 거들떠보지도 않고 대나무 숲을 걸어갔다. 아베의 모습이 보이지 않자 나는 평소처럼 대나무를 베기 시작했지만 얼마 안 되어 또다시 방해꾼이 나타났다.

"여어! 이런 곳에 계셨군요!"

우레처럼 걸걸한 목소리가 들리더니 나와 가구야 앞에 뭔지 모를 검은색 덩어리가 털썩 떨어졌다. 멧돼지다. 그 뒤에 선 사람은 오토모노 미유키. 어젯밤 가구야에게 가장 먼저 청혼했던, 곰처럼 털이 북슬북슬한 거한이었다.

"오늘 아침 제 영지의 산에서 잡아 온 녀석입니다. 전 사냥이 취미라 저와 결혼하시면 매일 맛 좋은 멧돼지와 사슴 고기를 마음껏 드실 수 있지요. 기이 지역에 있는 별장에서는 낚시도 할 수 있습니다."

그는 크하하 하고 호쾌하게 웃었다. 이래 봬도 이 녀석은 대납언大納言이라는 조정의 요직에 있다. 머릿속에 정치와 학문, 시가만 가득한 귀족이 되지 않겠다며 스스로 산과 바다에 가서 몸을 단련했다고 틈만 나면 자랑하는 거칠고 시끄러운 남자다. 비리비리해 보이는 다른 세 명과 비교하면 조금 나은 것 같기도 하지만 땀 냄새가 지독하다. 가구야는 이 남자나 멧돼지에 전혀 매력을 느끼지 못하는 듯했다.

"전 누구와도 결혼할 수 없습니다. 오늘은 이만 돌아가요, 시게 님."

가구야는 그렇게 말하고 내 손을 잡아끌었다. 돌아보니 오토모 녀석이 아쉬운 얼굴로 우리를 바라보고 있다. 어쨌든 이로써 어젯밤 청혼한 네 남자가 모두 나타난 셈이었다.

그러나 생각지도 못한 또 한 사람이 우리를 기다리고 있었다.

"아……, 저어!"

덤불 뒤에서 불쑥 튀어나온 그 녀석은 느닷없이 가구야 앞에 무릎을 꿇고 두 손으로 뭔가를 내밀었다. 하얗고 둥근 돌이었다.

"가구야 아가씨, 저, 저, 저는 신분이 비천하고 재산도 없을 뿐 아니라 평생을 공부해도 중납언中納言밖에 되지 못한 보잘것없는 남자입니다. 그, 그, 그래도 가구야 님을 사모하는 마음 하나만큼은 그 누구에게도 지지 않습니다. 저, 저와 제, 제발, 겨, 겨, 결혼해주세요!"

옆에서 들어도 닭살이 돋을 만큼 촌스러운 말을 내뱉는 이 남자는 이소노카미노 마로타리다. 야스의 어린 시절 친구로, 야스가 시야누키로 이사 온 뒤에도 가끔 만나 우정을 다진다고 했다. 야스의 초대로 어젯밤 연회에 참가했고 그 자리에서 가구야에게 청혼은 하지 않았지만, 뒤에서 남몰래 그녀를 흠모하고 있었을 것이다.

제 입으로 말했듯이 귀족이지만 다른 네 명보다는 신분이 낮다. 외모 또한 키가 작고 깡마른 몸에 희멀건 얼굴이 꼭 못난 올챙이 같아서 빈말로도 잘생겼다고 하기는 어려웠다.

"이건 뭐지요?"

가구야는 이소노카미의 손에 담긴 그것을 수상쩍은 듯이 내려다봤다.

"풍이 벌레 모양 돌입니다. 풍이와 꼭 닮았지요?"

"아, 네……."

"저, 저는 어릴 때부터 고, 곤충을 좋아했습니다. 이건 후쿠하라의 지방관을 맡았던 저, 저희 아버지가 발견해 가, 가져다주신 저의 보, 보물입니다. 부, 부디 제 진심을 받아주십시오."

얼굴이 벌겋게 달아올라 호소하는 남자는 조금 특이하기는 해도 적어도 다른 네 남자보다 성실해 보였다. 가구야도 비슷한 생각인지 그가 내민 돌을 지그시 바라봤다.

그때 이소노카미의 가슴께에서 진짜 풍이 두 마리가 스멀스멀 기어 나왔다.

"앗, 이 녀석."

이소노카미는 황급히 벌레를 다시 옷 속에 집어넣었다. 아무래도 그가 직접 기르는 풍이인 듯했다.

"이소노카미 님, 안타깝지만 전 당신과 결혼할 수 없습니다."

그 말을 끝으로 가구야는 풍이 벌레 돌을 이소노카미에

게 돌려주고 나를 재촉하며 걷기 시작했다.

"너무 아름다워도 문제네요."

가구야가 그렇게 중얼거리는 말을 듣고 나는 흠칫 놀랐다. 지금껏 가구야의 입에서 이런 교만한 말을 들어본 적이 없었기 때문이다. 그러나 성인식 때 치장한 모습을 보며 가구야 역시 자신의 아름다움을 인식했을 거라고 생각하기로 했다.


그 후, 우리는 집에 찾아온 야스와 함께 점심을 먹었다.

"그런가요? 이소노카미 녀석이."

야스는 하하 웃음을 터뜨렸다.

"요즘 좀 이상하긴 했습니다. 무슨 말을 해도 건성으로 답하고 어린 시절 이야기를 꺼내면 그런 오래전 일 따위 잊어버렸다며 분위기를 깨더군요. 참, 녀석이 기르는 풍이는 보셨습니까?"

"그래, 봤지."

"얼마 전만 해도 한 마리만 애지중지 키웠습니다. 그런데 요즘 들어 갑자기 여러 마리를 옷 속에 품고 다니더군요."

곤충을 사랑하는 남자라니 역시 특이하다.

"그 녀석 어머님도 이제는 연세가 많아서 얼른 가정을 꾸리고 싶어 하는 건 분명합니다. 그런데 녀석이 다른 여자도 아닌 가구야 같은 절세 미녀에게 청혼할 줄이야. 다들 어른이 되어가는군요."

옛날을 그리워하듯 천장을 올려다보는 야스의 모습에서 두 사람이 정말 죽마고우인 것이 느껴졌다.

"넌 그 녀석과 가구야가 맺어지기를 바라나?"

"뭐 그런 마음이 아예 없지는 않지만, 가구야에게 의향이 없다면 어쩔 수 없지요."

가구야는 눈살을 찌푸리고 있었다. 풍이를 기르는 남자 따위 취향이 아니라고 주장하는 듯하지만 뭔가 골똘히 다른 생각에 잠긴 것처럼 보이기도 했다.

"가구야, 성인식도 끝났으니 넌 이제 어엿한 어른이다. 슬슬 시집을 가도 되지 않겠니? 결혼 적령기의 남녀가 결혼해 가문을 발전시키는 게 바로 이 세상 인간들의 도리지."

그러자 야스가 웃음을 풋 터뜨렸다.

"다른 사람도 아닌 형님이 그런 말씀을 하실 줄이야."

여자에게 넌더리가 나서 평생 독신을 다짐한 내가 이런 말을 하는 게 우스운 듯 보였다.

"나 역시 내 입으로 말하고도 엉덩이가 근질근질해. 하지만 이것도 다 가구야가 평범한 사람들처럼 행복해지기를 바라니 이러는 거 아니겠나. 가구야, 이소노카미와 결혼하라고 강요하는 건 절대 아니다. 다른 녀석들도 이것저것 거슬리는 게 있지만 모두 귀족이지. 조건은 나쁘지 않아."

"……알겠어요."

가구야가 대답했다.

"다만 저에게 깊은 애정을 쏟아주시는 분이 아니면 저도 싫으니 애정의 깊이를 시험해보고 싶습니다."

"애정의 깊이?"

나와 야스는 동시에 고개를 갸웃했다.

"제가 '원하는 물건'을 가져다주시는 분과는 결혼을 고려해볼 수도 있겠지요."


다음 날, 나는 다섯 명의 청혼자를 모두 집에 불렀다. 가구야는 안방에 두고 다섯 명과 얼굴을 마주치지 않게 했다.

"오늘 자네들을 이 자리에 부른 건 청혼 문제 때문일세. 가구야는 자신이 '원하는 물건'을 가져다준 사람과는 결혼을 고려해보겠다고 하더군."

내 말을 듣고 다섯 명의 입에서 환호가 터졌다. 그러나 잠시 후 이시즈쿠리가 의아한 듯이 물었다.

"그런데 그 '원하는 물건'이 대체 뭡니까?"

"대단히 희귀해서 구하기 어려운 물건들이지. 자네들은 각자 다른 물건을 가져와야 해."

나는 무릎 위에 둔 종이를 들어서 읽기 시작했다.

"이시즈쿠리노 미코. 자네는 부처의 바리때를 가져오게."

"부처의, 바리때?"

이시즈쿠리가 눈을 끔뻑이며 되물었다.

"부처님이 쓴 것으로 전해지는 밝게 빛나는 그릇인데, 그걸 가진 사람은 자신이 머릿속으로 떠올린 광경을 어디든 그대로 비출 수 있다더군. 천축(인도)에 있다고 하네."

"처, 천축!"

이시즈쿠리는 당장에라도 뒷목이라도 붙잡을 것처럼 표정이 구겨졌다. 잘생긴 얼굴도 소용없다. 나는 개의치 않고 말을 이어갔다.

"구라모치노 미코. 자네는 봉래산에 있다는 옥 가지를 가져오게."

"그건 또 뭡니까?"

똑똑한 머리를 자부하는 남자가 그런 건 들어본 적도 없다는 듯이 얼굴을 찌푸렸다.

"동쪽 바다의 봉래산에 뿌리가 은이고 줄기가 금이며 흰 구슬을 열매로 맺는 식물이 있다더군. 그 가지를 문지르면 자유자재로 길이가 늘어난다고 해. 그걸 한 대 가져오는 거야."

구라모치는 입을 반쯤 벌린 채 넋이 나간 듯했다.

"다음으로 아베노 미무라지. 자네는 불쥐의 털옷을 가져오게."

"불쥐의 털옷이라······. 처음 듣는 물건이군요."

"당나라(중국)에 있다는 불쥐라는 짐승의 가죽일세. 그걸 몸에 걸치면 어떤 업화 속에서도 머리카락 한 올 타지 않고 불 속을 걸을 수 있다더군."

"얼마를 주면 구할 수 있을까요?"

"내가 알 리 있나."

나는 짜증 섞어 대답하고 다음 상대에게 얼굴을 향했다.

"오토모노 미유키. 자네는 우루마국(오키나와) 바다에 산다는 용의 여의주를 가져오게. 살짝 문지르면 집 안에 들어갈 정도의 작은 회오리바람을, 세게 문지르면 마을을 통째로 날려버릴 정도의 거대한 회오리바람을 일으키는 물건이라더군."

"호오!"

그는 다른 세 사람과는 다른 반응을 보였다.

"그러지 않아도 언젠가 용을 한번 사냥해보고 싶었습니다. 용의 여의주를 소망하시다니, 역시 가구야 아가씨답군요. 이 오토모, 반드시 우루마에서 여의주를 가져와 바치겠습니다."

그럴싸하게 호언장담하는 기세가 대단하다. 다음으로 마지막 청혼자에게 고개를 향했다.

"이소노카미노 마로타리. 자네는 제비의 자안패를 가져오게."

"그, 그, 그게, 뭐……."

이소노카미는 옆에서 용 사냥의 투지를 불태우며 "우오

오!" 하고 괴성을 지르는 오토모를 보고 움찔거리며 물었다.

"에미시*보다 더 북쪽(기타도호쿠 지역)의 해안가 절벽에 사는 제비가 둥지에 보관한다는 작은 조개지. 제비들에게는 순산의 부적이라고 하는데, 인간이 가지고 있으면 동물과 대화할 수 있는 신비한 물건이라고 하네."

"아, 예……."

"자, 다섯 명 모두 잘 들었나? 내년 8월 보름날 다시 이 집에 모이게. 그때 가구야가 '원하는 물건'을 구해 온 자를 가구야의 남편으로 인정하지!"

어제 가구야에게 듣기 전까지만 해도 나도 전혀 몰랐던 기이한 물건들이니 쉽게 구해 올 수는 없을 것이다. 솔직히 마음에 쏙 드는 녀석은 없지만 내 여자를 위해 수고를 마다하지 않는 남자라면 가구야를 행복하게 해줄 수도 있을 거라고 생각했다.


## 04

눈 깜짝할 사이에 8월이 찾아왔다. 다섯 명의 청혼자가 집을 다시 찾기 전날인 14일 밤 나는 큰방에서 가구야, 야

● 홋카이도의 옛 이름.

스와 셋이 모여 대화를 나눴다.

"이시즈쿠리노 미코, 구라모치노 미코, 아베노 미무라지 이 세 사람은 이미 시야누키에 돌아왔습니다. 이시즈쿠리는 의원의 집, 구라모치는 기도사의 집, 아베는 마을 거상인 쓰즈키의 집에 묵고 있다고 합니다."

여전히 대나무로 만든 물건들을 갖다 파는 야스는 오늘도 마을에 가서 정보를 수집하다가 실제로 세 사람을 직접 만났다고 했다.

"그런데 그 세 명은 역시 못쓰겠더군요. 저한테 뇌물을 쥐여주려고 했습니다."

"뭐? 뇌물?"

"네, 자신이 선택될 게 틀림없지만 만에 하나 가구야나 시게 형님이 옆에서 난색을 표하면 잘 구슬려달라고 하더군요. 그 심보가 마음에 들지 않아 호통을 쳐줬지요."

"잠깐만, 세 사람이 다 자기가 선택될 거라 했다고? 그럼 그들 모두 '원하는 물건'을 가져왔다는 말인가?"

"잘 모르겠지만 아마 그렇지 않을까요?"

설마 그럴 리가. 부처의 바리때, 봉래산의 옥 가지, 불쥐의 털옷. 그런 물건들을 정말 손에 넣었다는 걸까.

"한 번 더 마을에 다녀오겠습니다. 다른 두 사람도 왔을 수 있으니까요."

그렇게 말하고 야스는 내 대답도 듣지 않고 뛰쳐나갔다.

"가구야."

나는 옆에 있는 가구야에게 입을 열었다.

"만약 네가 원하는 물건을 가져온 녀석이 두 명 이상이 라면 그때는 어쩔 생각이냐?"

가구야는 내 말을 들었는지 못 들었는지 멍하니 허공을 쳐다보기만 했다.

"이봐, 가구야."

"아……, 네?"

가구야가 황급히 내 쪽을 돌아봤다. 요즘 들어 가구야 의 모습이 왠지 이상했다. 밤이 되면 달을 올려다보며 우 두커니 생각에 잠겨 있을 때가 많았다. 청혼을 단칼에 거 절했으니 사랑에 빠진 건 아닐 것이다.

"요즘 들어 무슨 생각을 그렇게 하지?"

"아뇨, 아무것도 아니에요."

"그런가……."

'달을 보는 걸 보면 혹시……' 하고 짚이는 부분은 있었 지만 나는 원래 그런 걸 꼬치꼬치 캐묻는 성격이 아니다. 말하고 싶어지면 자연히 가구야가 먼저 털어놓을 거라고 생각했다.

이윽고 밤이 깊어 우리는 잠자리에 들었다.


"시게 님, 시게 님."

"응? 무슨 일이지?"

가구야가 몸을 흔드는 바람에 눈을 떴다. 아침이기는 해도 일어나기에는 아직 이른 시간이다.

"왠지 타는 냄새가 나는 것 같아서 현관에 나가보니, 야스 님의 집이……."

가구야의 얼굴이 하얗게 질려 있었다.

나는 벌떡 일어나 현관으로 달려갔다. 야스의 집은 우리 집보다 약간 아래쪽에 있다. 문을 여니 대나무 숲 너머의 아침 햇살 사이로 주홍색 빛과 연기가 보였다.

"야스!"

나는 죽봉을 들고 재빨리 뛰쳐나갔다.

야스의 집은 불길에 휩싸여 있었다. 회반죽으로 다진 벽과 문, 기와지붕은 아직 무사했지만, 동쪽의 닫힌 덧문 틈새로 검은 연기가 자욱이 피어오르는 모습은 꼭 예전에 도읍에서 본 지옥도를 연상케 했다. 즉시 입구 여닫이문을 열려 했지만 철제 손잡이가 뜨겁게 달아올라서 도저히 붙잡을 수 없었다. 손잡이에 죽봉을 넣어 당겨봐도 꼼짝하지 않았다.

"열리지 않나요?"

어느새 뒤따라온 가구야가 걱정하듯 물었다.

"그래, 문이 잠겨 있어."

"그 말은 곧 지금 야스 님이 이 안에……."

가구야는 당장에라도 울음을 터뜨릴 것 같은 얼굴이다. 이 집에서 사람이 드나들 문은 이것밖에 없다. 분명 야스가 안쪽에서 자물쇠를 채운 것이다.

"야스!"

나는 그렇게 외치며 동쪽 덧문으로 향했다. '입구가 열리지 않는다면 이 덧문을 부수고 들어갈 수밖에'라고 생각한 순간, 덧문이 펑 하고 내 쪽을 향해 떨어졌다. 안쪽에는 걸쇠가 걸려 있었던 것 같다. 창문에서 불길이 활활 피어올랐다.

"사다리를 가져오마."

그렇게 말하고 집에 돌아가려는 나를 가구야가 손을 붙들어 멈춰 세웠다.

"사다리로 무얼 하시게요?"

"이 창문으로 들어가 야스를 구해야지."

"안 돼요. 그러다 타 죽어요."

"그럼 어떡해야 한다는 거야?"

버럭 소리치는 내 얼굴이 무서웠는지 가구야가 주춤했다. 그러더니 아주 잠깐 슬픈 표정을 짓고 갑자기 "제게 맡겨주세요"라고 했다.

"뭐?"

"사실 시게 님 앞에서는 보이고 싶지 않았습니다만."

가구야는 불타는 야스의 집을 바라보며 두 손을 하늘

높이 치켜들더니 뭔가를 중얼중얼 외기 시작했다. 그러자 주변에 있는 대나무가 버스럭거리고 어디선가 먹구름이 몰려왔다.

"가구야, 너……."

내가 중얼거리고 있을 때 머리 위로 물방울이 뚝 떨어졌고 얼마 안 되어서 폭우가 쏟아졌다.

구름을 자유자재로 부릴 수 있다니. 외모는 아름다운 인간 여자처럼 보이지만 가구야는 역시 기이한 세계에서 온 존재인 듯했다.

가구야가 부른 먹구름이 어안이 벙벙해진 내 앞에서 창문을 지나 집 안에 들어갔다. 그리고 쏴 하는 소리와 함께 불길이 잦아들더니 이내 불이 꺼졌다.

나는 사다리를 가져와 창문을 통해서 집 안으로 들어갔다. 불은 꺼졌지만 희뿌연 연기가 가득 차 아무것도 보이지 않았다. 출입문으로 다가가자 막대 자물쇠가 받침쇠에 단단히 고정된 것이 보였다. 그 자물쇠를 풀고 문을 여니 비로소 연기가 집 밖으로 나가 내부 모습이 눈에 들어왔다.

하얗던 벽과 반짝반짝 잘 닦아 놓던 바닥이 처참하게 그을려 있었다. 두 갈래 대나무도 불탔고 현관 옆 항아리는 검게 변했다. 그리고 방 한가운데에는 남자 한 명이 천장을 바라본 자세로 쓰러져 있다. 옷이 불탄 걸 보니 온몸에 화상을 입은 게 분명해 보였다.

"야스……."

인간을 멀리하며 살아온 나의 한 명밖에 없는 친구는 그렇게 세상을 떠났다.


## 05

"맙소사! 아리사카 님이!"

구라모치노 미코가 새된 목소리로 외치고 눈을 크게 떴다.

"이런, 이런…… 무시무시한 일이군요."

단풍무늬 부채를 입가에 갖다 대고 깊숙이 고개를 숙이는 모습이 꼭 연기하는 것처럼 보여 내 화를 돋웠다.

가구야를 집에 돌려보내고 나는 혼자 시야누키 마을로 내려갔다. 야스가 말한 기도사의 집에 가서 덧문을 힘껏 두드려 하인을 깨우고 지금 당장 구라모치노 미코를 만나게 해달라며 고래고래 고함쳤다. 서슬 퍼런 내 모습을 보며 그는 뭔가 위급한 상황이라고 깨달았는지 군말 없이 구라모치를 불러줬다.

"야스는 누군가에게 살해됐어."

솟구치는 분노를 억누르며 나 자신도 의외일 만큼 침착한 목소리로 구라모치에게 사태의 전말을 설명했다.

"설마, 그저 불 단속을 허술히 하신 게 아닐까요."

"아니, 야스의 가슴에는 뭔가에 찔린 상처가 있었어."

야스를 발견한 후, 나는 슬픔과 혼란 속에서도 시신과 그 주변을 확인했다. 시신 옆에는 야스가 늘 차고 다니던 단도가 떨어져 있었다. 그래서 다시 한번 시신을 확인했을 때 가슴에 난 상처를 발견한 것이다.

"그럼 범인이 아리사카 님을 칼로 찌른 후, 집에 불을 지르고 도망쳤다는 말씀이시군요."

"그래, 그런데 당시 집 입구는 안쪽에서 잠겨 있었지. 덧문도 안쪽에서 걸쇠가 채워져 있었네. 채광창에는 자물쇠가 없지만 크기가 작아 사람이 드나드는 건 불가능해."

"호오."

구라모치는 오이처럼 길쭉한 턱에 접힌 부채를 갖다 댔다. 얄밉게도 표정이 왠지 즐거워 보였다.

"자네는 야스에게 원한이 있었지."

"원한이라니요?"

"어제 낮에 야스에게 뇌물을 건네려 했지만 정의로운 야스는 그걸 받지 않았어. 그 태도가 마음에 안 들지 않았을까."

"그 무슨 엉뚱한 말씀을." 구라모치가 부채를 휙휙 휘둘렀다. "그건 뇌물 같은 게 아니라 그냥 성의 표시였습니다. 받기를 거부하셔서 저도 곧장 마음을 접었지요. 그런데 제가 아리사카 님을 죽였다고 생각하실 줄이야. 저는 이 일본이 건국된 이래 가장 이름난 수재입니다. 불과 열 살 때 『만엽집』과 『회풍조』를 모두 암기해 폐하께서 저를 직접 만나고 싶다고 하신 적도 있을 정도입니다."

그는 한바탕 자랑을 늘어놓더니 헛기침을 크흠 하고 빙그레 미소 지었다.

"그리고 아리사카 님이 아무리 두 분께 제 악담을 한다 해도 가구야 님이 제 아내가 되는 건 이미 정해진 수순이나 마찬가지입니다. 봉래의 옥 가지가 제 손에 있으니까요."

그렇게 말하고 그는 방 안쪽에 있는 짐보따리 쪽을 돌아봤다. 나도 친구를 잃은 분한 마음을 억누르고 일단 그 보따리를 봤다.

"……정말 가져왔나?"

"물론이지요. 고생이 이만저만 아니었지만 제 오랜 지식과 천부적인 기지 덕에 무사히 돌아올 수 있었습니다. 지금부터 그 이야기를 해드릴까요?"

진저리가 났다.

그런 내 표정을 읽었는지 구라모치는 얼른 화제를 바꿨다.

"그런데 어제저녁 거리를 걷다가 아베노 미무라지를 만났는데, 그도 떡 같은 얼굴로 만족스럽게 웃으며 '불쥐의 털옷을 손에 넣었다'라고 하더군요."

깜짝 놀랐다. 가구야의 무리한 요구를 구라모치뿐만 아니라 아베까지 이뤄냈다는 말인가.

그때 구라모치가 느닷없이 딱따구리처럼 "아아!"하고 소리쳤다.

"쓰쓰미 님! 불탄 아리사카 님 집 안에는 큰 항아리가 있었지요?"

"그래, 있었네만 그게 뭐 문제라도?"

"아리사카 님의 시신을 발견했을 때 그 안을 확인하셨습니까?"

"뭐? 그 안을 왜 확인하나?"

"분명 그 안에 있었던 겁니다. 아베노 미무라지 녀석이!"

무슨 말을 하는가 했더니. 나는 구라모치의 머리를 한 대 쥐어박을 뻔했다.

"가구야가 비를 불러 불을 끄기 전까지 그 집은 활활 타오르고 있었네. 항아리 안에 있었다고 해서 무사하겠나? 말 그대로 구운 떡이 됐겠지."

"아베에게는 불쥐의 털옷이 있습니다."

순간 흠칫 놀랐다.

"그런가. 불쥐의 털옷을 입고 있었다면 *그 어떤 업화 속에서도 무사할 수 있었겠군.*"

"그렇습니다. 불이 나 있는 동안 항아리 안에 들어가 있을 필요조차 없지요. 아베는 아마 아리사카 님께 뇌물이라도 바치려고 집을 찾았지만 교섭이 결렬되자 홧김에 아리사카 님을 흉기로 찔러 죽였을 겁니다. 그 후 아리사카 님이 실화失火로 불타 죽은 것처럼 위장하기 위해 집 입구에 달린 막대 자물쇠와 덧문 걸쇠를 단단히 걸어 잠그고 불을 지른 다음에 불쥐의 털옷을 입고 가만히 기다렸겠지요. 근처에 사는 쓰쓰미 님이 이내 불이 난 것을 깨닫고 아리사카 님을 구하러 올 거라 예상하고요. 아니나 다를까 불이 꺼진 후 쓰쓰미 님이 아리사카 님의 집에 들어가기 전까지 아베는 항아리 속에 숨어 있다가, 쓰쓰미 님이 아리사카 님의 시신에 정신이 팔린 틈을 타 집 밖으로 빠져나갔을 겁니다."

그때 나는 연기를 내보내기 위해 자물쇠를 풀고 집 문을 열었다. 곧장 야스의 시신에 눈길이 향했으니 현관 옆에 있던 항아리에서 아베가 나왔다고 해도 눈치채지 못했을 것이다.

구라모치는 부채를 입가에 갖다 대고 큭큭 웃음을 터뜨렸다.

"쓰쓰미 님, 저를 제일 먼저 찾아오신 것을 행운으로 아십시오. 저 정도의 지성이 없으면 사건의 진실에 도달할 수도 없을 테니까요. 자, 그럼 저와 함께 가시지요."

한마디 한마디가 아니꼬운 녀석이지만 일단 지금은 기꺼이 따르기로 했다.

"아리사카 님이……. 오오, 그런 일이……."

마을 거상 쓰즈키의 저택에서 가장 넓은 방을 독차지하고 있던 아베노 미무라지는 사건에 대해 듣자 눈을 비비며 중얼거렸다. 잠잘 때도 금색 자수가 박힌 볼썽사나운 옷을 입고 자는 듯하다. 옆에서는 하인 다섯 명이 걱정스러운 얼굴로 아베를 둘러싸고 있었다.

"자네가 불쥐의 털옷을 손에 넣었다고 하던데."

나는 허리에 찬 죽봉에 손을 갖다 대며 말했다.

"구라모치에게 들으셨습니까?"

아베의 시선 끝에서 구라모치가 히죽거리고 있다. 아베는 금박을 씌운 이를 보이며 훗 웃었다.

"뭐 상관없겠지요. 제가 사지 못할 물건은 이 세상에 없습니다. 물론 직접 당나라에 가서 사 온 건 아닙니다만."

"뭐?"

"손톱을 깎고 코털을 뽑는 일까지 모두 시종들에게 맡기는 제가 어찌 몸소 당나라 같은 곳까지 가겠습니까. 거친 파도에 휩쓸려 목숨을 잃기라도 하면 어쩌려고요. '돈으로 해결할 수 있는 일에는 굳이 수고를 들이지 말라'. 그것이 바로 우리 아베 가문의 가훈입니다."

아베는 하품을 쩍 하고 떡처럼 부푼 얼굴을 긁적였다.

"여기 있는 도키와에게 다녀오라고 지시했습니다. 마침 다행이네요. 도키와, 지금 당장 쓰쓰미 님께 불쥐의 털옷을 보여드리게."

"알겠습니다."

하인 중 가장 젊은 남자가 안방에 가서 녹색 천으로 감싼 물건을 가져왔다. 천에서 나온 것은 지금껏 한 번도 본 적 없는 붉은 짐승의 가죽이었다.

"불쥐는 이미 까마득히 오래전에 인간에게 멸종되어 당나라에 없었습니다. 이건 당 수도인 장안에서 서쪽으로 백 리쯤 떨어진 마을에 사는 노인이 가보로 가지고 있던 것을 배 오십 척을 살 수 있는 돈을 주고 간신히 받아 온 것입니다."

아베는 입가에 손을 얹고 후후 웃었다.

"이 모든 것이 아베 가문의 재력 덕분에 가능한 일. 쓰쓰미 님, 어떻습니까? 다른 가난뱅이들보다 저에게 가구야 님을 보내는 것이 그녀가 행복해지는 길 아닐까요?"

지금 내 귀에 이 녀석의 돈 자랑 같은 건 들어오지도 않았다.

"도키와라고 했나? 이걸 걸치면 그 어떤 업화 속에서도 뜨겁지 않다는 말이 사실이겠지?"

"네, 물론입니다."

"이 자식!"

나는 아베를 향해 죽봉을 휘둘렀다. 그러나 다섯 명의 시종이 몸을 벌떡 일으키는 바람에 죽봉은 도키와의 이마에 맞았다.

"지, 지금 뭐 하시는 겁니까, 쓰쓰미 님! 제정신이신가요?"

"솔직히 털어놓아라! 아베노 미무라지, 네가 아리사카 님을 죽였지?"

뒤에서 구라모치가 날카롭게 외치고 조금 전 내게 들려준 자신의 추리를 늘어놓았다. 아베는 낯빛이 싹 바뀌어 고개를 흔들었다.

"아닙니다. 제가 그럴 리 있겠습니까?"

"시끄러워! 불쥐의 털옷이 없었다면 그런 불길 속에서 살아남았을 리도 없지!"

나는 시종들을 밀치고 바닥에 누운 아베 위에 올라탔다. 오래전부터 한번 화가 나면 스스로 제어할 수 없을 때가 많았다. 죽봉을 치켜들어 친구 원수의 머리를 내려치려는 바로 그때.

"가짜입니다!"

느닷없이 도키와가 소리쳤다.

"뭐?"

"실은 불쥐의 털옷 같은 건 못 찾았습니다……." 도키와는 당장에라도 울음을 터뜨릴 것 같은 얼굴로 말했다. "불쥐의 털옷은 고사하고 제가 그 이야기를 꺼내자마자 장안 사람들은 모두 저를 비웃더군요. 일본의 멍청이들은 그런 쥐가 정말 있는 줄 아느냐고 되물었습니다……. 그러나 빈손으로 돌아올 수는 없어서 결국 큰 쥐의 가죽을 다섯 장 구해, 그곳에서 이름난 가죽 장인에게 꿰매달라고 부탁하고 실력 있는 염색 장인을 찾아가 붉게 칠해달라고 했습니다……."

그다지 놀라지 않는 아베의 반응을 보건대 이미 다 알고 있는 듯했다.

"자네는 날 속이려 한 건가?"

"흥, 누가 누굴 속였다는 겁니까. 있지도 않은 동물 가죽 따위를 들먹이면서."

아베는 오히려 정색하며 내 몸을 밀쳤다.

"저의 재력을 동원해도 손에 넣을 수 없는 물건을 다른 자들이 입수할 리 없습니다. 어쨌든 이제는 아시겠지요. 제가 불길 속에 있었다는 건 구라모치의 망언입니다."

아베는 또다시 금박을 씌운 이를 보이며 하품을 쩍 하더니 "그렇다고 풀 죽으실 건 없습니다, 쓰쓰미 님"이라고 했다.

"아리사카 님을 죽인 자가 누군지 알았으니까요."

"뭐? 그게 누군가!"

"제가 그를 지목하면 가구야 님과의 결혼을 허락해주시겠습니까?"

"일단 얼른 말해!"

내가 아베의 멱살을 움켜잡자 그는 콜록콜록 기침을 하고 "오토모노 미유키입니다"라고 했다.

"뭐? 오토모라고?"

"네, 어제저녁 구라모치와 헤어진 후 마을에 온 오토모와 마주쳤습니다. 털 많고 땀 냄새가 나며 걸핏하면 팔굽혀 펴기와 사냥 실력을 자랑하는 그 녀석이 싫어서 피하려 했는데, 그는 '어이, 거기 졸부. 잠깐 기다려 보라고' 하고 제 목덜미를 붙잡더니 크하하 웃음을 터뜨리더군요. 그러더니 대뜸 이런 말을 꺼냈습니다. '이 몸이 용의 여의주를 가져왔다'."

설마 용의 여의주를 정말 구해 올 줄이야…….

"용의 여의주는 살짝 문지르면 작은 회오리바람을 일으킨다고 하지요? 즉, 오토모는 아리사카 님을 죽이고 집에 불을 지른 후, *그 집의 지붕을 들어 올릴 정도의 회오리바람을 일으키면 그만이었던 것입니다.* 그럼 쉽게 집 밖으로 나갈 수 있지요."

회오리바람으로 지붕을 들어 올린 후에 그 틈새로 빠져나간다……. 아베다운 엉뚱한 발상이지만, 정말 그것이 사실이라면 입구에 달린 막대 자물쇠와 덧문 걸쇠 같은 건 아무런 영향을 미치지 못한다. 나는 시간이 갈수록 눈앞의 이 떡처럼 얼굴이 넙데데한 남자의 말이 진실처럼 느껴졌다.

"이봐, 아베노 미무라지. 자네도 날 따라오게. 오토모노 미유키는 힘이 세지만 우리 셋이 합세하면 아무리 날뛰어도 제압할 수 있겠지."


## 07

오토모노 미유키는 마을 외곽에 있는 황무지에서 야영 중이었다. 그는 풀을 엮어 만든 침대에 걸터앉아 탁탁 소리를 내며 모닥불을 피우고 있었다. 나는 그런 그에게 사건에 대해 설명했다.

"아니, 그런 일이……. 쓰쓰미 님도 좀 드시겠습니까?"

오토모는 내게 작은 꼬치 하나를 내밀었다. 꼬치 끝에 검게 그을린 개구리가 꽂혀 있다. 아침밥이라고 했다.

"난 괜찮네."

"그런가요. 뒤에 있는 두 사람은?"

구라모치와 아베 역시 징그럽다는 듯 고개를 흔들었다.

"그럼 실례."

그는 입을 쩍 벌리더니 개구리 통구이를 맛있게 물어뜯었다. 황무지에서 야영하며 꼭두새벽부터 개구리를 잡아먹는 남자. 이 녀석은 정말 조정의 요직인 대납언이 맞을까.

"아리사카 님 일은 유감입니다. 그런데 그 소식을 알리러 군이 여기까지 찾아오시다니 영광이네요."

오토모는 모닥불 속에 있는 다른 개구리 꼬치의 각도를 바꾸며 어두운 표정을 지었다.

"그냥 알려주려고 온 게 아니야. 난 그 일을 자네의 소행으로 생각하고 있네."

그러자 오토모의 손이 우뚝 멈췄다. 모닥불 너머에서 눈을 크게 뜨고 나를 쳐다보는 얼굴이 도깨비처럼 험악했다.

"제가 아리사카 님을……?"

"그래, 오토모노 미유키. 자네는 용의 여의주를 손에 넣었다더군."

"아베에게 들으셨습니까? 예, 맞습니다. 전 우루마국의 강인한 어부들과 술잔을 기울이며 친목을 다진 후 거친 파도 속에서 용과 싸우는 기술을 전수받아……."

"그 이야기는 됐고, 지금 그 구슬을 보여줄 수 있나?"

오토모는 뭔가 미심쩍은 듯했지만 군말 없이 바위 뒤에 둔 자루를 꺼냈다. 이런 곳에서 야영하고 있다지만 역시 대납언이라 그런지 재질이 훌륭한 수자繻子 포대를 가지고 있었다.

"이겁니다."

그가 포대 속에서 꺼낸 것은 은은하게 빛나는 구슬이었다. 언뜻 보면 평범한 돌 같지만 속이 약간 비친다. 구슬을 보여주기만 하고 내게 건네지 않는 모습이 꼭 언제든 회오리바람을 일으키겠다는 태도처럼 보이기도 했다. 만약 마을을 휩쓸고 갈 정도의 회오리바람을 일으킨다면…… 아니, 야스의 죽음의 진실을 밝히려면 겁먹어서는 안 된다.

"용의 구슬은 살짝 문지르면 작은 회오리바람을 일으킨다지. 자네는 야스를 죽이고 집 입구에 달린 막대 자물쇠와 덧문의 걸쇠를 모두 걸어 잠근 후, 집에 불을 붙이고 작은 회오리바람을 일으켰어."

나는 아베노 미무라지의 추리를 그대로 다시 설명했다. 오토모는 내 얼굴을 빤히 보며 설명을 들었고, 이야기가 끝나도 한참을 가만히 있었다. 개구리 가죽이 지글지글 타는 역겨운 냄새가 사방에 가득했다.

잠시 후, 오토모는 꼬치를 집더니 또다시 개구리 고기를 우물거렸다.

"솔직히 말씀드리겠습니다."

오토모는 고기를 꿀꺽 삼키고 말했다.

"용의 여의주 같은 건 없습니다."

"뭐?"

"용의 여의주는 고사하고 우루마국 어부들이 온갖 주문을 외우고 춤을 추며 용을 불렀지만 전혀 모습을 드러내지 않더군요. 곤란해하는 저를 보다 못한 노인이 준 게 바로 이것입니다. 이거라면 용의 구슬처럼 보일 거라면서요."

오토모는 옷소매로 구슬을 쓱쓱 문질렀지만 회오리바람은커녕 산들바람조차 불지 않았다.

"자네도 가짜를 가져온 건가."

"오늘 쓰쓰미 님과 가구야 님에게 솔직하게 털어놓으려고 했습니다. 이 오토모의 생애 가장 큰 패배입니다."

결국 오토모 역시 범인이 아니었다. 녹초가 된 나를 향해 오토모는 자상하게 말했다.

"너무 낙심 마십시오, 쓰쓰미 님. 이야기를 들어보니 대충 알겠습니다. 아리사카 님을 죽인 자의 정체를."

"뭐? 그게 누구지?"

"이시즈쿠리노 미코입니다. 실은 해가 지기 전 바로 이 근처에서 이시즈쿠리를 만났습니다. 녀석은 '천축까지 간 보람이 있었다. 가구야 님은 내 것이다'라고 단언하더군요. 아마 부처의 바리때를 손에 넣었겠지요."

이시즈쿠리노 미코까지.

"부처의 바리때는 빛을 조종해 머릿속에 떠올린 광경을 어디든 비출 수 있다고 하지만…… 그걸로 어떻게 그 집에서 나갔다는 말인가?"

"애초에 *쓰쓰미 님과 가구야 아가씨가 그 집에 갔을 때 불길 같은 건 없었습니다.*"

오토모의 대답은 나를 아연실색하게 했다. 구라모치와

아베도 미심쩍어하는 표정을 지었다.

"이시즈쿠리노 미코는 아리사카 님을 살해 후, 아리사카 님이 직접 불을 낸 것처럼 만들려고 대문의 막대 자물쇠와 덧문 걸쇠를 잠그고 불을 피워서 집 안을 태우고 다녔습니다. 다만 화재가 일어날 수준은 아니었고 집 내부가 그을리는 수준에 그쳤겠지요."

과연 그런 잔꾀를 부릴 수 있을까 의심스럽지만 일단 말없이 뒷이야기를 재촉했다.

"그러고 나서 부처의 바리때 힘을 빌려 *마치 집 안에서 불길이 활활 타오르는 것처럼 보이게 한 겁니다.*"

오늘 아침에 본 그 불길이 환각이었다? 의문스러워하는 내 앞에서 오토모는 탁탁 소리를 내며 타는 모닥불을 지그시 바라봤다. 불길이라는 건 분명 손에 잡히는 게 아닌 그저 빛이 만드는 현상이다. 나는 점점 내 기억을 믿을 수 없었다.

"……하지만 내가 집 안에 들어갔을 때 부처의 바리때 같은 건 없었네. 물론 이시즈쿠리의 모습도."

"항아리입니다."

구라모치가 옆에서 끼어들었다.

"아베노 미무라지가 죽였을 거라고 했던 제 추리에 나오는 방법을 쓰면 되지요."

즉, 큰 항아리 속에 몸을 숨기고 있다가 내가 집 문을 열고 야스의 시신에 정신이 팔린 사이 몰래 도망치는 방법을 말한다. 오토모노 미유키도 설명을 듣고 "그렇군요" 하고 동의했다.

"비록 불쥐의 털옷은 가짜지만 부처의 바리때를 사용하면 똑같이 할 수 있다. 역시 세계 제일이라는 찬사를 받는 저의 재능은 올바른 진실만을 끌어낼 수 있습니다."

오토모의 추리를 중간에 가로챈 구라모치는 완전히 기운을 회복하고 부채를 펼쳐 가슴 쪽에 부쳤다. 기회만 생기면 어떻게든 자신의 똑똑한 머리를 자랑하려는 남자다.

"그런데 말이야."

나는 잘난 체하는 그의 말을 가로막았다.

"그건 그 부처의 바리때가 진짜일 경우 아닌가? 아베의 털옷과 오토모의 여의주는 가짜였지. 마찬가지로 이시즈쿠리 녀석도 가짜를 준비했다면……."

걱정하는 내 앞에서 오토모가 몸을 벌떡 일으켰다.

"그럼 지금 다 함께 이시즈쿠리노 미코를 찾아가 보지요."


## 08

결국 좋지 않은 예감은 적중했다.

"아뇨, 아닙니다, 아니에요. 절대 아닙니다."

내가 의원의 집을 찾아가 지금까지 일어난 일을 설명하고 미처 죽봉을 치켜들기도 전에 구라모치노 미코, 아베노 미무라지, 오토모노 미유키 세 사람이 따져 묻자 이시즈쿠리노 미코는 강하게 부인했다. 얼굴이 꼭 그늘에서 자란 배처럼 퍼렇게 질렸다.

"부처의 바리때를 써서 화재가 난 것처럼 연출하다니……."

"네가 그런 게 맞잖아. 솔직히 인정해."

오토모가 통나무처럼 굵은 팔을 뻗자 이시즈쿠리는 슬쩍 피하고 네발로 기어 방 안쪽으로 도망치더니 웬 짐 꾸러미를 가져왔다.

"이, 이게 내일 쓰쓰미 님께 가져가려고 한 바리때입니다."

생전 처음 보는 하얀 돌그릇이었다.

"부처의 바리때라는 건 그냥 둬도 희미하게 빛난다고 하지 않았나? 이 처음 보는 돌은 반질반질하긴 하지만 빛나는 것 같지 않은데."

오토모노 미유키가 옆에서 지적했다. 분명 가구야도 그렇게 설명한 바 있다. 그러자 구라모치노 미코가 "그렇다면" 하고 큭큭 웃음을 터뜨렸다.

"이건 천축이 아닌 당나라보다 훨씬 남쪽에 있는 다리<sub>大理</sub>라는 나라에서 나는 돌이로군. 쓰쓰미 님은 속일 수 있어도 바다 너머 먼 곳의 사정까지 두루 아는 나를 속일 수는 없어."

그러자 이번에는 아베노 미무라지가 미소 지었다.

"꼭 도깨비 머리라도 베어온 것처럼 으스대기는. 구라모치, 난 대리석 같은 건 어릴 때부터 알고 있었어. 기비에 있는 우리 아베 집안 별택에는 현관 토방과 목욕탕 바닥에 전부 이 돌이 깔려 있으니까."

이 녀석은 이 녀석대로 밉살스럽다. 그러나 그보다 나는 이시즈쿠리노 미코에게 꼭 따져 물어야 할 게 있었다.

"이시즈쿠리, 자네도 결국 진짜 부처의 바리때를 손에 넣지 못했나 보군."

이시즈쿠리는 우리의 얼굴을 비교하듯 쭉 한번 둘러보더니 "네, 뭐 그런 셈이지요"라고 순순히 인정하고 가는 손가락으로 긴 머리를 쓸어 올렸다.

"천축까지 가기는 갔습니다. 하지만 아무리 박식한 이에게 물어도 그런 건 없다고 하더군요. 난감해서 돌 위에 가만히 걸터앉아 있는데 어느새 제 주변에 여자들이 우르르 몰려 있는 게 아니겠습니까. 그럴 만도 하지요. 천축에는 저 정도로 아름다운 얼굴을 가진 남자가 드물 테니까요. 몇몇 여자들은 제게 다가와 앞가슴과 허벅지를 슬쩍 보여주며 추파를 던지더군요. 뭐 그중 네다섯 명과는 놀아주고 왔습니다만, 오히려 그 정도로 끝내고 일본에 돌아온 걸 칭찬해주셔야 하지 않을까요? 이토록 아름다운 외모를 가진 제가 1년 동안 고작 한 손에 꼽을 숫자의 여자들과만 단잠을 같이 잤다는 사실 자체가 가구야 님을 향한 제 사랑의 징표라 할 수 있겠지요."

여하튼 이놈이나 저놈이나 제대로 된 인간이 없다.

"그러니 제가 어찌 아리사카 님을 죽일 수 있었겠습니까. 그런데 쓰쓰미 님, 도대체 그 화재에 대해 뭘 고민하시는 겁니까? 아리사카 님 집에는 채광을 위한 작은 창이 있었지요. 그리고 그곳에는 덧문도 없지 않나요?"

"그 정도 크기의 창문으로 사람이 드나들 수 있겠나."

"굳이 드나들 필요도 없습니다. 불붙은 짚단 같은 걸 그 안에 집어넣고 마른 나뭇가지 이삼십 개만 던져도 쉽게 집을 불태울 수 있으니까요."

"곱상한 남자일수록 머리가 나쁘다는 말이 사실인가 보군요." 또다시 구라모치가 끼어들었다. "불붙이는 방법 같은 건 아무도 고민하지 않았는데 말이지요. 아리사카 님은 집 안에서 칼에 찔려 살해됐습니다. 이번 일은 집 출입문에 달린 막대 자물쇠와 덧문의 걸쇠를 채운 범인이 어떻게 집 밖으로 나갔냐는 게 가장 큰 수수께끼이고……."

"아니, 그러니."

이시즈쿠리가 구라모치의 말을 가로막았다.

"막대 자물쇠와 걸쇠는 아리사카 님이 스스로 채운 게 아닐까요? 자기 전에 문단속을 한 거지요. 야밤에 찾아올 여자라도 있으면 잠그지 않았겠지만 그 얼굴로는 그런 여자도 없었을 테고요."

"아리사카가 문을 잠글 때 이미 집 안에 범인이 있었다는 말인가?"

내가 묻자 이시즈쿠리는 고개를 가로저었다.

"아뇨, 범인은 아리사카 님이 잠든 후 그 집을 찾아가 *집 밖에서 아리사카 님을 찔렀을 겁니다.*"

"뭐? 집 밖에서? 어떻게 말인가?"

이시즈쿠리는 조금 전부터 계속 트집을 잡는 구라모치를 돌아봤다.

"구라모치노 미코, 자네는 봉래산에서 진짜 옥 가지를 가져오지 않았나?"

"그래, 이 중에서 오직 나만 가구야 님이 '원하는 물건'을 가져왔지."

"그 가지는 *길이를 자유자재로 조절할 수 있다더군.* 게다가 줄기가 금이고 그 끝은 뾰족하게 날이 서 있다고 하지?"

이시즈쿠리가 무슨 말을 하려는지 명확했다. 나를 비롯한 모두의 눈이 스스로 천재를 자부하는 구라모치에게 쏠렸다. 이시즈쿠리가 설명을 이어갔다.

"발판 같은 걸 써서 채광창으로 집 안을 엿보며 아리사카 님이 잠든 것을 확인한 자네는 채광창으로 옥 *가지를 집어넣어 아리사카 님이 있는 곳까지 길이를 늘인 후, 그*

끝으로 *아리사카 님의 심장을 찔러 죽인 거야.* 아리사카 님이 단도를 옆에 두고 잠든 상황이 자네에게는 행운이었지만, 나중에 상처를 자세히 확인하면 단도가 아닌 다른 뾰족한 뭔가에 찔렸다는 게 밝혀질지 모르지. 그래서 자네는 그걸 감추기 위해 시신을 불태워야겠다고 생각해 불붙은 짚단을 집 안에 던져 넣었어."

외모가 번듯한 남자일수록 머리가 나쁘다는 구라모치의 말은 아무래도 빗나간 듯하다. 나는 이 미공자의 설명을 들으며 하마터면 탄복할 뻔했다.

"구라모치, 정말 자네 짓인가?"

"서, 설마요, 쓰쓰미 님. 겉만 번듯하고 속은 텅 빈 이 남자의 말을 정말 믿으시는 겁니까? 전 이 남자보다 백 배, 천 배, 아니 만 배는 머리가 좋습니다만?"

그 순간 내 옆에서 바위 같은 거구가 움직였다.

"그 머리로 살해 계획 같은 것도 금세 세울 수 있었겠지?"

"크악."

털이 북슬북슬한 오토모의 오른손이 구라모치의 목덜미로 향했다. 구라모치의 몸이 그대로 허공에 들려 올라간다.

"어이, 구라모치. 이제는 솔직히 털어놔."

"크윽……, 오, 오토모, 너 이 자식…… 끅."

그때, 등 뒤에서 "저어……" 하는 목소리가 들렸다. 나를 비롯한 모두가 고개를 돌리자 이 집의 주인인 의원과 꼬마 한 명이 서 있는 모습이 보였다.

"이 녀석이 구라모치노 미코 님께 드릴 말씀이 있다고 합니다."

오토모가 구라모치를 다시 내려놓았다. 바닥에 털썩 쓰러진 구라모치는 목덜미를 문지르다가 그 꼬마를 보고 당황했다.

"구라모치노 미코 님, 기도사의 집에 머무르신다고 들었는데 안 계셔서 계속 찾아다니다가 여기까지 왔습니다. 지금 바로 대금을 받고 싶습니다."

꼬마는 주머니에서 꺼낸 종이를 우리에게 보여 줬다.

"증서입니다."

"뭐야. 무슨 일이지?"

내가 묻자 꼬마는 눈을 끔뻑였다.

"구라모치 님께서 어제 저희 공방에 가지를 주문하셨거든요."

"앗, 이 멍청한 자식이 쓸데없는 소리를."

부채를 펼쳐 휙휙 부치는 구라모치를 가로막고 나는 꼬마에게 뒷이야기를 재촉했다.

"구라모치 님은 옥이 달린 금 가지를 원하셨습니다. 첫 주문이라 스승님이 열심히 가지를 만드셨고 구라모치 님도 만족하며 가지를 가져가셨지요."

"그 말은 즉……."

우리는 구라모치를 돌아봤다.

"아하하."

구라모치가 시치미를 떼며 웃음을 터뜨렸다. 결국 이 네 사람이 가져왔다는 가구야가 '원하는 물건'은 모두 가짜였다.


## 09

야스를 죽인 자의 정체는 여전히 묘연했다. 그러나 '원하는 물건'을 가져와야 하는 날에 야스를 죽였으니 범인이 청혼자 중에 있는 것은 틀림없다. 현장에 가면 덜미를 붙잡을 수도 있다는 생각에 나는 네 사람과 함께 다시 야스의 집을 찾았다.

집 안의 가재도구는 전부 불타버렸다. 야스가 자랑하던 두 갈래 대나무도 무참하게 타서 그런 나무가 집 안에 있었다는 흔적조차 남아 있지 않았다. 네 남자는 모두 얼굴을 찡그렸지만 그래도 의심을 거둘 수는 없었다.

야스의 시신은 지금 아베노 미무라지가 가져온 고급스러운 붉은 천에 덮여 있다. 죽은 후에 사치를 부려봐야 소용없겠지만 그것도 정성이라고 생각해 나는 아베가 하는 대로 내버려뒀다.

문 옆에 있는 큰 항아리 내부는 깨끗했다. 오늘 아침 그 안을 확인한 것은 아니지만 분명 사람이 몸을 숨기기에 충분한 넓이다. 열기만 견딘다면 목숨을 건질 수 있겠지만 불쥐의 털옷이나 부처의 바리때 아니, 그걸 넘어 이 네 남자가 가져온 가구야가 '원하는 물건'은 모조리 가짜였다.

"역시 알쏭달쏭하네요. 이 막대 자물쇠와 덧문의 걸쇠를 안에서 잠그고 집 밖으로 탈출하다니. 도무지 인간의 소행이라고는 믿어지지 않습니다."

자물쇠들을 지그시 관찰하던 오토모의 그 말을 끝으로 우리는 현장을 떠났다. 문을 열고 하나둘 집 밖에 나갈 때 시야누키 마을로 이어지는 길목에서 웬지 낯익은 남자가 다리를 절뚝거리며 다가오는 모습이 보였다.

"오, 이소노카미노 마로타리 아닌가."

내가 말을 붙이자 이소노카미는 고개를 꾸벅 숙이고 느릿느릿 나를 향해 걸어왔다. 아무래도 오른쪽 다리를 다친 듯하다. 자세히 보니 오른팔도 천에 묶어 목에 매달았고 얼굴에는 큼지막한 상처도 보였다.

"여, 여, 여러분, 전부 모이셨군요."

이소노카미는 주뼛주뼛 우리를 둘러보더니 불현듯 "으악!" 하고 벌러덩 나동그라졌다. 참혹한 야스의 집 상태를 그제야 본 듯했다.

"야스가 죽었네. 심지어 출입문과 창문이 전부 안에서 잠긴 상황에서."

"에, 에에? 예?"

혼란스러운 듯 머리를 긁적이는 이소노카미의 가슴팍에서 풍이 벌레가 스멀스멀 기어 나왔다.

"여전히 기분 나쁜 녀석이군."

구라모치가 얼굴을 찌푸렸다. 나는 이소노카미에게도 어젯밤에 어디 있었는지 물으려다가 그만뒀다. 이소노카미는 다섯 명 중 가장 어눌한 데다가 욕심이 없다. 심지어 그는 야스의 죽마고우이니 야스를 죽였을 리 없다고 생각했다.

"어쨌든 자네도 우리 집에 가지. 자세한 이야기는 그곳에서 들려줄 테니."

"예, 예엡."

"그런데 그 상처는 뭐지?"

그러자 이소노카미는 "아아" 하고 머리를 긁적였다.

"제, 제, 제비집에서 자안패를 집으려다가 바, 바닥에 떠, 떨어지고 말았습니다."

"아 참, 가구야가 자네에게는 자안패를 가져오라 했지. 그래서, 가져왔나?"

"네, 네엡. 떨어지기는 했지만 이, 이 손으로 꼭 쥐고 있었습니다."

이소노카미가 허리춤에 찬 꾸러미의 끈을 풀더니 안에서 연분홍색 작은 조개를 꺼냈다.

"어차피 이것도 가짜 아닐까요?"

잘생긴 이시즈쿠리가 옆에서 코웃음을 쳤다. 이소노카미에게는 미안하지만 나도 그렇게 생각했다. 가구야는 이들 중 누구와도 결혼할 생각이 없으니 세상에 있지도 않은 '원하는 물건'들을 가져오라 한 것이다.

그러나.

"다, 당치도 않습니다. 저, 저는 이걸로 모든 살아 있는 것들과 대화할 수 있습니다. 자, 잠깐만 기다려주세요."

이소노카미노 마로타리는 자안패를 입가에 갖다 대더니 하늘을 우러러보며 "작은 새들아. 모여라, 모여라……" 라고 중얼거렸다. 그 순간 대나무 숲 이곳저곳에서 작은 새들이 푸드덕푸드덕 튀어나와 순식간에 이소노카미의 몸뚱이 주변에 몰려들었다.

깜짝 놀라는 우리 앞에서 이소노카미는 또다시 자안패를 입에 가져갔다.

"우, 우리 머리 위에서 돌아라."

그러자 작은 새들이 즉시 날갯짓을 하며 우리 위에서 원을 그리듯 날아다녔다.

"이, 이제 됐어. 해, 해산."

새들은 모두 어디론가 날아가 버렸다.

"대단하군……." 아베노 미무라지가 눈을 휘둥그레 뜨고 중얼거렸다. "이런 보물은 난바의 아베 집안 곳간에도 없는데."

"이로써 결론이 난 것 같군." 나는 만족하며 말했다. "이소노카미, 자네는 정말 가구야가 '원하는 물건'을 가져왔어. 가구야도 두말하지는 않겠지."

언제나 불안해 보이는 이소노카미의 표정이 조금 누그러졌다.

"이러면 어쩔 수 없군요."

이시즈쿠리노 미코가 후우 하고 한숨을 내쉬었다.

"패배를 인정할 수밖에."

"장하군, 이소노카미 중납언."

아베와 오토모도 입을 모아 이소노카미를 칭찬했다. 구라모치노 미코만 왠지 미심쩍어하는 얼굴로 이소노카미를 봤지만 그저 패한 게 분해서일 것이다.

"이소노카미, 지금 당장 가구야에게 그걸 보여주러 가세."

나는 모든 이들과 함께 집으로 돌아갔다.


## 10

어느덧 해가 기울어 주위가 어둑어둑했다.

내가 가구야를 집에서 불러내자 이소노카미는 우리 앞에서 제비 자안패의 신비한 힘을 다시 한번 보여줬다. 이번에는 작은 새뿐만 아니라 까마귀까지 조종해 보였다.

"가구야, 어떠냐? 진짜가 틀림없지?"

가구야는 이소노카미노 마로타리에게 받아 든 제비 자안패를 뚫어지게 바라보더니 잠시 후 "네" 하고 고개를 끄덕였다.

"안심이 되네요."

이소노카미가 '원하는 물건'을 가져와 다행이라는 뜻일 것이다. 나는 그렇게 해석했다.

"자, 그럼 가구야. 약속한 대로 이소노카미 마로타리의 아내가 되어라."

그러나 가구야는 대답하지 않았다. 미소 한 번 보여주지 않고 이소노카미의 얼굴만 지그시 바라봤는데, 그 눈빛에서 애정 같은 건 전혀 느껴지지 않아 왠지 좋지 않은 예감이 스쳤다.

"……가구야, 방금 안심했다고 하지 않았느냐. 이제 와서 싫다고 하려는 건 아니겠지?"

"그, 그건 곤란합니다."

이소노카미가 애원하듯 가구야에게 말했다.

"그, 그럼 제, 제가 뭐, 뭘 위해 몸을 다쳐가며 이걸 가져왔겠습니까. 저, 저와 결혼해주십시오. 사, 살해된 아리사카도 부, 분명 기뻐할 겁니다."

아아, 그래. 옆에서 나도 고개를 끄덕이려 한 바로 그때였다.

어디선가 딱 하는 소리가 들리더니 뒤이어 "오호호호" 하는 새된 웃음소리가 들렸다.

"실수했군, 이소노카미 마로타리."

그렇게 말하고 접은 부채로 이소노카미를 가리킨 사람은 바로 구라모치노 미코였다.

"뭐지? 구라모치. 패배를 인정 못 하고 억지라도 부리려는 건가?"

"아뇨. 쓰쓰미 님, 기억해보십시오. 조금 전 이소노카미가 나타났을 때 쓰쓰미 님은 '야스가 죽었다'라고만 하셨습니다. 그런데 이소노카미는 어떻게 아리사카 님이 '살해됐다'는 걸 알고 있을까요?"

나는 이소노카미 쪽을 돌아봤다. 시간이 갈수록 그의 얼굴이 붉게 달아올랐다.

"어…… 아……, 조, 조금 전 아리사카의 집 앞에서 여러분을 만났을 때, 문틈으로 가, 가슴을 찔린 아리사카가 보여서……."

"호호호, 이 살인자 녀석이 또 허튼소리를! 네놈이 아리사카 님의 집에 왔을 때는 시신이 천에 덮여 있었어. 그런데 어떻게 '가슴을 찔렸다'는 걸 알고 있지? 아리사카 님이 가슴을 찔렸다는 이야기를 쓰쓰미 님께 듣지 않았다면 알 수 없는 일. 그걸 알고 있었다는 건 네놈이 범인이라는 뜻이야!"

"아······."

"하, 하지만." 나는 지금의 상황을 차마 믿을 수 없어 구라모치에게 물었다. "그럼 자물쇠 문제는 어떻게 되는 건가?"

"이소노카미에게는 제비 자안패가 있지 않습니까. 그건 아주 무시무시한 도구입니다."

"자안패로 어떻게 닫힌 집에서 빠져나간다는 거야?"

"저의 총명한 머리는 이미 모든 것을 간파했습니다."

구라모치는 이소노카미에게 다가가 부채 끝으로 그의 가슴팍을 폭 찔렀다. 그러자 일곱 마리 정도 되는 풍이가 스멀스멀 기어 나왔다.

"이 녀석은 원래부터 이 풍이 벌레들을 친구처럼 애지중지 키웠습니다. 그리고 자안패를 손에 넣은 지금 이 벌레들에게 지시를 내리는 건 간단하겠지요. 이 녀석은 아리사카 님을 죽이고 막대 자물쇠의 막대를 받침쇠 쪽에 기울인 후, 풍이 떼를 불러서 막대가 쓰러지지 않게 하고 문에 찰싹 달라붙어 밖에 나갔습니다."

"뭐라고?"

그렇게 되물었지만 내 머릿속에도 일련의 과정이 어렴

풋이 그려졌다. 구라모치가 설명을 이어갔다.

"풍이들에게는 자기가 밖에 나가면 문에서 떨어지도록 지시했겠지요. 풍이 떼가 지탱하지 않게 된 막대는 자연스럽게 받침쇠에 떨어지는 단순한 구조인 겁니다. 그리고 풍이라면 몇백 마리든 채광창을 통해서 밖에 나갈 수 있었고요."

구라모치노 미코는 이제는 자신의 천재성을 뽐내기보다 눈앞의 어눌한 남자를 괴롭히는 게 즐거워 어쩔 줄 모르겠다는 표정이었다.

"이소노카미, 구라모치의 말이 사실인가?"

"아뇨, 억지입니다. 전 그런 짓을 하지 않았습니다."

그러나 그의 변명에서는 왠지 모를 어색함이 느껴졌고 나는 얼마 안 되어 위화감의 정체를 깨달았다. 이소노카미가 말을 더듬지 않았다. 그걸 넘어 두 다리로 몸의 중심을 확실히 잡기까지 한다. 마치 부상 따위 없었다는 것처럼.

"이소노카미, 자네……."

내가 몰아붙이려 한 바로 그때 느닷없이 휙 하는 소리와 함께 이소노카미의 몸이 환하게 빛났다. 빛의 밧줄 같은 것이 그의 몸을 칭칭 감고 있었다.

"고맙습니다, 구라모치노 미코 씨."

그렇게 말하는 가구야를 보며 나는 그만 몸이 얼어붙었다.

## II

가구야 뒤에 웬 남자가 서 있었다.

*그는 바로 나였다.*

아니, 나는 지금 여기 있으니 그가 나일 리는 없다. 그러나 내 눈으로 봐도 놀라울 만큼 나를 꼭 빼닮았다. 이소노카미의 몸을 칭칭 감은 빛의 밧줄 끝을, 내가 아닌 내가 꼭 쥐고 있었다.

"이…… 이게 대체 무슨……."

생각한 대로 입이 움직이지 않았다. 그걸 넘어 내 몸도 어느새 노란 빛에 휩싸여 꼼짝도 할 수 없었다.

가구야가 이소노카미에게 다가갔다. 그리고 두 손으로 자신의 얼굴을 가리고 쓱 한 번 쓰다듬자 그 안에서는 아름다운 가구야의 얼굴이 아닌 납작한 돌 같은 얼굴이 나타났다.

"자, 자네는……."

이소노카미는 눈을 부릅뜬 채 도망치려는 듯했지만 뭔가에 다리를 붙잡힌 것처럼 움직이지 못했다. 바로 조금 전까지 물 만난 물고기처럼 추리를 줄줄 늘어놓던 구라모치를 비롯한 네 명의 청혼자도 마찬가지로 경악하는 얼굴 그대로 굳어 있었다.

"가…… 구…… 야……, 이게 무슨 일인지…… 설명을."

나는 간신히 입을 움직여 가구야에게 물었다.

"그동안 비밀로 해서 죄송합니다. 전 달나라의 탐정입니다."

"탐, 정?"

"이 땅에는 아직 존재하지 않는 직업이지요. 한자로 '깊이 연구할 탐探'과 '살필 정偵'이라고 씁니다. 죄를 저지른 자의 비밀을 폭로해 붙잡는 걸 돕는 사람이라고 할까요."

그런 직업이 있다고……? 모든 힘을 봉쇄당한 채 온몸의 털구멍들까지 전부 열릴 것 같은 내 앞에서 납작한 얼굴의 가구야가 설명을 이어갔다.

"얼마 전에 있었던 일입니다. 달나라에서 마흔두 명을 죽이고 보물을 강탈한 우사키베라는 악당이 있습니다. 저희 달나라 탐정들은 우사키베의 아름다운 아내 *가구노*를 미끼 삼아 그를 체포하려 했지만 아깝게 놓치고 말았지요."

가구노…… 라고? 내 머릿속에서 많은 사실들이 뒤집혀 갔다.

"그러다 얼마 후 우사키베 녀석이 바로 이 땅에 내려왔다는 소문이 돌더군요. 성가시게도 달나라 주민들은 모습을 바꿔 이곳에 내려올 수 있습니다. 더구나 우사키베 같은 악당은 자신과 전혀 다른 외모의 사람을 죽이고 그 행세를 하며 살아갈 게 틀림없었지요. 저희는 꼼꼼히 계획을 세웠고, 결국 제가 가구노와 꼭 닮은 모습으로 이곳에 내려와 우사키베를 유인하기로 했습니다. 도망쳐 온 이 땅에 우사키베에게 없는 것이라고는 아름다운 아내뿐이니까요. 이름을 가구야라 한 것도 우사키베가 자기 아내인 가구노를 연상하게끔 하기 위한 것이었습니다."

그것이 바로 그 아름다운 모습의 유래였다는 걸까.

"계획한 대로 전 이 땅의 대나무 속에 내려왔습니다. 이후 성장할 때까지는 이곳에 사는 누군가의 신세를 져야 했지요. 그 점에서 자상한 시게 님께서 저를 발견해주신 게 저에게는 크나큰 행운이라 할 수 있습니다. 그러나 시게 님은 사람을 싫어해서 야스 님 이외의 다른 분들과는 교류하지 않으셨지요. 그런 상태로는 저, 즉 가구야의 아름다움이 사람들에게 전해지지도 못해 우사키베를 유인할 수 없었습니다. 그래서 전 달에 부탁해 황금을 내려달라 했고 이후 집을 지으려 찾아온 목수들에게 제 모습을 보여준 것입니다."

이럴 수가. 집을 다시 짓게 한 것도 전부 계획의 일환이었다는 말인가.

"그렇게 계획이 훌륭히 성공해 시야누키는 물론 도읍에까지 저에 대한 소문이 퍼졌습니다. 그리고 기쁘게도 시게 님과 야스 님은 저를 사람들 앞에 선보이는 연회까지 열어주셨지요. 이제 곧 우사키베가 저에게 접근할 거라 확신했고, 달나라 남자들은 여자에게 거절당할 때마다 마음이 불타오르기 때문에 첫 번째 청혼은 거절할 계획이었습니다. 그런데 생각지도 못한 일이 벌어지고 말았습니다. 저에게 청혼하는 사람이 무려 다섯 분이나……."

나는 성인식 다음 날 다섯 남자에게 청혼받았던 가구야의 표정을 떠올렸다.

─너무 아름다워도 문제네요.

그것은 절대 교만 따위가 아닌 *누가 우사키베인지 알지 못해서 난감해하는 말이었던 것이다.*

"그래서 저는 다른 방법을 떠올렸습니다. 빛을 조종하는 그릇, 자유자재로 늘어나는 옥 가지, 불에 강한 털옷, 회오리바람을 일으키는 구슬, 짐승들과 대화할 수 있는 조개. 이 땅에 이런 능력을 갖춘 물건들은 없습니다. 이것들은 바로 우사키베가 달에서 훔쳐 온 보물인 것입니다."

"뭐……."

나는 신음하며 '원하는 물건'을 요구한 가구야의 진의를 마침내 깨달았다. 이 땅에 사는 남자들이 그 진짜 물건을 가져올 리 없다. 그것은 바로 우사키베를 유인하기 위한 덫이었던 것이다.

"야스 님은 이소노카미의 모습이 왠지 이상하다는 걸 눈치채셨습니다. 그래서 어젯밤 오랜만에 만난 그를 집으로 불러 따져 물었겠지요. 이소노카미, 즉 우사키베는 시게 님께 괜한 이야기가 전해지면 저와 결혼을 못 하게 될 수도 있다고 판단해 야스 님을 살해한 것입니다."

그때 옆에서 우사키베가 헷 하고 뻔뻔하게 웃음을 터뜨렸다.

"그 녀석은 내내 날 의심하더군. 어제는 느닷없이 어린 시절 불렀던 노래를 함께 부르자고 하기에 귀찮아서 죽여 버렸지."

이 망할 자식을 후려갈겨 줘야 하는데. 몸이 움직이지 않는 게 한스러웠다.

"우사키베가 그 닫힌 집에서 어떻게 빠져나왔는지는 저도 알지 못합니다만…… 아마 구라모치노 미코 씨께서 추측하신 것이 정답이겠지요."

"이 땅에 사는 벌레들 따위를 속이는 건 식은 죽 먹기야."

수긍하듯 말하는 우사키베에게 나는 간신히 입을 움직여 물었다.

"부…… 불은…… 왜."

집에 왜 불까지 질렀나. 내 그 질문에 답한 사람은 우사키베도, 가구야도 아니었다.

"저입니다."

빛의 밧줄을 움켜쥔 또 한 명의 내가 말했다. 옆에서 가구야가 설명했다.

"이 남자는 범죄자의 포박을 맡고 있습니다. 마침내 우사키베를 붙잡을 수 있게 되어 제가 불렀습니다만, 설마 그 두 갈래 대나무 속으로 내려올 줄은……."

"쓰쓰미 님이 집에 오셨을 때 저는 몸이 커지는 중이었습니다. 들키면 안 된다고 판단해 얼른 그 큰 항아리 속에 숨은 것입니다."

가구야의 설명에 이어 또 한 명의 내가 말했다.

나는 예전에 가구야가 입에 담았던 수수께끼 같은 말을 떠올렸다.

—남자는 아침이 올 무렵에 이 땅의 대나무 속에서 불길과 함께 나타나지요. 그리고 눈 깜짝할 사이에 어른이 되고 이후 자신이 원하는 모습으로 살아갈 수 있답니다.

큰 항아리 속에 몸을 숨긴 녀석이 생김새를 참고할 사람은 처음으로 만난 죽은 야스와 항아리 속에서 본 나뿐이었다. 그리고 역시 죽은 자보다는 산 자가 낫다고 판단해 나를 선택한 것이다. 달에서 온 우사키베가 이 땅의 인간 행세를 하기 위해 이소노카미의 모습이 된 것처럼.

"야스 님의 집이 불타는 것을 봤을 때 저는 그가 달에서 내려왔다고 깨달았습니다. 그러나 그저 불이 났을 뿐이라면 야스 님도 도망칠 수 있었을 터. 저는 미심쩍게 여기면서 불을 껐습니다. 그리고 야스 님이 흉기에 찔려 살해당한 모습을 보고 마침내 우사키베가 근처까지 왔다고 확신한 것입니다."

야스를 죽인 자와 집에 불을 지른 자는 별개였다. 후자는 바로 가구야의 동료였다.

"어…… 어째, 비……."

어째서 나에게 비밀로 했나. 그런 내 질문을 듣고 가구야의 눈에 슬픈 기운이 서렸다.

"탐정은 원래 의심하는 존재랍니다."

―저어……, 시게 님은 아니시지요?

가구야를 집에 데려온 지 얼마 안 됐을 때 가구야가 왠지 불안해하는 얼굴로 나에게 던진 그 질문. 그건 곧 '시게 님은 우사키베가 아니지요?'라는 뜻이었던 것이다. 생각해보면 가구야와 가장 오랜 시간을 보낸 사람은 나다. 내가 우사키베라면 이 땅에서 아내인 가구노와 같은 아름다움을 지닌 여자와 사는 소망을 이룬 셈이다.

―안심이 되네요.

가구야가 제비 자안패를 들고 입에 담았던 그 말도 결국 내가 우사키베가 아니라 안심이라는 뜻이었나.

"시게 님 덕분에 이 땅에서의 생활이 아주 즐거웠습니다."

머리 위에서 눈부신 금빛 덩어리가 내려왔다. 우리 머리 바로 위에 떠오른 그것은 빛나는 달구지였다.

이걸로 작별인가? 나는 눈빛으로 가구야에게 물었다.

이제는 아름다운 얼굴이 아닌 가구야가 가볍게 고개를 끄덕였다.

"진정 훌륭한 탐정은 결코 결혼 따위 하지 않는 법이랍니다."

발버둥 치는 우사키베를 데리고 가구야와 나를 꼭 닮은 포박 사나이가 달구지 속에 빨려 들어갔다. 떠오른 달구지가 대나무 숲 위에 다다를 무렵에야 우리는 간신히 몸을 움직일 수 있게 됐다.

"가구야!"

내 외침은 허공으로 사라졌다.

달구지가 천천히, 그러나 확실히 작아지는 모습을 나와 남은 네 사람은 멍하니 지켜봤다. 가슴속에 갖가지 감정이 소용돌이쳤다.

대나무 속에서 주운 여자는 죄를 저지른 자가 누구인지 깊이 살펴 그를 붙잡는 일을 돕는 자였다. 진심으로 남을 믿는 것은 용납되지 않았고, 목적 달성을 위해서는 이 땅에 사는 남자들의 운명 따위 아무리 망가지고 어그러져도 상관없었던 것이다. 그리고 가장 어그러진 사람은……

"야스……."

가슴에 맺힌 응어리를 토해내듯 나는 죽은 친구를 향해 중얼거렸다.

"역시 여자를 믿는 게 아니었는데."

하늘에는 예쁜 보름달이 두둥실 떠 있었다.

일곱 번째
데굴데굴 주먹밥

**일본 전래 동화 원작, 『데굴데굴 주먹밥』**

부지런한 노부부가 산에서 나무를 하다 점심으로 주먹밥을 먹으려 한다. 그러나 주먹밥 하나가 떨어져 산등성이를 데굴데굴 굴러가 나무 밑동에 난 구멍 속으로 쏙 빠진다. 주먹밥을 주우러 간 할아버지가 실수로 구멍 속에 빠지자, 그곳에는 흰 쥐들이 주먹밥의 보답이라며 크고 작은 고리 짝 두 개 중 하나를 골라가라고 한다. 마음 착한 할아버지는 작은 고리짝 을 골라 가져갔고 거기서는 금은보화가 잔뜩 나왔다.

이 소문을 들은 욕심 많은 이웃집 할아버지는 일부러 주먹밥을 구멍에 떨어뜨린다. 그리고 고양이 흉내로 쥐들을 위협하여 두 개의 고리짝을 모두 빼앗아가려고 하는데, 그러자 화가 난 쥐들이 할아버지를 물어뜯어 죽인다.

자, 오늘은 너희에게 내가 아는 「데굴데굴 주먹밥」이야기를 해주마.

옛날 옛적 어느 마을에 소시치라는 욕심 많은 영감이 살았다. 소시치 영감은 천성이 게을러 사흘에 한 번만 일을 하러 나갔지. 그러면서도 늘 '어디선가 금은보화라도 뚝 떨어지지 않을까?'라고 생각하며 허황된 꿈만 좇았어.

그러던 어느 날 아침, 소시치 영감이 평소처럼 일하지 않고 화로 옆에서 뒹굴고 있을 때였어.

"큰일이야, 영감. 큰일 났어!"

밖에서 밭일을 하고 있던 할멈이 문을 열고 외치며 방

안에 뛰어들었지.

"뭐야? 무슨 일이길래 그렇게 야단이야?"

"여, 옆 요네하치 영감네 지, 지, 집에……."

할멈의 손에 이끌려 집 밖으로 나간 소시치 영감은 요네하치 영감의 집 문틈으로 안을 엿보다가 하마터면 무릎이 풀려 그 자리에 쓰러질 뻔했어. 토방이 눈부시게 반짝이고 있었거든. 그곳에는 지금껏 본 적도 없는 엄청난 양의 금은보화가 산처럼 쌓여 있었어.

"이보게, 요네하치."

소시치 영감은 득달같이 문을 열고 집 안에 들어가 요네하치 영감에게 물었어.

"자네, 저 보물들이 어디서 났나?"

"오, 소시치 아닌가. 경사일세. 생쥐들에게 이런 자루를 선물 받았지 뭐야."

"자루?"

"어제 일이었네. 평소처럼 동쪽 산에 나무를 베러 갔지. 그러다 점심때가 되어 슬슬 배가 고파지더군. 허기를 달래려고 바위에 앉아 주먹밥을 꺼내다가 그만 손이 미끄러져 주먹밥을 떨어뜨렸지 뭔가. 주먹밥은 덤불 너머 비탈길을 데굴데굴 굴러 그 아래에 있는 구멍에 쏙 들어가버리고 말았어. 우리 할멈이 만든 주먹밥은 밥알이 고슬고슬하고 윤기가 자르르 흘러서 정말 맛있거든. 아까운 마음에 그 비탈길을 내려가 구멍 안을 들여다봤네. 그랬는데 그 구멍에서 갑자기 묘한 노랫소리가 들리지 않겠나!"

주먹밥이 데굴데굴 데굴데굴 쏙
해님의 선물일까 데굴데굴 쏙
주먹밥이 데구루루 데구루루 쏙
기쁨의 춤을 추자꾸나 덩실 더덩실

"그 노랫말이 너무 재밌어서 난 구멍에 주먹밥을 하나 더 떨어뜨렸네. 그랬더니 또다시 그 노래가 들리는 게 아니겠나. 결국 난 내가 가져온 주먹밥 세 개를 몽땅 그 구멍에 떨어뜨리고 말았어."

"대체 그게 무슨 짓이야? 정말 바보 같구먼."

"그런데 그 뒤로도 노래를 계속 듣고 싶어서 이번에는 내 무릎을 감싸 안고 몸을 둥글게 말아 주먹밥처럼 비탈길을 데굴데굴 굴러 내려갔네."

"어리석은 것도 유분수지. 자네가 어떻게 주먹밥이 된다는 말이야?"

"일단 들어보게나. 그 뒤로 문득 정신을 차려 보니 어떤 동굴 같은 곳에 와 있더군. 주변에 초롱불이 걸린 환한 곳이었는데 놀란 얼굴을 한 생쥐들이 내 주변을 둘러싸고 있었지. 그중 나이 많은 갈색 생쥐 한 마리가 내 앞에 오더니 이렇게 물었어. '혹시 조금 전부터 구멍에 주먹밥을 떨어뜨려주신 분이 어르신입니까?' 그래서 내가 '그래'라고 대답하니 생쥐들은 크게 기뻐하더군. 그 후 옆에 있던 료노스케라는 회색 생쥐가 '경사를 기리는 의미에서 떡방아를 찧읍시다'라는 말을 꺼내더니 나를 어느 큰방에 데려갔어. 그 안에서 생쥐들은 어디선가 절구와 절굿공이를 가져와 떡방아를 찧기 시작했네. 그러면서 또다시 그 노래를 흥얼거렸지."

주먹밥이 데굴데굴 데굴데굴 쏙
영감님도 뒤따라서 데굴데굴 쏙
주먹밥이 데구루루 데구루루 쏙
떡방아를 찧자꾸나 쿵덕 쿵덕쿵

"나도 흥에 겨운 나머지 노래에 맞춰 어깨춤을 추기 시작했네. 생쥐들도 덩달아 나와 함께 춤추며 떡을 먹고 술을 마셨지. 그렇게 즐기다 보니 어느새 시간이 훌쩍 흘러 슬슬 돌아갈 때가 됐더군. 그러자 그 장로 생쥐가 큰방 안쪽에 있던 흰 나무문을 열고 안에서 이 자루를 꺼내 와 '선물입니다' 하고 내게 줬어."

"이렇게 지저분한 자루 따위가 선물이라니."

"그런데 말이야. 그 장로 생쥐가 갑자기 '이건 원하는 걸 무엇이든 손에 넣을 수 있는 자루입니다'라고 하는 게 아니겠나? 난 못내 아쉬웠지만 결국 작별을 고하고 생쥐들의 배웅을 받으며 구멍 밖으로 나갔네. 그 후 집에 돌아와 시험 삼아 '금은보화야, 나와라!'라고 하며 자루를 흔들었지."

"뭐? 그러자 이 보물들이 쏟아졌다는 말인가?"

"그렇다니까."

소시치 영감은 질투와 부러움을 동시에 느꼈지.

"이보게, 요네하치."

소시치 영감은 금은보화를 짤랑짤랑 밟고 가서 대뜸 요네하치 영감의 멱살을 잡았어.

"그 쥐구멍이 동쪽 산 어디쯤 있지? 자세히 알려줘."

"사, 산길을 올라가면 꼭대기 전 갈림길에 거, 거북 모양 바위가 있잖나. 그 바로 옆에 비탈길이 있는데 그 아래에 있네."

괴로워하는 요네하치 영감에게 장소를 전해 듣고 소시치 영감은 뒤따라온 할멈을 휙 돌아봤어.

"할멈, 거기서 무엇 하는가! 얼른 주먹밥을 만들어 와!"


## 이


소시치 영감이 거북 모양 바위가 있는 곳까지 올라갔을

즈음에는 이미 점심때가 지나 있었어. 바위 바로 옆 밤나무의 파릇파릇한 잎사귀 사이로 총총히 쏟아지는 햇빛이 아름다웠지만 영감은 그런 걸 즐길 정신이 아니었지.

"쥐구멍으로 가는 비탈길이 어딨지?"

영감은 바닥에 납죽 엎드려 바위 주변 덤불을 샅샅이 뒤지기 시작했어. 그때였지.

"여어, 소시치 영감님 아니십니까."

갑자기 누군가가 영감의 이름을 부르는 게 아니겠어. 고개를 들어보니 옆 마을로 이어지는 산길에서 다고사쿠가 걸어오고 있었지.

"게으름쟁이 영감님이 산에 다 올라오시다니, 내일은 해가 서쪽에서 뜨겠군요."

"내가 산에 와서 뭐 문제라도 있나?"

"아 참, 그러고 보니 영감님, 실은 지금 저희 어머니가 병에 걸려 의원 말로는 앞으로 살날이 얼마 안 남았다고 합니다. 그래서 마지막으로 어머니가 좋아하는 으름을 따다 드리려고 지금 으름을 찾고 있습니다요."

"으름? 이런 한여름에 무슨 귀신 씨나락 까먹는 소린가? 으름은 가을에 나는 열매잖아."

"하지만 어딘가에 하나쯤은."

"없어, 없어. 지금은 없다고."

"그런가요……."

이 다고사쿠는 영감과 같은 마을에 사는데 머리가 약간 모자란 남자였어.

소시치 영감이 손을 휘휘 내젓자 그는 "역시 없나 보네요……" 하고 다시 마을로 돌아가는 산길을 터덜터덜 내려갔지.

"쓸데없이 방해나 하고, 쯧."

영감이 그렇게 중얼거렸을 때 영감의 머리 위로 뭔가가 콩 하고 떨어졌어.

"아야, 이건 또 뭐야."

머리 위를 올려다보니 잎이 무성한 나뭇가지 사이를 뭔가가 빠르게 달려가고 있었지. 그리고 영감의 머리에 맞고 떨어진 푸른 밤송이가 덤불 쪽으로 데구루루 굴러갔어. '혹시 이건……' 하고 생각해 영감은 그 밤송이가 굴러간 덤불을 헤치며 나아갔어.

"있다, 있어!"

나무뿌리들이 사다리처럼 나란히 늘어서 내리막길을 이루는 곳이 있었어. 그 너머에 뻥 뚫린 어두운 구멍이 보였고.

영감은 그 즉시 바위에 둔 죽피 보자기를 풀어서 주먹밥 세 개를 한 번에 움켜쥐고 바닥에 떨어뜨렸어. 그러자 주먹밥은 마치 빨려들어 가는 것처럼 구멍에 떨어졌고, 얼마 후…….

주먹밥이 데굴데굴 데굴데굴 쏙

해님의 선물일까 데굴데굴 쏙


"들린다!"

소시치 영감은 단숨에 무릎을 끌어안고 몸을 둥글게 말아 데굴데굴 비탈길을 굴러갔어. 이후 퍼뜩 정신을 차려보니 동굴 같은 곳에 들어와 있었지. 주변에는 초롱불이 밝게 빛나고 있었고.

눈앞으로는 영감의 키만 한 주먹밥이 세 개나 보였어. 그리고 그 주변에 흰색, 검은색, 회색, 갈색 등 가지각색의 생쥐들이 사람처럼 두 발로 서서 춤을 추고 있지 뭐야. 신기하게도 생쥐들 역시 영감과 비슷할 정도로 키가 컸지.

'주먹밥 크기를 보건대 아무래도 이곳에 떨어지며 내 몸이 줄어든 것 같군.'

"와하하! 신난다!"

그때 검은 생쥐 한 마리가 주먹밥 사이에서 얼굴을 쏙 내밀었어. 그는 몸과 얼굴이 밥알투성이가 되어 껄껄 웃음을 터뜨렸지.

"구로마루, 네 이놈. 그새를 못 참고 주먹밥을 한입 먹어 버린 거냐?"

지팡이를 짚은 갈색의 늙은 생쥐가 그렇게 말하며 검은 생쥐의 머리를 쥐어박았어. 그리고 그제야 소시치 영감을 발견한 듯했어.

"오오, 혹시 저희 구멍에 주먹밥을 세 개나 굴려 떨어뜨려주신 분이 어르신입니까?"

"그래, 맞네."

"요전번 어르신과는 다른 분 같은데."

"장로님, 이번에도 그때처럼 떡방아를 찧으며 잔치를 여는 게 어떻습니까?"

장로라고 불린 생쥐 옆에 서 있던 키 큰 회색 생쥐가 말했어. 생쥐인데도 영리해 보이는 얼굴이었지.

"맞습니다, 맞아요. 료노스케 말대로 떡방아를 찧읍시다."

주위에 있는 생쥐들도 거들고 나서자 장로는 "그러세" 하고 고개를 끄덕였어.

이후 쥐들은 유난히 넓은 방으로 소시치 영감을 안내했어. 바닥에는 돗자리가 깔렸고 안쪽 벽에 흰 나무문이 있는 곳이었지.

'오오, 바로 저기로군. 저 문 너머에 요네하치가 받았다는 그 자루가……'

방 한가운데에 가는 나무로 짠 망루가 있고 그 위에는 쥐머리 모양의 범종이 달려 있었어.

'이 망루, 영 빈약해 보이는걸. 툭 치면 부러져버릴 것 같은데.'

영감이 그런 생각을 하고 있을 때 젊은 생쥐들이 절구와 절굿공이를 가져왔어.

"자, 그럼 시작할까요!"

온몸이 밥알투성이인 장난꾸러기 검은 쥐 구로마루가 두 손을 번쩍 들고 선창을 시작했어.

주먹밥이 데굴데굴 데굴데굴 쏙

영감님도 뒤따라서 데굴데굴 쏙

주먹밥이 데구루루 데구루루 쏙

떡방아를 찧자꾸나 쿵덕 쿵덕쿵

생쥐들은 신나게 노래를 부르며 떡방아를 찧기 시작했어.

하지만 소시치 영감은 하나도 즐겁지 않았지. 영감은 원래부터 노래와 춤이 딱 질색이었거든. 그러자 하얗고 작은 암컷 생쥐가 의아한 것처럼 영감에게 물었어.

"어르신, 왜 춤을 안 추셔요? 지난번 어르신은 저희와 함께 춤추셨는데."

'요네하치 녀석, 쓸데없는 짓이나 하고.'

"난 춤을 못 춘다네."

"그런가요. 그럼 술이라도 한잔하셔요."

하얀 암컷 생쥐가 작은 사기잔을 앞으로 내밀어 술병을 기울였지만 영감은 거들떠보지 않았어. 생쥐들의 떡방아

춤이 좀처럼 끝날 기색이 없자 조금씩 화가 치밀기 시작했거든. 그러다 영감은 문득 어떤 방법을 떠올렸어.

'쥐는 고양이를 무서워하지. 고양이 울음소리를 내면 부리나케 도망칠 게 분명해. 전부 꽁무니를 빼면 저 흰 나무 문을 열자. 보물을 준다는 그 자루를 챙겨서 빨리 돌아가는 거야.'

일단 한번 마음먹고 나니 이렇게 기다리는 게 바보 같아졌어. 영감은 벌떡 일어나 숨을 한껏 들이마시고 배 속 깊숙한 곳에서부터 힘차게 고함을 터뜨렸어.

"냐아아아아아아아옹!"

"으악! 고양이다!" "안 돼!" "살려줘!"

어쩔 줄 모르고 우왕좌왕 도망치는 생쥐들. 절굿공이를 내팽개쳤고 절구가 쓰러져 떡도 흙투성이가 됐지. 야단법석도 이런 야단법석이 있을까. 그런 상황에서 소시치 영감은 '좋아. 내 계획대로 됐어' 하고 음흉하게 미소 지었어.

그때 갑자기 방 안의 불이 탁 꺼졌어.

순식간에 주위에 칠흑 같은 어둠이 깔렸지.

"고양이는 어딨냐!" "암컷과 아이들은 도망쳐!" "꺄악!"

생쥐들은 여전히 고래고래 비명을 지르며 사방팔방 도망치고 있었어.

예상치 못한 상황에 소시치 영감도 당황하고 말았지.

"이, 이보게, 이보게들. 불을 켜야지, 불을."

"꺄악!" "고양이다!" "소시치 영감님!"

'옹? 방금 누가 내 이름을 불렀는데?'

영감이 그렇게 생각했을 때 불현듯 천둥 같은 소리가 들렸어. 그 직후 나무가 우지끈 부러지고 뭔가가 쓰러지는 느낌이 전해졌지.

"아앗! 망루가!"

망루가 머리에 부딪히기라도 하면 큰일이야! 영감은 두 손으로 머리를 감싼 채 그 자리에 웅크렸어.

*대애애애애애애애앵!*

어딘가에서 범종이 떨어지는 소리가 들렸어.


## 02

소시치 영감은 산속에 있었어. 파란 나뭇잎 사이로 햇빛이 비치는 곳이었지.

"앗."

주위를 둘러보니 그때 그 거북 모양 바위에 다시 앉아 있는 상황. 옆에는 주먹밥을 싸 온 죽피 보자기도 가지런히 놓여 있었어. 이게 대체 어떻게 된 일인가……. 난 분명 쥐구멍 속에 있었는데…….

"여어, 소시치 영감님 아니십니까."

화들짝 놀라서 돌아보니 다고사쿠가 옆 마을로 이어지는 산길을 올라오고 있었어.

"게으름쟁이 영감님이 산에 다 올라오시다니, 내일은 해가 서쪽에서 뜨겠군요."

"자네, 조금 전에도 똑같은 말을 하지 않았나?"

"예? 이상한 말씀을 하시네요. 헛것이라도 보셨습니까?"

"이상한 건 자네야."

"아 참, 그러고 보니 영감님. 실은 지금 저희 어머니가 병에 걸려 의원 말로는 앞으로 살날이 얼마 안 남았다고 합니다. 그래서 마지막으로 어머니가 좋아하는 으름을 따다 드리려고 지금 으름을 찾고 있습니다요."

"그 이야기도 아까 하지 않았나. 으름은 가을에 나는 열매라니까."

"하지만 어딘가에 하나쯤은."

"몇 번을 말하나. 지금은 없어, 없다고."

"그런가요……."

다고사쿠는 고개를 갸우뚱거리며 다시 산길을 내려갔어. 소시치 영감의 머릿속에는 '정말 이상한 녀석일세' 하는 생각과 '대체 어떻게 된 일이지?'라는 생각이 뒤엉켰지.

그때 머리 위로 뭔가가 콩 떨어졌어.

고개를 드니 머리 위 나뭇가지 사이를 뭔가가 빠르게

달려서 아까처럼 덤불 쪽으로 사라졌어.

발밑으로는 파란 밤송이가 굴러갔고.

부랴부랴 죽피 보자기를 열어보니 보자기 안에는 주먹밥 세 개도 확실히 들어 있었어.

"뭐야? 아까 분명 구멍에 떨어뜨렸는데."

영감은 주먹밥을 집어 들고 덤불을 헤쳐 걸어갔어. 역시나 눈앞에 구멍이 나타났지. 영감은 구멍을 향해 주먹밥을 한 개, 두 개, 세 개 연이어 굴렸어.


주먹밥이 데굴데굴 데굴데굴 쏙
해님의 선물일까 데굴데굴 쏙


생쥐들의 노랫소리.

'뭐가 뭔지 모르겠지만 아무튼 다시 들어가 봐야겠군.'

영감은 이번에도 무릎을 감싸 안고 데굴데굴 비탈길을 굴러갔어.

눈 앞에 펼쳐진 건 조금 전과 완전히 똑같은 광경이야. 동굴 같은 곳에 환한 초롱불. 세 개의 커다란 주먹밥. 흰색, 검은색, 회색, 갈색 등 각양각색의 생쥐들이 춤을 추고 있고 주먹밥 사이에서는 구로마루가 밥알투성이 얼굴을 쑥 내밀었지.

"와하하! 신난다!"

"구로마루, 네 이놈. 그새를 못 참고 주먹밥을 한입 먹어 버린 거냐?"

나이 든 갈색 생쥐가 구로마루의 머리를 한 대 쥐어박더니 영감을 발견했어.

"오오, 혹시 저희 구멍에 주먹밥을 세 개나 굴려 떨어뜨려주신 분이 어르신입니까?"

"그래, 맞네."

"요전번 어르신과는 다른 분 같은데."

"장로님, 이번에도 그때처럼 떡방아를 찧으며 잔치를 여는 게 어떻습니까?"

"맞습니다, 맞아요. 료노스케 말대로 떡방아를 찧읍시다."

회색 생쥐인 료노스케의 제안에 주변에 있는 생쥐들이 동의했어. 소시치 영감은 큰방으로 안내받았고 젊은 생쥐들이 절구와 절굿공이를 가져와 떡방아를 찧기 시작했어.

주먹밥이 데굴데굴 데굴데굴 쏙
영감님도 뒤따라서 데굴데굴 쏙
주먹밥이 데구루루 데구루루 쏙
떡방아를 찧자꾸나 쿵덕 쿵덕쿵

"어르신, 왜 춤을 안 추셔요?"

하얀 암컷 생쥐가 영감에게 다가와 물었어.

"지난번 어르신은 저희와 함께 춤추셨는데."

이렇게 된 이상 영감도 이 상황을 받아들일 수밖에 없었지.

'무슨 영문인지 몰라도 조금 전과 똑같은 상황이 반복되고 있어.'

"난 춤을 못 춘다네."

영감은 일단 그렇게 대답했어.

"그런가요. 그럼 술이라도 한잔하셔요."

암컷 생쥐는 영감의 손에 사기잔을 쥐여주고 술을 따랐어. 술을 한 모금 마신 영감은 문득 머릿속이 번뜩였지. 조금 전 이때쯤에 아마 고양이 흉내를 냈었던 것 같은데.

하지만 '다시 한번 해보자' 같은 바보 같은 생각을 할 영감이 아니었어. 그러다 또다시 산속으로 돌아가기라도 하면 큰일일뿐더러 보물 자루도 손에 넣지 못하니까. 같은 상황이 반복되어선 안 됐지. 영감이 술을 마시며 이것저것 궁리하는 동안 시간은 하릴없이 흘러갔단다.

그렇게 슬슬 떡방아가 끝나갈 무렵이었어.

"자, 장로님!"

느닷없이 파란 쥐 한 마리가 큰방 장지문을 열고 뛰어들어왔어. 순식간에 노래와 춤이 멈췄고 절구 주위에서 다른 생쥐들과 함께 웃고 있던 장로 쥐는 언짢은 표정으로 고개를 돌렸지.

"무슨 일이냐? 주자부로."

"콩 창고 안에 만푸쿠가 죽어 있습니다!"

"뭐!"

"얼른 와주십시오!"

큰방에 있던 생쥐들은 모두 그 주자부로라는 이름의 파란 쥐를 우르르 따라갔어.

"큰일이네요. 어르신도 함께 가셔요."

암컷 생쥐가 손을 잡아끄는 바람에 영감도 엉거주춤 몸을 일으켰어.

"잠깐, 콩 창고라는 게 대체 뭐지?"

"이 구멍의 제일 안쪽에 있는 곳이에요. 원래는 관음보살님을 기리기 위한 곳이었는데 쥐들의 숫자가 느는 바람에 지금은 만약의 사태에 대비해서 콩을 쌓아두고 있지요."

큰방 밖으로 영감을 데려가며 암컷 생쥐가 설명했어.

"만푸쿠 씨는 원래부터 먹성이 대단하니 분명 그 안에서 콩을 몰래 먹고 있었을 거예요."

굽이굽이 이어진 통로를 지나 도착한 곳은 검게 칠한 문 앞이었어. 모든 생쥐가 열린 문을 지나 창고 안으로 들어갔지. 창고 안에는 콩이 산더미처럼 쌓여 있었고, 그 콩더미에서 상반신만 툭 불거져 나온 커다란 관음상이 보였어. 다만 그 얼굴은 쥐란 말이지. 황금빛으로 빛나는 생쥐 관음상. 보기만 해도 기이한 광경 아니겠니.

그리고 바닥에는 3할 정도를 먹은 주먹밥이 있고, 그 옆에 씨름 선수처럼 몸집이 거대한 노란 쥐가 천장을 바라본 자세로 쓰러져 있었어.

"만푸쿠! 이보게, 만푸쿠! 눈을 떠!"

장로가 지팡이 끝으로 그 큰 쥐의 몸을 쿡쿡 찔렀지만 뱃살만 출렁일 뿐 쥐는 꿈쩍도 하지 않았지.

"장로님, 저 목덜미를 좀 보십시오."

주자부로의 말에 장로가 만푸쿠의 목 쪽을 바라봤어.

"이, 이럴 수가. 이건 목을 조른 흔적 아닌가."

"그렇습니다. 만푸쿠는 누군가에게 목이 졸려 살해된 겁니다."

순식간에 쥐들 사이에서 술렁거리는 소리가 퍼졌지.

"으아앙! 만푸쿠!"

구로마루가 그 거대한 생쥐의 사체에 달라붙어 울음을 터뜨렸어.

"누가 이런 끔찍한 짓을……."

소시치 영감은 일련의 상황을 쥐 떼의 맨 뒤에 서서 지켜보다가 문득 깨달았어.

'모두 저 뚱뚱한 생쥐 사체에 정신이 팔려 있군. 몰래 자루를 가져가려면 지금이 기회야.'

사체를 둘러싸고 안달복달하는 쥐들에게 들키지 않도록

영감은 조용히 콩 창고를 빠져나가 큰방으로 돌아갔어.

큰방에는 절구와 절굿공이, 떡도 모두 그대로였지. 영감은 처음부터 눈여겨본 그 흰 나무문으로 다가가 손잡이를 붙잡고 잡아당겼어.

그러나 문은 아주 조금 열리고 그 이상 움직이지 않았어. 자물쇠가 잠겨 있는 것 같았지.

'그래 봐야 쥐가 만든 자물쇠잖나. 세게 당기면 부서지겠지.'

소시치 영감은 힘을 실어 손잡이를 거칠게 잡아당겼어. 그러자 문이 조금 더 열렸고 이제는 얼마 안 남은 상황. 이제 곧 그 자루를 손에 넣을 수 있는 거야.

그러나 손에 땀이 나서일까. 영감이 세 번째로 힘줘 손잡이를 잡아당겼을 때 그만 손이 주르르 미끄러지고 말았어. 그리고 그 반동이 너무 컸던 나머지 영감은 비틀거리다가 뭔가에 등을 부딪쳤고, 그 순간 우지끈 하고 나무 부러지는 소리가 들렸지.

"앗!"

깨달았을 때는 이미 늦었어. 부러진 망루 기둥은 범종의 무게를 견디지 못했고 영감이 갈팡질팡하는 사이 망루가 쓰러지고 말았지.

"아아앗!"

영감은 두 손으로 머리를 감쌌지만, 범종은 영감의 간

절한 바람도 소용없이 그대로 떨어져…….

*대애애애애애애애애앵!*


## 03

소시치 영감은 산속에 있었어. 머리 위로는 나뭇가지 사이로 비치는 햇빛, 엉덩이 아래에는 거북 모양 바위, 그리고 바로 옆에는 주먹밥을 싸 온 죽피 보자기가 있었지.

"여어, 소시치 영감님 아니십니까."

다고사쿠가 산길을 올라오는 중이었어.

"……또 시작이군."

"게으름쟁이 영감님이 산에 다 올라오시다니, 내일은 해가 서쪽에서 뜨겠군요."

"범종이야. 그 범종이 울리면 이곳으로 다시 돌아와버리는 거야."

"뭘 그렇게 혼자 중얼거리십니까? 아 참, 그러고 보니 영감님. 실은……."

"으름은 가을 열매야!"

"예? 제가 으름을 찾는지 어떻게 아셨지요?"

"시끄러워! 썩 꺼져!"

다고사쿠는 얼빠진 얼굴로 고개를 갸웃거리며 마을로

이어지는 산길을 내려갔어. 그 직후 머리에 콩 하고 파란 밤송이가 영감의 머리에 부딪혀 땅에 떨어지더니 덤불 쪽으로 굴러갔어.

"빌어먹을."

영감은 바닥에서 발을 동동 굴렀어.

"이렇게 된 이상 어떻게든 그 자루를 손에 넣고 말겠어."

죽피 보자기를 풀어 주먹밥 세 개를 움켜쥔 영감은 덤불을 헤치고 나아가 쥐구멍을 향해 주먹밥을 굴렸어. 마음 같아서는 지금 당장 무릎을 감싸고 굴러가고 싶었지만, 그 노래도 들리지 않는데 구멍에 들어가면 뭔가가 잘못될 수도 있다고 염려했지.


주먹밥이 데굴데굴 데굴데굴 쏙
해님의 선물일까 데굴데굴 쏙


"좋아."

영감은 즉시 무릎을 감싸 안고 비탈길을 굴러갔어. 구멍 속에서는 이제는 완전히 낯익은 생쥐들이 영감을 맞아 줬지.

"혹시 저희 구멍에 주먹밥을 세 개나 굴려 떨어뜨려주신 분이 어르신입니까?"

밥알투성이 구로마루의 머리를 한 대 쥐어박고 장로 생

쥐가 물었어.

"그래, 맞네."

영감은 대답하면서 속으로 생각했어. 대체 어떡해야 저 흰 나무문 너머의 보물 자루를 훔칠 수 있을까. 요네하치 영감처럼 노래하고 춤추며 즐겁게 보내다 보면 자연스럽게 선물로 받게 될 거라는 당연한 생각을, 이 성질 급하고 욕심 많은 영감이 할 리 없었지.

"장로님, 이번에도 그때처럼 떡방아를 찧으며 잔치를 여는 게 어떻습니까?"

"맞습니다, 맞아요. 료노스케 말대로 떡방아를 찧읍시다."

생쥐들은 첫 번째와 두 번째에도 갔던 큰방에 영감을 데려가 곧 떡방아를 찧고 춤추기 시작했어.

주먹밥이 데굴데굴 데굴데굴 쏙
영감님도 뒤따라서 데굴데굴 쏙
주먹밥이 데구루루 데구루루 쏙
떡방아를 찧자꾸나 쿵덕 쿵덕쿵

"나도 할래!"

검은 쥐 구로마루가 젊은 쥐에게서 절굿공이를 빼앗아 들었어.

"주먹밥이 데굴데굴 데굴데굴 쏙…… 어, 어어."

몸집이 작은 구로마루에게는 절굿공이가 너무 무거웠는지 비틀거리는 한심한 모습에 생쥐들이 웃음보를 터뜨렸고 옆에서 영감은 흠칫했어.

'그래, 저 절굿공이야. 저걸로 문을 때려 부수면 되겠어.'

조금 전에 문을 열려다 깨달았지만 흰 나무문은 그렇게 두껍지 않았어. 절굿공이로 여러 번 후려치면 박살 날 것 같았지.

"저……."

그때 가냘픈 목소리가 들렸어. 돌아보니 하얀 암컷 생쥐가 술병을 앞으로 내밀고 있더구나. 영감은 사기잔을 받아 들고 암컷 쥐가 따라준 술을 마셨어. 이미 보물 자루를 손에 넣은 거나 마찬가지라고 생각하니 기분이 들떠 술맛도 좋았지.

'이제 그 주자부로인가 뭔가 하는 파란 쥐가 오기만을 기다리면 돼.'

"저……."

그때 하얀 암컷 생쥐가 또 뭔가 할 말이 있는 것처럼 영감의 얼굴을 힐끔거리며 입을 열었어.

"응? 뭔가?"

이번에도 춤을 왜 안 추냐고 물으려는 걸까.

그러나 왠지 느낌이 달랐어.

"저는 하쓰유키라고 합니다."

'물어보지도 않았는데 웬 이름을 대고 있어? 그것도 쥐 주제에 멋스러운 이름을°.'

영감은 속으로 비웃으면서도 뭔가 이상했어. 이 암컷 생 쥐가 지금까지와는 어딘가 태도가 달랐거든.

하쓰유키라는 그 생쥐는 주변을 살피며 영감 쪽으로 조 심스레 다가왔어.

"이런 걸 여쭤서 이상하게 생각하실 수도 있지만."

"뭐야?"

하쓰유키는 영감의 귀에 입을 가까이 대고 나직이 속삭 였어.

"혹시 영감님은 지금 구멍에 떨어지는 걸 반복하고 계 시지 않나요?"

"뭐!"

영감은 놀란 나머지 하마터면 술잔을 떨어뜨릴 뻔했어.

"자, 장로님!"

주자부로가 큰방에 뛰어 들어온 건 바로 그때였어.

"무슨 일이냐? 주자부로."

"콩 창고 안에 만푸쿠가 죽어 있습니다!"

"뭐!"

---

° 일본어로 '하쓰유키(初雪)'는 첫눈을 뜻한다.

"얼른 와주십시오!"

큰방에서 우르르 몰려나가는 생쥐들. 구로마루도 절굿공이를 내팽개치고 뛰어나가는 모습이 보였어. 영감은 원래 이대로 이곳에 있다가 저 흰 나무문을 때려 부술 계획이었지만 하쓰유키의 느닷없는 말 때문에 그럴 정신이 아니었지.

"자네는 어떻게 내가 반복하는 걸……."

"자, 어르신도 함께 가셔요."

하쓰유키는 영감의 말에는 대답하지 않고 손을 붙들었어. 생각보다 힘이 세서 영감은 질질 끌려갔지.

콩 창고 안에는 조금 전처럼 주먹밥 바로 옆에 뚱뚱한 생쥐가 벌러덩 드러누워 죽어 있었어.

"으아앙! 만푸쿠!"

구로마루가 사체에 달라붙어 울음을 터뜨렸지.

"누가 이런 끔찍한 짓을……."

장로가 얼굴을 찌푸리며 주자부로를 돌아봤어.

"어떻게 된 일인지 자세히 설명해주겠나?"

"자세히 설명드릴 것도 없습니다. 떡방아를 찧을 때 만푸쿠의 힘이 필요할 것 같아 이 녀석을 찾고 있었지요. 콩 창고 앞에 있던 오치쿠와 교치쿠에게 물으니 만푸쿠가 창고 안에 있다 해서 문을 열어보니……."

생쥐들이 웅성거리기 시작했어.

누가 만푸쿠를 죽였을까. 그러나 소시치 영감에게는 상관도 없는 일이었지. 조금 전 하쓰유키의 말은 신경 쓰였지만 그보다 그 보물 자루를 손에 넣는 게 먼저였고.

"오치쿠, 교치쿠, 어떻게 된 일인지 알려주게."

장로가 말을 건 생쥐들은 두 마리의 녹색 쥐였어. 두 쥐는 각진 얼굴 모양이 꼭 닮은 걸 보니 쌍둥이처럼 보였지. 두 쥐 모두 몸과 양손을 붕대로 칭칭 감고 있었어.

"저희는 콩 창고 앞에서 계속 쥐 장기를 두고 있었습니다."

"잠깐, 자네들은 그저께 밖에서 다치는 바람에 손을 못 쓰지 않나?"

"장기라면 이빨로도 둘 수 있으니까요."

"그렇군. '계속'이라는 건 언제부터를 말하나?"

"'주먹밥을 떨어뜨린 어르신이 집에 돌아가셨다'라고 누가 알려줬으니, 그전부터입니다."

요네하치를 말하는 거구나. 소시치 영감은 그렇게 짐작했어.

"뭐? 그럼 제법 오래전부터 장기를 두고 있었다는 말인데……. 그 뒤로는?"

"네, 정확히 언제인지는 몰라도 만푸쿠가 주먹밥을 머리에 이고 두 손으로 받친 채 다가와 '이 콩 창고에 넣어두라고 하셨어' 하더니 창고에 들어갔습니다. 그때 창고 안을 확인했을 때는 아무도 없었고요."

"흐음, 맞아. 얼마 전에 오신 어르신의 주먹밥이 한 개 남아서 오늘 밤에라도 먹을 테니 콩 창고에 넣어두라고 내가 만푸쿠에게 지시했지."

장로가 말했어. 그렇다면 사체 옆에 있는 저 주먹밥은 요네하치의 주먹밥이겠지.

"이후 대국이 끝나기도 전에 주자부로가 만푸쿠를 찾아서 이 안에 있다고 알려줬습니다. 그런데 주자부로 녀석, 창고 문을 열자마자 갑자기 비명을 꽥 질러서……."

영감은 하쓰유키의 손을 살며시 놓았어. 하쓰유키는 쌍둥이 쥐들의 이야기에 귀 기울이는 중이었고, 아무도 소시치 영감 쪽을 주목하지는 않았지.

"그건 곧 만푸쿠가 창고에 들어간 후 주자부로가 들어가기 전까지는 아무도 들어가지 않았다는 말인가?"

"예, 그렇습니다."

"그럼 주자부로. 자네가 만푸쿠를?"

"그럴 리 없잖습니까! 제가 창고 문을 열자마자 만푸쿠의 사체가 눈에 들어왔습니다."

"틀림없습니다, 장로님." 쌍둥이 생쥐 중 한쪽이 말했어. "주자부로는 만푸쿠를 죽일 시간이 없었습니다. 그렇지? 교치쿠."

"응, 틀림없어."

"오치쿠, 교치쿠. 자네들의 소행도 아니겠지?"

"보시다시피 저희는 지금 손을 쓸 수 없습니다. 만푸쿠의 목을 조를 수 없지요."

"네, 틀림없습니다."

"그럼 누구 짓이지? 아무도 없는 콩 창고에 들어가 만푸쿠를 죽이고 다시 나가다니. 창고로 드나드는 문은 이 문 하나뿐인데."

소시치 영감은 쥐들이 눈치채지 못하게 살금살금 큰방으로 돌아가려 했어.

"오치쿠 씨."

느닷없이 하쓰유키가 목소리를 높여서 영감은 화들짝 놀라 그 자리에 멈춰 섰지.

"아니, 교치쿠 씨도 상관없습니다만, 만푸쿠 씨가 콩 창고에 들어간 시점이 어르신께서 이곳에 오시기 전인가요?"

"어르신?" "그게 누구지?"

"이 어르신이요."

하쓰유키가 소시치 영감을 가리키자 영감은 조심스레 고개를 돌렸어. 생쥐들의 눈이 대번에 영감 한 명에게 쏠렸지. 영감은 싹싹하게 미소 지으며 시치미를 뗐어.

"아아, 그러고 보니 교치쿠. 구멍 쪽에서 데굴데굴 주먹밥 노래가 들렸지?"

"그래, 들렸지, 들렸어. 그런데 그건 저 어르신이 구멍에 굴러떨어져서 부른 노래 아닌가? 만푸쿠가 콩 창고에 들어간 건 데굴데굴 주먹밥 노래가 들리기 전이었다고."

"응, 틀림없어."

하쓰유키는 만족스러운 듯이 고개를 끄덕이고 장로 쪽을 돌아봤어.

"장로님, 외람되오나 이 하쓰유키, 묘안이 있습니다. 만푸쿠 씨를 죽인 자를 저 어르신께 찾아달라고 부탁하는 게 어떨까요?"

"뭐?"

소시치 영감은 놀란 나머지 하마터면 그 자리에서 펄쩍 뛸 뻔했어.

"누가 어떻게 만푸쿠 씨를 죽였는지 저희는 모릅니다. 하지만 만푸쿠 씨가 콩 창고에 들어간 후 쥐구멍에 굴러 들어온 이 어르신만은 그런 행동을 할 수 없었지요."

"흐음, 그러니까 이 어르신은 우리 중에 유일하게 신뢰할 수 있는 분이란 건가."

주위에 있는 쥐들도 "그렇구나, 그렇구나" 하고 야단법석을 떨었어.

소시치 영감에게는 일이 성가시게 되어버린 게지.

"이런 일을 하는 사람을 인간 세계에서는 아마 '탐정'이라고 한다지요?"

하쓰유키가 물었어.

탐정이라니. 그런 건 가구야가 인간에게 전수했다는 옛날이야기 속에나 등장하는 직업 아닌가. 내가 그런 일을 할 수 있을까. 아아, 이거 정말 귀찮네. ……그런 생각이 가장 먼저 머리를 스쳤지만 다른 사람도 아닌 소시치 영감이잖니. 잔머리만큼은 누구보다 잘 돌아갔지.

"그래, 알겠네, 알겠어."

영감은 두 손을 위아래로 흔들며 쥐들을 진정시켰어.

"내가 나서면 저 만푸쿠라는 놈을 죽인 범인…… 아니, 범쥐라고 해야 하나. 어쨌든 그 녀석을 붙잡아 혼내주지 못할 것도 없지."

"그렇다면."

"그러나 탐정에게는 원래 보수가 필요한 법. 그것도 선불로."

"선불?"

장로는 생전 처음 듣는 단어인 것처럼 눈을 동그랗게 떴어.

"사례를 먼저 한다는 뜻일세. 이곳에 원하는 물건을 손에 넣을 수 있다는 자루가 있지 않나?"

"아아, 네. 있습니다. 그걸 드리면 될까요?"

"그래, 바로 그거야."

장로는 영감을 조금 전의 그 큰방으로 데려갔어. 다른 생쥐들도 우르르 뒤따라왔지.

장로 쥐는 우선 흰 나무문 앞에 서서 어디선가 열쇠를 가져와 자물쇠를 풀었어. 안에는 역시 자루가 있었고, 장로 쥐는 그걸 집어 소시치 영감에게 건넸어.

　"이걸로 되겠지요? 그럼 만푸쿠를 죽인 자를 반드시……."

　"그래, 그래, 알겠네."

　'이것만 있으면 이곳에는 더 이상 볼일이 없지.'

　소시치 영감은 모두를 돌아봤어.

　"자, 지금부터 이것저것 조사해야 하니 모두 이 방에서 나가지 말게."

　그러자 생쥐들은 서로 얼굴을 마주 보며 술렁거렸어.

　"저, 어르신." 하쓰유키가 이상하다는 듯 입을 열었어. "왜 방에서 나가면 안 되는 건가요?"

　"범쥐가 마음대로 돌아다니며 증거를 없애기라도 하면 큰일 아닌가. 안 그렇나?"

　"오오, 맞습니다. 자, 모두 어르신이 시키는 대로 하여라."

　다행히 장로 쥐가 감쪽같이 속아 넘어가줘서 영감은 속으로 음흉하게 미소 지었지.

　"그럼 난 잠시."

　영감은 혼자 통로로 나가 큰방의 장지문을 탁 닫았어.

　그리고 장로 쥐에게 받은 자루를 허리춤에 차고 자신이 떨어진 구멍 쪽으로 득달같이 되돌아갔지. 통로 바로 위에 있는 뻥 뚫린 구멍. 저기까지만 올라가면 팔다리를 밖에 걸치고 빠져나갈 수 있을 테지만 구멍 입구까지 손이 닿지 않았어. 영감은 발판으로 삼을 만한 게 없을지 주변을 둘러보다가 자신이 구멍에 떨어뜨린 주먹밥 세 개를 발견했어. 그리고 그중 하나를 구멍 바로 아래까지 굴려와 온몸에 밥알을 잔뜩 묻히며 기어올랐어.

"여엉차!"

주먹밥을 발판 삼아 뛰어올라 구멍에 머리를 쑥 집어넣었을 때.

"아얏!"

순간 영감은 정수리와 어깨에서 극심한 통증을 느꼈어.

"아야야얏!"

주먹밥에서도 굴러떨어져 그만 바닥에 허리를 세게 부딪치고 말았지. 뭔가 뾰족한 게 박힌 것처럼 머리가 욱신거렸고, 잠시 후 생쥐들이 우르르 몰려오는 소리가 들렸어.

"이, 이게 어찌 된 일입니까!"

장로 쥐의 목소리가 들렸어.

"덫으로 깔아 놓은 가시덩굴의 가시가 어르신 머리에 박혀 있잖습니까. 밖에서 들어올 때는 걸리지 않지만 나갈 때는 치우고 나가야 해서 그렇게 되는데."

"요, 요네하치 녀석은 그런 말이 없었는데……."

영감은 머리에 박힌 가시를 빼내려 했지만 좀처럼 뽑히

지 않았어. 그러기는커녕 가시를 만진 손에서도 피가 흐르기 시작했지.

"흐음."

장로 쥐의 차분한 목소리가 그 어느 때보다도 차갑게 들렸어.

"아무래도 당신은 자루를 빼돌리려 한 것 같군."

"뭐라고?" "우리를 속인 건가!" "이런 염치없는 인간이!"

생쥐들이 입을 모아 소리치기 시작했어.

"아, 아니, 그게……."

소시치 영감의 변명 따위 이제 아무도 들으려 하지 않았지. 주변을 뒤덮은 살기가 영감을 옴짝달싹 못 하게 했어.

"쥐라고 우리를 무시하다니. 아무래도 당신은 쥐들의 진짜 무서움을 모르는 것 같군."

영감의 눈앞에 수십 마리나 되는 쥐들의 눈이 보였어. 그 모든 눈에 새빨간 분노가 떠올라 있었지.

"지, 진정하게나."

"모두 돌진!"

"찍!" "찍!" "찍찍!"

생쥐들이 일제히 소시치 영감에게 달려들었어. 머리카락이 뚝뚝 뽑혀 나가고, 옷이 갈기갈기 찢어지고, 얼굴과 목, 가슴과 배, 다리까지 모조리 생쥐들의 발톱과 이빨이 콱콱 박히자 온몸을 침봉에 대고 문지르는 듯한 극심한 통증이 엄습했지.

"끄아아아……!"

그것은 그야말로 지옥의 고통이라 부를 만한 것이었어.

'아파, 아파……. 아아, 어째서 이런 일이……. 난 죽고 싶지 않아. 죽고 싶지 않아!'

생쥐들의 폭풍 같은 공격을 받으며 소시치 영감은 격렬히 후회했어. 그러나 때는 이미 늦었지. 영감은 온몸이 피투성이가 되어 점점 의식이 아득해졌고…….

*대애애애애애애애앵!*


## 04

소시치 영감은 산속에 있었어. 머리 위로는 나뭇가지 사이로 비치는 햇빛, 엉덩이 아래에는 거북 모양 바위.

순간 소스라치게 놀라 머리와 어깨를 만져봤지만 가시 같은 건 없었어. 옷도 멀쩡하고 바닥에 부딪힌 허리도 아프지 않았지.

"여어, 소시치 영감님 아니십니까."

돌아보니 다고사쿠가 산길을 올라오는 중이었어. 어수룩한 그의 얼굴을 보자마자 이루 말할 수 없는 안도감이 솟구쳤지.

"게으름쟁이 영감님이 산에 다 올라오시다니, 내일은 해가 서쪽……."

"다고사쿠!"

영감은 벌떡 일어나 다고사쿠에게 달려가 그의 손을 붙잡았어.

"자네, 다고사쿠 맞지?"

"으응? 네, 맞습지요. 태어났을 때 아버지가 그런 이름을 붙여주셨으니."

"다행이다. 돌아와서 다행이야!"

영감은 조금 전 일을 떠올렸어. 생쥐들의 무시무시한 공격 속에서 웬일인지 종소리가 들렸고, 이후 모든 게 원래대로 돌아온 거야.

"아 참, 그러고 보니 영감님. 실은……."

"오오, 그래그래. 으름 말이지?"

"어라? 제가 으름을 찾는 걸 어떻게……."

"난 자네에 대해서는 뭐든 다 아니까. 다고사쿠, 잘 듣게. 지금은 여름이니 으름이 없어. 대신 내가 좋은 걸 주지."

무사히 돌아온 영감 눈에는 이 얼빠진 사내도 사랑스럽게 비치는지 영감은 허겁지겁 옆에 둔 죽피 보자기를 풀었어.

"자, 주먹밥일세. 자네한테 줄게."

이제 두 번 다시 그런 무시무시한 경험은 하고 싶지 않

아. 보물 자루 따위 포기해도 돼. 이렇게 주먹밥을 다고사쿠에게 주고 나면 미련도 사라질 거라고 소시치 영감은 생각했지.

"이야, 이것 참 먹음직스러운 주먹밥이네요. 정말 저한테 주시는 건가요?"

"그래, 세 개 다 먹어도 돼."

"정말 인정 많은 어르신이셔."

소시치 영감은 주먹밥이 든 죽피 보자기를 통째로 다고사쿠에게 건넸어. 다고사쿠는 주먹밥을 한 입 덥석 베어 물더니 별안간 얼굴을 찌푸렸지.

"뭐야, 밥이 덜 익었잖아요."

"그래? 할멈이 서둘러 만드느라 그랬나 보군. 미안하네."

"이렇게 맛없는 주먹밥은 처음입니다."

다고사쿠가 투덜거리며 주먹밥을 한 입 더 먹으려 할 때 다고사쿠의 머리에 콩 하고 파란 밤송이가 떨어졌어.

"아얏!"

다고사쿠는 순간적으로 두 손으로 머리를 감싸다가 그만 주먹밥을 떨어뜨리고 말았어. 먹기 위해 오른손에 들고 있던 주먹밥과 왼손에 든 죽피 보자기 속 주먹밥 두 개까지 모조리 말이야.

"다고사쿠! 자네, 이게 무슨 짓인가!"

영감은 황급히 주먹밥을 쫓아갔지만 이미 때는 늦었지.

바닥을 구르는 밤송이를 뒤쫓듯 주먹밥 세 개가 데굴데굴 굴러가 쥐구멍에 쏙 떨어지고 말았어.

주먹밥이 데굴데굴 데굴데굴 쏙
해님의 선물일까 데굴데굴 쏙
주먹밥이 데구루루 데구루루 쏙
기쁨의 춤을 추자꾸나 덩실 더덩실

"웅? 영감님, 이 노랫소리는 뭡니까?"
다고사쿠가 물었지만 영감은 대답하지 않았어. 그리고 노래를 듣는 동안 조금 전 생쥐들에게 공격당했을 때의 공포가 조금씩 분노로 변해갔어.
'이 쥐새끼들, 날 우습게 보고.'
조금 전까지만 해도 자루를 포기하려 했지만 그 분노는 영감의 타고난 못된 성미를 무럭무럭 부풀렸지.
'그 자루를 가져가지 않으면 직성이 안 풀려!'
"다고사쿠, 자네는 이만 돌아가게."
"네? 하지만."
"얼른!"
억지로 다고사쿠를 쫓아 보낸 후, 영감은 무릎을 감싸 안고 용감하게 전쟁터를 향해 데굴데굴 굴러갔어.
"와하하! 신난다!"

아무것도 모르는 구로마루가 주먹밥 사이로 밥알투성이 얼굴을 쏙 내밀었어. 그리고 그의 머리를 쥐어박은 장로 쥐가 영감을 발견했지.

"혹시 저희 구멍에 주먹밥을 세 개나 굴려 떨어뜨려주신 분이……."

"그래, 나일세."

영감은 화를 꾹 참고 대답했어. 그 후 생쥐들은 영감과 함께 큰방에 가서 떡방아를 찧으며 노래를 부르고 춤추기 시작했지. 하나부터 열까지 똑같았어.

'이 빌어먹을 쥐새끼들. 자루만 가져가면 이 쥐구멍에 불붙은 지푸라기라도 쑤셔 넣어 모조리 숯덩이로 만들어주마.'

그런 험악한 생각을 하는 영감 옆으로 하쓰유키가 다가왔어.

"지난번 어르신은 저희와 함께 춤추셨는데."

"흥, 내가 춤 같은 걸 출 것 같아?"

"그런가요. 그럼 술이라도 한잔하셔요."

영감은 하쓰유키가 내민 사기잔을 받아 들고 술을 마시다가.

'응?'

순간 기이한 사실 한 가지를 깨달았어.

'이 하얀 암컷 생쥐는 내가 반복해서 구멍에 굴러떨어진

다는 걸 알고 있을 텐데.'

그러나 하쓰유키는 천진난만한 얼굴로 "어서요, 어서요" 하고 술병만 내밀었지.

영감은 조금 섬뜩해졌어.

"이보게, 하쓰유키."

"네? 앗!" 하쓰유키는 깜짝 놀라며 몸을 움찔했어. "제 이름을 어떻게……."

"무슨 소린가? 지난번에 자네가 직접 알려줬잖나."

"네? 지난번이라고 하시면……."

하쓰유키는 정말 모르는 듯했고 시치미를 떼는 것처럼 보이지 않았어. 그걸 떠나 시치미를 떼서 이 암컷 생쥐에게 득 될 건 없었지.

'이번에는 모르는 건가?'

묘한 일이지만 그건 그것대로 괜찮겠다며 영감은 생각을 고쳤어.

'자루를 가지고 도망치는 걸 못 봤다면 내 진짜 목적도 모른다는 말이잖아. 장로 쥐에게 고자질이라도 하면 큰일이니 오히려 좋은 일이지.'

"자, 장로님!"

그때 장지문을 열고 주자부로가 뛰어 들어왔어.

만푸쿠가 살해됐다는 소식에 모든 생쥐들이 우르르 콩창고로 향했어. 그 안에는 만푸쿠가 쓰러져 있었지.

"으아앙! 만푸쿠!"

구로마루가 울음을 터뜨렸고.

"누가 이런 끔찍한 짓을⋯⋯."

장로가 그 말을 입에 담고 오치쿠와 교치쿠가 상황을 설명한 후 이번에도 하쓰유키가 범인을 찾아달라고 부탁할 거라 예상했지만, 하쓰유키는 아무 말이 없었어.

'이 암컷 쥐는 이번에는 정말 아무것도 모르는 듯하군. 어쩔 수 없지.'

"어이, 여보게들."

영감은 소리 높여 외치자 생쥐들이 일제히 영감 쪽을 돌아봤어.

"내 그 만푸쿠니 뭐니 하는 자를 죽인 자가 누구인지 밝혀주겠네. 저쪽에서는 이런 걸 탐정이라고 하는데."

"네? 무슨 말씀을 하시는 겁니까?"

장로 쥐가 어리둥절해하며 물었어.

"생각해보게. 난 방금 이곳에 왔잖나. 이 중에서 유일하게 고놈을 죽일 수 없었던 내가 가장 결백하지 않겠어? 또 생쥐보다는 인간이 훨씬 머리가 좋다는 걸 자네들도 알 텐데."

그러자 쥐들은 서로 얼굴을 마주 보며 "그런가?" "그런 것 같기도 한데" 같은 말을 주고받았어.

"그, 그러면 부탁드려도 되겠습니까? 그 '탐정'을."

장로 쥐의 말에 영감은 더욱 기세등등해졌지.

"좋아. 단, 탐정에게는 보수를 주는 것이 인간 세상의 도리지. 자네들도 따라야 해."

"보수라고 하시면……."

"예를 들어 원하는 건 무엇이든 손에 넣을 수 있는 자루 같은 걸 받으면 아주 기쁠 텐데 말이야."

"오오, 저희에게 마침 그런 자루가 있습니다. 어르신이 만푸쿠를 죽인 자를 밝혀주신다면 그 자루를 드리지요."

영감은 그 말을 듣고 히죽 웃으며 고개를 끄덕였어.

"그럼 장로, 어디 골방 하나를 나한테 내어주겠나? 쥐들 한 마리 한 마리에게 전부 이야기를 들어보려고 하네. 그럼 누구와 누구의 주장이 엇갈린다는 걸 알 수 있겠지. 못된 짓을 저지른 자의 거짓말은 원래 이렇게 들추어내는 법이야."

"오오, 과연, 그렇군요. 그럼 저기 있는 저 도토리 창고는 어떻습니까?"

콩 말고 도토리를 쌓아두는 곳도 있었나.

"그래, 그럼 그곳을 쓰도록 하지. 그리고 또 하나. 큰방에 있는 망루 위 범종 말인데, 그걸 내려서 어딘가에 넣어두게."

"네? 그건 왜지요?"

"다 자네들을 위해서 하는 말이야. 그 망루는 너무 낡아서 언제 쓰러져도 이상하지 않은 상태 아닌가. 그게 쓰러져 종이 떨어지기라도 하면 위험하지 않겠나? 아무도 종을 올리지 못할 곳에다가 넣어둬."

영감은 대체 무슨 목적으로 이런 말을 한 걸까. 해답은 간단하지. 범종이 울려서 또다시 원래 세계로 돌아가지 않게 해놓고 만푸쿠를 죽인 자를 찾으려 했던 거야.

한 마리의 뚱뚱한 생쥐가 살해됐어. 사건 현장인 콩 창고는 그 생쥐가 들어간 후 사체로 발견되기 전까지 아무도 드나들 수 없었지. 즉, 이것은 불가능 범죄라는 뜻. 그러나 뒤집어보면 불가능 범죄라는 건 방법만 알면 자연히 누가 했는지도 밝힐 수 있기 마련이야.

'기껏해야 쥐새끼 머리로 떠올린 속임수 따위를 인간인 내가 못 풀 리 없지.'

심술쟁이 소시치 영감에게는 물론 이 생쥐들을 도와줘야겠다는 마음 따위 티끌만큼도 없었어. 노래하고 춤추는 것보다는 생쥐의 잔꾀를 알아차리는 편이 훨씬 쉬울 거다. 고작 그 정도의 마음이었지.

그러나 막상 조사를 시작하고 얼마 안 되어 영감은 당황하고 말았어.

이 쥐구멍에는 모두 예순여섯 마리의 생쥐가 살고 있었어. 그런데 생쥐는 인간이 생각하는 것보다 훨씬 성질이 급하고 내키는 대로 살아가는 동물이지. 조금 전 이쪽에서 나무뿌리를 갉아 먹고 있는가 했는데, 얼마 안 되어 옆 방에 가서 친구를 꼬드겨 춤추기 시작하더니 이내 지쳐서 잠들어버리는 동물인 거야. 그런 변덕스러운 동물의 행동을 전부 파악하는 건 애초에 불가능했고, 그러니 누가 거짓말을 하는지도 알 수 없었지.

"흐으음."

난처해진 소시치 영감은 도토리 창고에서 나가 콩 창고로 향했어.

검게 칠한 문을 열고 안에 들어간 후 다시 닫기도 귀찮아 문을 그대로 열어뒀어. 3할 정도를 먹어 치운 주먹밥 옆 만푸쿠의 사체는 돗자리에 덮여 있었지. 주변에는 산더미처럼 쌓인 콩. 그때 영감은 문득 그 콩 더미 한구석에 있는 나무상자 위에 큰방의 범종이 놓여 있는 걸 발견했어.

'오오, 그래. 장로가 묘안을 떠올렸군.'

만푸쿠의 사체가 발견된 콩 창고는 지금 출입 금지 상태야. 이곳에 종을 두면 아무도 종을 건들 수가 없는 거지.

영감은 정면에 있는 관음상을 올려다봤어. 생쥐 얼굴을 한 관음상. 세상에 둘도 없을 기괴한 물건.

뒤이어 영감은 주변을 둘러봤어. 먹을 게 떨어질 때를 대비했다고 했지만 그렇다 해도 콩의 양이 엄청났어. 그러나 예순여섯 마리가 먹고살려면 이 정도는 있어야 안심할 수 있을지 모르지. 그때 영감은 그런 콩 더미 속에서 유독

한 군데만 움푹 파인 곳을 발견했어.

'저기일지도 몰라.'

소시치 영감은 그곳에 다가가 콩을 하나하나 치우기 시작했어. 범인이 빠져나갈 만한 구멍을 찾고 있었던 거야.

'오치쿠, 교치쿠에게 들키지 않고 이 창고에 들어오려면 반드시 다른 구멍이 있어야 해. 그리고 그 구멍은 이 쥐구멍의 또 다른 어딘가로 이어져 있겠지. 그곳만 밝히면 수상한 놈이 누구인지 범위를 좁힐 수 있어.'

콩을 치우는 작업이 수월하지만은 않았어. 최근 몇 년 동안 영감이 이토록 몸을 많이 쓴 적이 있었을까. 그러나 이 모든 건 그 보물 자루를 얻기 위한 과정.

'요네하치 녀석보다 내가 훨씬 고생하는 것 같은데.'

하지만 영감의 고생은 결국 헛수고로 끝났어. 콩을 다 치워도 그곳에는 흙벽만 있을 뿐 빠져나갈 구멍이라고는 없었거든. 영감은 체념하고 다시 사체가 있는 곳으로 돌아갔어.

'다른 곳일까. 한데 이 콩들을 전부 치워서 조사하기에는⋯⋯.'

탐정 일을 가볍게 생각하는 게 아니었다고 영감이 슬슬 후회하고 있을 때였어.

"크윽!"

소시치 영감은 불현듯 숨이 턱 막혔어. 목에 손을 갖다 대니 끈 같은 게 잡혔지. 등 뒤에서 누군가 영감의 목에 끈을 걸고 세게 조르고 있는 거야.

'누, 누구냐?'

그렇게 외치고 싶었지만 목소리가 나오지 않았어. 그리고 도망치려고 발버둥 칠수록 끈이 점점 더 목을 파고들었지. 목을 조르는 자의 얼굴도 보지 못한 채 영감은 콩더미를 우르르 무너뜨리며 몸부림을 쳤어.

누군가 부르려 해도 여전히 목소리가 나오지 않는 상황. 그때 영감의 눈에 문득 범종이 들어왔어.

'저걸 울리면……'

손을 뻗어도 닿지 않는 거리라 결국 영감은 옆에 있는 콩을 한 움큼 집어 들었어. 의식이 점점 흐려지는 가운데 영감은 젖 먹던 힘을 쥐어짜서 그 콩을 범종을 향해 집어 던졌고……

*대애애애애애애애앵!*


## 05


소시치 영감은 산속에 있었어. 매번 그렇듯 머리 위로는 나뭇가지 사이로 비치는 햇빛, 엉덩이 아래에는 거북 모양 바위.

"여어, 소시치 영감님 아니십니까."

등 뒤에서 다고사쿠의 목소리가 들렸어.

"도대체 왜!"

영감은 벌떡 일어나 다짜고짜 다고사쿠의 멱살을 움켜쥐었어.

"훔치려고 해도 죽고, 범쥐를 찾아서 정정당당히 받으려 해도 죽고, 나더러 뭘 어쩌라는 거야!"

"뭐, 뭡니까. 그게 무슨……."

영감이 마구 쏟아내는 화풀이에 다고사쿠는 겁에 질렸고 그제야 영감은 멱살을 잡은 손을 놓았어.

"자네에게 말해봐야 소용없겠지."

"그런가요? 아 참, 그러고 보니 영감님. 실은……."

"그래, 으름 말이지? 저쪽에 있네."

영감은 될 대로 되란 듯이 산기슭으로 향하는 길을 가리켰어.

"영감님, 그게 정말인가요?"

"그래, 산더미처럼 있더군. 오늘내일하는 어머니한테 잔뜩 갖다 드리게."

"고맙습니다, 소시치 영감님. 따면 나눠드릴게요."

다고사쿠는 신이 난 걸음걸이로 산길을 내려갔어.

"휴우."

한숨을 내쉬던 영감은 퍼뜩 뭔가가 떠올라 몸을 피했

어. 그러자 파란 밤송이가 영감 바로 옆에 툭 떨어졌지.

"이번에도 또 맞을 성싶으냐?"

영감은 머리 위 나뭇가지를 달려가는 검은 그림자를 눈으로 좇으며 중얼거렸어. 거북 바위에 걸터앉아 죽피 보자기를 열자 안에는 주먹밥 세 개가 들어 있었지.

영감은 그중 하나를 집어서 덥석 베어 물었어. 그리고 곧장 다시 퉤 뱉었어.

"다고사쿠가 말한 대로군. 밥이 덜 익어서 먹을 게 못 돼."

그러나 몇 번이나 똑같은 상황을 반복하며 허기졌는지 영감은 연신 "맛없어, 맛없어"를 투덜거리며 주먹밥 하나를 깨끗이 먹어 치웠어. 두 번째 주먹밥에는 매실 장아찌가 들어 있었고 영감은 그 시큼한 맛을 음미하며 조금 전 상황을 천천히 되짚었어.

콩 창고에 들어간 후 문을 그대로 열어두고 있었으니 목을 조른 놈이 들어온 것도 눈치채지 못했다. 하지만 녀석은 어떻게 큰방을 빠져나갔을까……. 생각해보니 뻔했어. 그렇게 오두방정인 놈들 사이에서 몰래 빠져나오는 건 식은 죽 먹기였겠지.

'그건 그렇고, 날 왜 죽였지? 콩 창고에 내가 발견하면 곤란할 만한 뭔가라도 있었나?'

"역시 그 창고에는 다른 구멍이 있는 게 분명해……."

영감은 혼잣말을 중얼거리며 두 번째 주먹밥도 먹어 치웠어. 그리고 세 번째 주먹밥을 바라보다가 문득 떠올렸어. 생쥐 관음상. 콩은 그 관음상을 향해 산을 이루고 있고, 관음상은 가슴까지 콩에 파묻혀 있었다…….

"아니, 그 반대다!"

영감은 몸을 벌떡 일으켰어.

"구멍은 그 콩 더미 속이 아니라 관음상 위에 있는 거야! 만푸쿠를 죽인 놈은 그 콩 더미를 발판 삼아 관음상을 기어올랐겠지!"

확신은 없지만 조사해볼 가치는 있었어. 소시치 영감은 즉시 덤불을 헤치고 나아가 손에 들고 있던 마지막 주먹밥을 구멍을 향해 굴렸어.


주먹밥이 데굴데굴 데굴데굴 쏙
해님의 선물일까 데굴데굴 쏙


영감은 무릎을 감싸 안고 비탈길을 데굴데굴 굴러갔어. 떨어진 구멍 속에서는 매번 그러했듯 생쥐들이 신나게 춤추고 있었지.

"와하하, 신난다!"

주먹밥이 한 개여도 이 밥알투성이 구로마루의 웃는 얼굴에는 변함이 없었어.

"오오, 혹시 저희 구멍에 주먹밥을 굴려 떨어뜨려주신 분이 어르신입니까?"

"그래, 맞네."

그렇게 대답하고 영감은 료노스케가 떡방아를 찧자고 하기 전에 장로 쥐 앞으로 한 걸음 다가갔어.

"지금 이럴 때가 아닐세. 당장 다 같이 콩 창고로 가야 해."

"네? 콩 창고에는 왜……."

"그 안에서 큰일이 일어났어."

영감은 모든 쥐들을 재촉해 콩 창고로 향했어. 그때 누군가가 뒤에서 영감의 소매를 잡아당겼지.

"어르신."

하쓰유키였어.

"지난번에는 왜 그러셨나요."

아쉽다는 듯이 나직이 속삭이는 하쓰유키. 영감은 '*지난 번*'이라는 말에 가슴이 덜컥했어.

"혹시 자네는 *내가 반복하고 있다는 걸* 아는 하쓰유키 인가?"

"무슨 말씀이세요. 지난번 떡방아를 찧을 때 알려드린 대로예요."

뭔가 뒤죽박죽인 상황. 영감이 어떻게 된 일인지 몰라 혼란스러워하고 있을 때였어.

"자, 장로님!"

눈앞에서 주자부로가 뛰어왔어.

"콩 창고 안에 만푸쿠가 죽어 있습니다!"

"뭐!"

그전까지 반신반의하던 쥐들이 정신이 번쩍 든 것처럼 콩 창고로 뛰어가기 시작했어. 영감은 그들을 뒤따르며 하쓰유키에게 말했어.

"지난번에는 내가 실수했네. 이번에야말로 만푸쿠를 죽인 자를 찾아내고야 말겠어. 그러니 지난번처럼 자네가 장로에게 말해주게."

"알겠습니다."

하쓰유키는 고개를 끄덕였어.

콩 창고 안에는 역시 만푸쿠가 쓰러져 있었어. 구로마루가 울음을 터뜨렸고, 장로는 한탄했으며 오치쿠, 교치쿠, 주자부로가 전후 상황을 설명했지.

"장로님, 저희 중 유일하게 만푸쿠 씨를 죽일 수 없었던 분이 있습니다."

하쓰유키가 앞에 나서서 입을 열었어.

"바로 여기 계신 어르신이에요. 어르신은 주자부로 씨가 사체를 발견한 것과 거의 동시에 구멍에 떨어지셨으니까요. 그러니 어르신께 만푸쿠 씨를 살해한 자를 찾아달라고 하는 게 어떨까요?"

장로가 하쓰유키의 제안을 받아들이자 영감은 즉시 탐정에게는 보수가 필요하다는 말을 다시 꺼내서 장로 입에서 자루를 드리겠다는 약속을 받아냈어.

　　"자, 그럼 장로. 일단 모든 쥐들을 데리고 큰방에 돌아가 있게."

　　"어, 어떻게 큰방을 알고 계십니까."

　　"전에 이곳에 왔던 요네하치라는 영감에게 들었네."

　　"오오, 그렇습니까. 하지만 그 어르신도 콩 창고에 대해서는……."

　　성가시게도 장로는 일일이 따지고 들었어.

　　"거참 시끄럽군. 원래 탐정의 지시에는 잠자코 따르는 법이야. 이러쿵저러쿵하지 말고 얼른 큰방에 가 있게. 단 하쓰유키, 자네는 남게. 날 도울 일이 있으니."

　　"제가요? 조금 더 힘센 수컷 생쥐에게 맡기시는 편이……."

　　"아직도 안 가고 뭐 하나."

　　영감은 하쓰유키를 제외한 다른 생쥐들을 모두 쫓아 보내고 문을 닫았어. 돌아보니 하쓰유키가 불안해하는 얼굴로 영감을 바라보고 있었지.

　　"이제야 좀 터놓고 대화할 수 있겠군. 하쓰유키, 자네는 지난번 상황을 어디까지 기억하고 있나?"

　　"어디까지냐고 하시면……. 어르신이 가시 올가미에 걸

린 걸 모두가 눈치채고 공격을……."

"끔찍한 기억을 떠올리게 하는군."

"저도 끔찍했어요. 하지만 힘없는 저로서는 다른 쥐들을 말릴 수 없었지요. 그래서 큰방에 돌아가 범종을 울린 거예요."

"뭐라고? 그게 자네 짓이었나?"

"네, 그 후 저는 어르신이 구멍에 굴러떨어지기 전까지 있었던 재봉실에서 다시 눈을 떴어요. 그런데 이번에는 주먹밥을 왜 한 개만 떨어뜨리셨나요?"

영감은 순간 속으로 '어라?' 했어.

"잠깐만, 그전에 반복이 한 번 더 있었는데? 그때 난 쥐들에게 모두 이야기를 전해 들은 후 이 콩 창고에서 목 졸려 살해될 뻔하지 않았나."

"네? 그런 일은 없었어요."

하쓰유키는 딱 잘라 부인했어.

"……하쓰유키, 자네 지금 나랑 몇 번째 만나는 건가?"

"세 번째예요."

그 후 소시치 영감은 하쓰유키에게 자세한 이야기를 전해 듣고서야 지금 무슨 일이 일어나고 있는지 이해했어. 하쓰유키에게는 반복이 *한 번을 건너뛰어 일어나고 있는* 거야.

"그럼 두 번째로 저와 만났을 때가 어르신께는 세 번째였다는 말인가요?"

하쓰유키가 영감에게 굴러떨어지는 걸 반복하고 있지 않으냐고 처음 물었을 때를 뜻해.

"그리고 저에게 세 번째인 이번이 어르신께는 다섯 번째……."

"그래, 그렇게 되겠군."

바꿔 말해 지금의 하쓰유키는 영감의 첫 번째, 세 번째, 다섯 번째 때 만난 하쓰유키이고, 짝수 회차는 건너뛰고 반복하고 있다는 뜻이야(다음 그림 참조). 그러고 보니 두 번째와 네 번째 때 만난 하쓰유키는 아무것도 모르는 모습이었지. 건너뛴 회차에 있었던 하쓰유키는 영감과 처음 만나는 거였으니까.

"대체 왜……. 지금 저희에게 도대체 무슨 일이 일어나고 있는 건가요?"

"내가 알 리 있나. 아무래도 이 쥐구멍 안에서만 이상한 일이 일어나는 듯하네. 그런데 하쓰유키, 자네 그 이야기를 다른 쥐들에게도 했나?"

"아뇨."

"그래, 하지 않는 게 좋을 거야. 나 말고는 하지 말게. 괜한 오해를 살 수도 있으니."

"네."

자루를 훔치려 했다는 걸 다른 쥐들이 알지 못하게 하기 위해서였지만 물론 그런 말은 입에 담지 않았어.

"좋아. 그럼 하쓰유키, 지금부터 날 돕게. 일단 저기까지 기어올라야 하는데."

소시치 영감은 생쥐 관음상의 머리 부분을 가리키며 말했어.

"관음보살님의 머리에요? 왜지요?"

영감은 구멍 밖에서 주먹밥을 먹으며 떠올린 생각을 하쓰유키에게 설명했어.

"하아, 그렇군요. 네, 맞아요. 저 관음보살님 머리 위에는 지상으로 이어지는 구멍이 있답니다."

"뭐라고?"

자못 당연한 것처럼 말하는 하쓰유키를 보며 영감은 눈을 휘둥그레 떴어.

"드나들 수 있는 다른 구멍이 있었다는 거야?"

"드나들 수 있는 구멍은 아니에요. '뱀 구멍'이라고 해서 평소에는 절대 나가지 못하는 구멍이지요."

원래는 환기를 위해 뚫은 구멍이지만 아주 오래전 그곳으로 뱀이 침입해 많은 쥐들을 잡아먹었다고 해. 생쥐들은 필사적으로 싸워 마침내 뱀을 쫓아냈고 그날 이후 구멍을 봉쇄해버렸지. 이 생쥐 관음상도 그때 희생된 쥐들을 기리는 의미, 그리고 뱀이 두 번 다시 들어오지 못하게 하는 의미로 놓아둔 것이라고 해.

"그래도 나갈 수는 있지 않나?"

| 소시치 영감 | 하쓰유키 |
|---|---|
| **첫 번째**<br>고양이 울음소리를 흉내 내 자루를 훔치려고 함.<br>방이 암흑에 휩싸이고 범종이 울림. | **첫 번째**<br>소시치 영감에게 술을 권함. |
| **두 번째**<br>만푸쿠 살해 사건을 알게 됨.<br>흰 나무문을 열려다가 망루를 부숴 범종이 울림. | |
| **세 번째**<br>탐정 역할을 맡지만, 자루를 가지고 도망치려다가 생쥐들에게 걸려 죽을 뻔함. | **두 번째**<br>소시치 영감의 반복을 눈치챔.<br>소시치 영감이 공격당하는 도중에 범종을 울림. |
| **네 번째**<br>포기하고 제대로 수사 시작.<br>콩 창고에서 누군가에게 죽을 뻔함. | |
| **다섯 번째**<br>하쓰유키와 수사.<br>뱀구멍을 발견. | **세 번째**<br>한 번을 건너뛴 반복을 눈치챔.<br>두 번째(소시치 영감의 세 번째)에 범종을 울렸다고 증언.<br>소시치 영감과 함께 수사. |

"글쎄요. 저도 구멍이 있다는 걸 알 뿐이고 실제로 본 적은 없습니다. 장로님도 '이 창고에 드나드는 문은 하나뿐이다'라고 하시지 않았나요?"

"그건 '뱀 구멍 같은 곳을 드나들 생쥐가 있을 리 없다'라는 뜻이었겠지. 다른 쥐를 죽인 자가 그런 규칙 따위를 신경 쓰겠나?"

소시치 영감은 코웃음을 치며 콩 더미에 올라가 생쥐 관음상에 손을 갖다 댔어. 표면이 울퉁불퉁해서 얼굴까지 기어 올라가는 건 쉬워 보였지.

"어르신, 그만두세요."

하쓰유키가 말려도 아랑곳하지 않고 영감은 천천히 관음상 머리까지 기어 올라갔어. 천장 쪽을 유심히 보니 나무판에 달린 손잡이 같은 것이 보였지. 지금껏 간절히 찾았던 탈출구를 이렇게 쉽게 발견할 줄이야. 맥이 빠질 정도였어.

손잡이를 당기자 문은 딸깍하고 열렸어. 그 너머로는 흙 속으로 구멍이 이어져 있고 저 멀리서 햇빛이 보였어.

"하쓰유키, 자네는 거기서 기다리게."

아래에서 올려다보는 하쓰유키에게 그렇게 지시하고 영감은 구멍으로 들어갔어. 팔다리에 의지해 조금 더 기어오르자 벽의 감촉이 흙에서 나무로 바뀌는 게 느껴졌어. 아무래도 속이 뚫린 나무줄기로 이어지는 듯했어. 영감은 조금 더 위로 올라갔고, 마침내 햇빛이 비치는 곳에 도달해 얼굴을 내밀어보니 역시 나무줄기 속이 맞았어.

바로 옆에 있는 나뭇가지를 붙잡고 기어나갔지만, 몸이 쥐 정도 크기니 나뭇잎 사이로 보이는 땅까지는 거리가 상당했어. 영감은 대번에 다리가 얼어붙었지만 순간 흠칫했어. 아래로 눈에 익은 거북 모양 바위가 보인 거야.

"오오, 그렇군. 이게 그 바위 옆에 있던 밤나무였나!"

'역시 만푸쿠를 죽인 놈은 이곳으로 드나든 게 분명해. 그렇다면……'

생각에 잠겨 있느라 방심한 걸까. 바람이 휘잉 하고 불자 영감은 비틀거리다가 그만 발을 헛디디고 말았어.

"앗!"

황급히 옆에 있는 작은 나뭇가지를 움켜쥐어 간신히 떨어지지는 않았지.

'휴우, 위험해, 위험해.'

영감이 가지에 매달리자 그 반동으로 파란 뭔가가 아래로 떨어졌어. 그건 아직 덜 익어서 파란 밤송이였어.

'응……? 밤송이……?'

영감은 순간 어떤 것을 떠올렸어.

다고사쿠를 내쫓은 후 머리에 콩 하고 떨어진 파란 밤송이. 그 직후 머리 위에서 후다닥 달려가던 검은 그림자……

"그놈이다!"

그렇게 소리친 순간 영감은 손이 미끄러져 몸이 거꾸로 뒤집혔고, 그대로 땅에 떨어질 줄 알았지만 웬 어두운 곳에 빠져 데굴데굴 구른 후 착지하자 눈앞에 커다란 주먹밥이 하나 보였어. 머리 위를 보니 조금 전 아니, 이미 다섯 번이나 떨어진 그 구멍이 있었지.

"이게 어떻게 된 일이지?"

영감은 몸을 일으켜 구불구불한 통로를 지나가 콩 창고에 가서 문을 열었어. 생쥐 관음상 앞에는 하쓰유키가 있었지.

"어르신, 어떻게 돌아오신 거예요?"

"나도 뭐가 뭔지 모르겠네."

조금 전에 있었던 일을 설명하자 하쓰유키는 이해한 것처럼 한숨을 푹 내쉬었어.

"밤나무 밑동에도 출입구로 쓰는 구멍이 있답니다. 그 통로와 어르신이 지금까지 여러 번 들어오신 구멍의 통로가 중간에 하나로 이어지는 거예요."

영감은 깜짝 놀랐어. 그리고 머릿속에 어떤 가설 하나를 떠올렸지.

아마 범쥐는 내가 구멍에 떨어지기 훨씬 전에 밤나무 밑동 출입구를 통해 밖으로 나간 게 아닐까. 그리고 만푸쿠가 콩 창고에 주먹밥을 들여올 때를 노려 뱀 구멍으로 들어가 만푸쿠를 죽이고 다시 뱀 구멍을 통해 밖에 나간 거지. 이후 태연한 얼굴로 다시 밤나무 밑동 부분에 있는 출입구를 지나 돌아온 거야.

"아뇨, 그럴 수는 없어요."

하쓰유키가 반박했어.

"출입구에 있는 가시 올가미를 혼자 힘으로는 치울 수 없으니까요. 지난번의 그 어르신이 집에 가실 때 딱 한 번 치우고 곧 다시 설치했지요. 그 뒤로는 아무도 그곳을 지나 밖에 나갈 수 없었어요."

소시치 영감은 흐음 하고 신음했지만 잠시 후 "그럼 뱀 구멍으로 나갔겠군"이라고 반박했어.

"그쪽에는 올가미가 없지 않나?"

"아뇨, 뱀 구멍으로 나가려면 일단 콩 창고에 들어와야만 해요. 교치쿠 씨와 오치쿠 씨는 지난번 그 어르신께서 집에 가실 때 콩 창고 앞에서 쥐 장기를 두고 있었지요. 두 분은 만푸쿠 씨와 주자부로 씨 외에는 아무도 콩 창고에 들어가지 않았다고 하셨지요?"

"그 쌍둥이가 장기를 두기 전에 뱀 구멍으로 나갔다면?"

"장로님이 지난번 그 어르신의 주먹밥을 콩 창고로 옮기라고 지시한 건 그분이 집에 돌아가신 이후였어요. 장로님이 주먹밥을 옮기라고 할지 안 할지, 그리고 만푸쿠 씨가 혼자서 그걸 옮길지 안 옮길지도 알 수 없는 상황에서 어떻게 밖에 나가서 잠복한다는 말인가요?"

생쥐 주제에 하쓰유키의 반론은 참으로 논리 정연했어.

"거참 시끄럽군. 나한테는 반복하는 힘이 있어. 다시 처음으로 돌아가 만푸쿠를 죽인 녀석의 얼굴을 확인하고 오겠네. 그 녀석이 어디를 지나갈지는 알았으니."

밤나무 가지를 말하는 거야.

"비키게!"

"꺄앗."

소시치 영감은 하쓰유키를 밀치고 큰방으로 뛰어갔어. 그곳에서 기다리던 생쥐들이 일제히 영감의 얼굴을 쳐다봤지.

"어, 어르신, 무슨 일입니까?"

장로의 질문에 답하지 않고 영감은 쏜살같이 망루로 뛰어갔어. 그리고 있는 힘껏 망루에 몸을 부딪치자 망루가 우지끈 소리를 내며 쓰러졌어.

"이, 이게 대체 무슨, 으아앗!"

장로의 낯빛이 바뀌었고 비명을 지르는 생쥐들 앞으로 망루가 쓰러지고 범종이 떨어져…….

*대애애애애애애애앵!*

## 06

소시치 영감은 산속에 있었어. 머리 위로는 나뭇가지 사이로 비치는 햇빛, 엉덩이 아래에는 거북 모양 바위.

영감은 벌떡 일어나 밤나무 쪽으로 뛰어갔어. 나무에 기어오르려 했지만 손이 닿는 위치에는 가지가 없고 껍질도 미끈미끈해서 좀처럼 오를 수 없었지.

"여어, 소시치 영감님 아니십니까."

다고사쿠가 다가왔어.

"이봐, 다고사쿠. 이리 와서 목마를 좀 태워주게."

"예?"

다고사쿠는 눈을 동그랗게 떴지만 영감은 다짜고짜 다고사쿠를 밤나무 밑에 엎드리게 하고 그의 어깨에 올라탔어.

"영감님, 진 지금 으름을 찾고 있는데⋯⋯."

"시끄러워. 자, 얼른 일어서!"

다고사쿠가 몸을 일으키자 영감의 눈높이가 정확히 밤나무 구멍 부근까지 갔어. 그곳에서 뻗은 두꺼운 가지와 무성한 잎사귀 사이로 슬금슬금 움직이는 그림자가 보였지.

'앗!'

그쪽은 영감을 눈치채지 못했지만 영감은 그의 모습을 똑똑히 봤어. 영감이 아는 쥐였어.

"네놈이었나……."

그의 얼굴을 보며 영감은 어떤 일을 떠올렸어. 그리고 마침내 모든 것을 깨달았지. 만푸쿠가 콩 창고에 들어가는 걸 저 녀석이 어떻게 알 수 있었나. 쥐 장기에 집중하고 있던 쌍둥이에게 들키지 않고 콩 창고에 어떻게 드나들 수 있었나.

"건방진 놈 같으니라고. 뭐 됐어. 이제 그 자루는 내 거야!"

영감은 다고사쿠의 어깨에서 폴짝 뛰어내렸어.

"다고사쿠, 으름은 저쪽에 있으니 얼른 가보게."

그렇게 다고사쿠를 쫓아내고 영감은 곧장 죽피 보자기를 풀어 주먹밥을 세 개 다 굴렸어.


주먹밥이 데굴데굴 데굴데굴 쏙
해님의 선물일까 데굴데굴 쏙


노랫소리가 들리자 무릎을 감싸 안고 비탈길을 데굴데굴 굴러갔어. 정신을 차려 보니 늘 그랬듯 생쥐들에게 둘러싸여 있었지.

밥알투성이가 되어 웃는 구로마루. 인사하는 장로. 영감은 장로 쥐의 어깨를 덥석 붙들었어.

"장로, 자세히 설명할 시간이 없네. 콩 창고에서 만푸쿠라는 뚱뚱한 쥐가 살해됐어. 그리고 난 만푸쿠를 누가 죽였는지 알고 있네."

"가, 갑자기 그게 무슨……."

"잔말 말고 일단 얼른 가세."

생쥐들은 웅성거리며 다 함께 콩 창고로 향했어. 창고 문 앞에서는 오치쿠와 교치쿠가 쥐 장기를 두고 있었지.

"장로님, 무슨 일입니까? 우르르 몰려오셔서."

오치쿠가 이상하다는 듯이 물었어.

"이 인간 어르신이 콩 창고에서 만푸쿠가 살해됐다고 해."

장로의 재촉에 젊은 쥐들이 검게 칠한 문을 열었어. 아니나 다를까 그 안에는 뚱뚱한 만푸쿠의 사체가 있었지. 목에는 누군가가 조른 듯한 자국이 뚜렷이 남아 있었고.

"이, 이게 대체 무슨 일이람."

"그러니 내가 말했잖나. 난 인간 탐정일세. 내가 이 만푸쿠라는 뚱보 쥐를 죽인 자를 밝혀줄 테니 대신 원하는 걸 무엇이든 얻을 수 있다는 그 자루를 내게 주게."

"네? 그 자루에 대해서는 어떻게 아시고……."

"전에 여기 왔던 영감에게 들었어."

"그렇군요. 그걸로 괜찮으시다면……."

"그래, 약속 어기지 말게."

영감은 생쥐 관음상의 머리로 쓱쓱 기어올라 천장에 있는 판자에 손을 갖다 댔어.

"뭐, 뭐 하시는 겁니까. 거기는 절대 열면 안 되는 뱀 구멍입니다."

장로가 말려도 아랑곳하지 않고 영감은 뱀 구멍 출입구를 열고 관음상 위에서 모든 생쥐들을 내려다봤어.

"만푸쿠를 죽인 놈은 여기를 통해 밖에 나갔네."

"네? 이 구멍에 사는 쥐들에게 그건 금기입니다."

"살해를 저지른 자가 금기 따위 신경 쓰겠나? 안 그런가? 구로마루."

영감은 몸과 얼굴에 밥알이 붙어 있는 구로마루를 내려다봤어. 조금 전 밤나무 가지에서 목격한 자. 그는 틀림없는 구로마루였던 거야.

"네? 지금 무슨 말씀을 하시는 겁니까? 그 뱀 구멍을 지나가면 분명 이 창고에 들어올 수는 있겠지요. 하지만 만푸쿠를 죽이기 전에 이 쥐구멍에서 밖에 나가야 하지 않나요?"

"맞아, 맞아." 다른 생쥐도 옆에서 거들었어. "지난번 그 어르신이 집에 가신 후에 다시 가시 올가미를 깔 때 구로마루는 우리와 함께 있었어. 그 뒤로는 밖에 나갈 수 없었을 텐데."

"누가 창고에 들어올 때도 뱀 구멍을 통해 들어왔다고 했나?"

영감은 생쥐 관음상에서 내려가 쥐들 사이를 누비듯 지

나 검게 칠한 문 앞에서 멈춰 섰어.

"그가 들어온 건 바로 이 문일세."

"예? 그건 이상합니다." 그렇게 반박한 쥐는 쌍둥이 중한 명인 오치쿠였어. "지난번 그 어르신이 집에 가신 후부터 저희가 이 문 앞에서 계속 장기를 두고 있었습니다."

"네, 틀림없습니다. 만푸쿠가 혼자 창고에 들어가기 전까지 아무도 창고에 들어가지 않았어요."

교치쿠도 옆에서 거들었어.

"구로마루는 자네들의 눈을 피해 만푸쿠와 동시에 들어간 거야. 저걸 써서 말일세."

영감은 만푸쿠의 사체 옆에 있는 주먹밥을 손으로 가리켰어.

"*구로마루 정도 되는 크기의 쥐라면 이 주먹밥 속에 몸을 숨길 수 있었겠지.* 자네들이 지난번 어르신이라고 하는 요네하치의 주먹밥을 장로가 창고에 옮기라고 지시하자 구로마루는 주먹밥을 함께 몰래 먹자는 식으로 만푸쿠를 꼬드겨 주먹밥 속에 몸을 숨긴 후 그 주먹밥을 통째로 창고로 옮기게 한 걸세. 그리고 구로마루는 만푸쿠를 죽이고 뱀 구멍을 지나 밖에 나갔지. 주먹밥 속에 숨어 있느라 온몸이 밥알투성이가 된 구로마루는 그 밥알을 다 떼고 쥐구멍에 돌아오려 했겠지만, 등에 붙은 것까지 제대로 다 뗄 수 있을지는 불안했을 터. 그때 뱀 구멍 출입구가 있는 밤나무 가지 위에서 내가 주먹밥을 굴리는 모습을 목격한 걸세. '저 주먹밥에 가장 먼저 달려들어 먹은 것처럼 하면 몸에 밥알이 붙어 있는 상황을 설명할 수 있겠다.' 그렇게 생각한 구로마루는 주먹밥과 거의 동시에 비탈길 아래 구멍에 떨어진 후 그대로 다른 쥐들의 눈을 속이는 데 성공했어."

"그 무슨 어처구니없는 궤변입니까."

시치미를 떼며 웃는 구로마루에게 영감은 "증거가 있네" 하고 자신만만하게 말했어.

"실은 우리 할멈이 만든 주먹밥은 말이야. 밥이 덜 익어서 영 맛이 없지. 그에 반해 요네하치의 주먹밥은 밥알이 고슬고슬해 맛이 아주 좋았을 거야. 만약 구로마루의 몸에 그런 통통하고 윤기 나는 밥알이 한 알이라도 붙어 있다면 그것은 내 주먹밥이 아니라 요네하치의 주먹밥이란 뜻. 이보게, 료노스케. 지금 당장 구로마루의 몸에 붙은 밥알을 하나 떼먹어보게."

구로마루 옆에 서 있던 료노스케가 깜짝 놀라더니 구로마루의 어깨에 붙은 밥알을 떼서 입에 넣고 오물오물 씹고 장로 쪽으로 고개를 돌렸어.

"밥알이 아주 잘 익었습니다."

영감은 빙긋 웃으며 장로 쥐를 바라봤어.

"어떤가? 만푸쿠를 죽인 자를 밝혀낸 내 실력이."

"구로마루는 평소에 만푸쿠와 사이가 좋았을 텐데요. 그런 친구를 왜 죽인다는 말입니까?"

"쥐가 다른 쥐를 죽일 이유 같은 걸 내가 알 리 있나. 다만 난 구로마루가 어떻게 콩 창고에 들어가 만푸쿠를 죽이고 밖에 나갔는지를 밝히고 그 증거도 제시했네. 이걸로 충분하지 않나? 자, 이제 약속한 그 자루를 내게 넘기게."

소시치 영감이 장로를 향해 손을 내밀었어. 장로는 입을 다문 채 영감의 손을 물끄러미 쳐다보다가 잠시 후 나직이 중얼거렸어.

"……뭔가 수상한데."

영감을 바라보는 장로의 눈에는 의심의 빛이 서려 있었어. 영감은 무심코 뒷걸음질 치고 말았지.

"뭐, 뭐가 수상하다는 건가?"

"애초에 이 구멍에 처음 들어왔을 어르신이 어떻게 콩 창고에 대해 알고 있는 겁니까?"

장로 뒤에 있는 오치쿠가 물었어.

"맞아. 그것도 모자라 만푸쿠가 죽은 것과 뱀 구멍에 대해서도 알고 있다니. 수상한 건 바로 어르신입니다."

교치쿠도 옆에서 거들었어. 주변에 있는 생쥐들도 마찬가지였고. 소시치 영감은 일을 너무 서두른 나머지 쥐들의 신뢰를 얻는 걸 소홀히 하고 만 거야.

생쥐들이 천천히 영감을 향해 다가왔어. 몇 번쯤엔가 전에 쥐들에게 공격당했을 때가 떠올라 영감은 다리가 후들거렸어.

'이렇게 된 이상 어쩔 수 없어.'

"실은 말일세. 난 이 쥐구멍에서 지금 이상한 일을 겪고 있네. *똑같은 상황이 계속 반복되고 있어.*"

영감은 지금까지 일어난 일들을 모두 솔직히 털어놓았어. 큰방에서 범종이 울리면 자신이 거북 모양 바위에 걸터앉아 있고, 그 후 또다시 이 구멍에 떨어졌다는 이야기까지 전부 말이야.

"대체 무슨 소리를 하는 거야? 이 인간은."

생쥐들은 영감의 설명을 듣고도 전혀 납득하지 듯했어.

"조심하는 게 좋아. 인간이라는 작자들을 워낙 거짓말이 입에 배어서 이런 엉터리 허풍 따위 떠올리는 건 일도 아니니까."

옆에서 구로마루가 말했어.

"허, 허풍이 아니야! 똑똑히 봤다고! 자네가 밤나무 구멍으로 나오는 걸!"

"거짓말!"

구로마루가 외치자 옆에서 장로 쥐가 한 발짝 앞으로 나왔어.

"한 가지만 묻지요. 그 이야기가 사실이라면 우리는 왜 반복되지 않는 겁니까?"

"뭐? 내가 그걸 어찌 알겠나."

"그리고 어르신이 반복해서 새 회차를 시작하면 지난 회차의 어르신은 어떻게 되지요? 범종이 울리는 것과 동시에 지난 회차의 어르신은 사라져버리는 겁니까?"

이 장로 쥐는 정말 꼬치꼬치 캐묻는 게 선수였어.

"그렇게 세세한 것들을 일일이 따지고 드는 녀석과는 대화하고 싶지 않아!"

영감은 그렇게 외쳤고 그 순간 머릿속이 번뜩였어.

"그래, 하쓰유키. 하쓰유키 지금 어딨나?"

쥐들의 눈이 순식간에 그 하얀 암컷 생쥐에게 쏠렸어. 하쓰유키는 갑자기 이름이 불리자 화들짝 놀란 듯했지.

"하쓰유키, 자네도 나처럼 반복하고 있지 않나. 이 녀석들에게 설명해주게!"

"저…… 전 몰라요. 반복이라뇨. 그런 기상천외한 생각은 해본 적도 없어요."

'그래, 이번이 여섯 번째지. 이번 회차의 하쓰유키는 반복에 대해서 몰라.'

"에이! 정말 귀찮군!"

영감은 재빨리 창고 문을 열고 달려 나갔어. 향한 곳은 물론 큰방에 있는 범종이었지.

"찍!" "찍찍!" "찍찍찍!"

뒤에서 생쥐들이 무시무시한 기세로 쫓아왔어. 영감은

필사적으로 큰방 장지문을 열고 안으로 뛰어 들었지만 그와 동시에 쥐들이 영감의 몸을 덮쳤어. 어깻죽지에서 느껴지는 뾰족한 이빨의 통증. 쥐들은 또다시 그 포악한 짐승이 되어버린 거야.

'이렇게 된 이상……'

영감은 있는 힘껏 숨을 들이마시다가 외쳤어.

"냐아아아아아아아아앙!"

"꺄악!" "고양이다!" "고양이가 나타났다!"

생쥐들은 대번에 혼비백산해 영감의 몸에서 떨어져 주변을 정신없이 뛰어다녔어. 그 순간 방 안의 불이 꺼졌고 여기저기서 부딪히는 소리가 들렸어.

"고양이는 어디 있냐!" "쫓아내!" "잡아먹힐 거야!"

픽, 픽 하고 사방에서 몸을 부딪치는 소리. 잠시 후 우지끈 소리와 함께 망루가 쓰러졌고…….

*대애애애애애애애애앵!*


## 07

소시치 영감은 산속에 있었어. 머리 위로는 나뭇가지 사이로 비치는 햇빛, 엉덩이 아래에는 거북 모양 바위.

"고양이 울음소리라니. 첫 번째랑 똑같군."

영감은 이제는 정말 기진맥진했어.

잠시 멍하니 있자 위에서 파란 밤송이가 툭 떨어졌지만 이제는 머리 위를 올려다볼 기운도 없었어. 나뭇가지에서는 지금 구로마루가 뛰어가는 중이겠지.

'그나저나 다고사쿠가 안 오는군.'

문득 그렇게 떠올렸지만 이제는 아무래도 좋았어. 와봐야 귀찮기만 할 뿐.

"좋아."

이번에야말로 정말 끝장을 보자. 영감은 죽피 보자기를 풀어 주먹밥을 손에 들고 허리를 일으켜 쥐구멍을 향해 주먹밥을 굴렸어.

곧 노랫소리가 들리자 무릎을 감싸 안고 데굴데굴 비탈길을 굴러갔지.

"오오, 혹시 저희 구멍에 주먹밥을 세 개나 굴려 떨어뜨려주신 분이 어르신입니까?"

똑같은 말을 하며 자신을 맞아주는 장로를 무시하고 영감은 주위를 둘러보며 하쓰유키를 찾았어. 하쓰유키도 영감을 보고 있었지.

"자네는 *모든 걸 아는 하쓰유키가 맞지?*"

영감이 묻자 하쓰유키는 주저 없이 "네" 하고 고개를 끄덕였어.

"전 이번이 네 번째랍니다. 영감님은 일곱 번째시지요?"

"그래. 여섯 번째 때 자네가 아무것도 몰랐던 바람에 결국 실패했지."

"이번에는 확실히 밝혀주시는 건가요?"

"맡겨주게. 자네가 모두에게 설명만 해주면 다 잘 풀릴 거야."

장로 쥐를 비롯한 주변에 있는 쥐들은 모두 영문을 모르는 얼굴이었지.

"하쓰유키, 자네가 아는 어르신인가?"

"예, 장로님. 실은 지금 콩 창고에……."

"잠깐, 하쓰유키." 영감은 하쓰유키를 멈춰 세웠어. "우선 큰방으로 가지. 뭔가 잘못되어 범종이 울리지 않게 미리 떼어둬야겠어."

* * *

"정말 어떻게 감사 인사를 드려야 할지 모르겠습니다."

장로 쥐는 소시치 영감을 향해 연신 고개를 주억거렸어.

"어르신이 없었다면 저희는 구로마루가 한 짓인 줄도 모르고 겁에 질려 하루하루를 보냈을 겁니다."

이번에는 다행히 모든 일이 잘 풀렸어. 얌전한 성격의 하쓰유키는 평소 거짓말은 하지 않는 성실한 쥐로 통하고 있었고, 그런 하쓰유키가 '반복'에 대해 설명하자 쥐들은 신기해하면서도 영감의 말을 순순히 믿어준 거야.

구로마루는 저항했지만 밥알 증거를 내밀자 모든 걸 자백했어. 몇 년 전 만푸쿠와 구로마루의 형이 먹을 것을 찾으러 쥐구멍 밖에 나갔을 때 매의 공격을 받아 구로마루의 형이 희생되고 만푸쿠만 살아남아 돌아왔다고 해. 그 후 구로마루는 만푸쿠와 사이좋은 척하며 줄곧 복수의 기회를 노리고 있었다고 했어. ……물론 소시치 영감과는 아무 상관 없는 일이지만.

"자, 어르신. 약속했던 물건입니다. 가져가셔도 됩니다."

장로 쥐가 영감에게 자루를 내밀었어. 자루를 받아 들자 영감은 그동안 일곱 번 반복하며 쌓인 피로가 싹 날아갔지.

"그럼 난 이만 실례하겠네."

"떡방아라도 찧으며 대접해드리고 싶습니다만."

"아니, 됐네, 됐어. 난 떡을 싫어해. 그리고 집에서 할멈이 기다리고 있다고."

"그럼 구멍까지 배웅해드리겠습니다."

구멍 아래로 가자 젊은 생쥐 세 마리가 바닥에 납죽 엎드려 발판이 되어줬어. 가시 올가미도 어느새 치워져 있었지.

"어르신, 그럼 안녕히 가세요." 하쓰유키가 마지막 인사를 했어. "다음에 또 내키시면 언제든 다시 오셔요."

"뭐? 두 번 다시 올 성싶은가. 이런 곳에."

영감은 그런 말을 남기고 침을 퉤 뱉은 후, 한 번도 뒤돌아보지 않고 단숨에 구멍으로 올라갔어.

구멍 밖에 나가자 영감의 몸이 원래 크기로 돌아갔지. 영감은 발밑을 내려다봤어. 이런 곳에 어떻게 들어갈 수 있었을까 싶을 정도로 작은 구멍. 허리춤에 손을 대니 자루는 확실히 달려 있었어.

'좋아. 이제 한평생 편하게 살 수 있어.'

영감은 흐뭇한 기분으로 지금껏 일곱 번 굴러 내려온 비탈길을 올라갔어.

바로 그때.

"여어, 소시치 영감님. 돌아오셨습니까."

순간 가슴이 철렁했어.

다고사쿠가 거북 모양 바위에 걸터앉아 영감 쪽을 지그시 바라보고 있었거든. 그는 오른손에 굵은 장작을 들고 횡횡 휘두르고 있었지.

"자, 자네 거기서 뭐 하나."

"영감님을 기다리고 있었습지요. 원하는 건 무엇이든 손에 넣을 수 있다는 자루가 바로 그건가요? 저도 좀 빌려주십쇼."

영감은 주춤주춤 뒷걸음질 쳤어.

"자, 자네가 그걸 어떻게······."

"영감님께 쫓겨난 후 마을에 돌아가 요네하치 영감님께 으름에 대해 여쭀습니다."

다고사쿠는 그때 집 안에 쌓인 금은보화를 봤고 자루 이야기를 들었다고 했어. 요네하치는 "지금은 소시치가 가 있네. 자네도 함께 다녀와"하고 주먹밥까지 손에 쥐여 줬다고 해.

"그런데 여기 와서 주먹밥을 굴려보니 노랫소리 같은 건 안 들리는 겁니다. 직접 비탈길을 데굴데굴 굴러가 구멍에 빠져보기도 했지만 생쥐는 고사하고 개미 새끼 한 마리 안 보이더군요. 그런데 어디선가 갑자기 떠들썩한 소리가 들려서 그쪽에 가 장지문 틈새를 슬쩍 엿보니 쥐들이 춤을 추고 있고, 그 옆에서 영감님이 따분해하는 얼굴로 계시더군요. '이런, 내가 대신 춤이라도 춰드려야 하나' 하고 생각하고 있을 때 영감님은 갑자기 벌떡 일어나더니 고양이 울음소리를 내셨습니다."

아무래도 다고사쿠는 첫 번째 때의 이야기를 하는 듯했어.

"그 뒤로 갑자기 주변이 캄캄해져서 전 무서운 나머지 영감님만 믿고 방 안에 들어갔습니다."

그러고 보니 첫 번째 때 어둠 속에서 "소시치 영감님!" 하는 외침이 들렸다는 걸 영감은 떠올렸어.

"그러다 뭔가 단단한 나무 기둥 같은 것에 몸이 부딪혔고, 그 기둥이 우지끈 소리를 내며 부러지자 종 같은 게 떨어져서 울리는 소리가……."

"뭐? 그럼 첫 번째 때 그 범종을 떨어뜨린 게 자네라는 말인가?"

"전 모르지요. 어쨌든 대앵 하는 소리가 들리더니 어느새 다시 산길에 돌아와 있었습니다."

다고사쿠도 반복을 했다는 말인가. 하지만…….

"그럼 이상하잖나. 다고사쿠, 자네는 두 번째와 세 번째 때도 나에게 똑같은 말을……."

영감은 말하다 말고 순간 가슴이 철렁했어. 지금의 상황이 하쓰유키를 만난 두 번째, 네 번째, 여섯 번째와 비슷하다는 걸 깨달은 거야.

"어느새 산길에 돌아와 있었고, 그다음엔?"

소시치 영감은 다시 물었어.

"뭐가 어떻게 된 건지 몰라서 잠시 멍하니 있었습니다. 그 뒤로 산길을 올라가보니 이런 게."

다고사쿠는 죽피 보자기를 들어 올렸어. 그걸 보고서야 영감은 비로소 무슨 일이 일어났는지 확실히 깨닫게 됐지.

"다고사쿠, 자네는 *다섯 번을 건너뛴 건가.*"

"예? 무슨 소리를 하시는 겁니까? 소시치 영감님."

이번이 첫 번째 반복인 다고사쿠는 아직 아무것도 모르는 것처럼 보였어.

"자네에게 설명해봐야 소용없겠지."

"뭐 아무튼 상관없습니다. 영감님. 그 신기한 자루를 저도 좀 빌려주십쇼. 우리 어머니가 당장 오늘 밤에라도 돌아가실지 모르는 상황입니다. 마지막으로 으름을 잡숫게 해드리고 싶어요. 비록 지금 같은 계절에는 으름이 없지만 그 자루의 힘을 빌리면 얼마든지 만들 수 있잖습니까?"

"바보 같은 소리. 이건 내가 일곱 번째 만에 간신히 손에 넣은 물건이야. 아직 한 번밖에 반복하지 않은 자네에게 줄 수 있겠어?"

"조금 전부터 자꾸 무슨 말씀을 하시는 건지 통 모르겠네요. 자, 어서요, 어서."

영감은 자신을 향해 오는 다고사쿠의 손을 뿌리치고 부랴부랴 산길을 뛰어 내려가기 시작했어.

바로 그때……

퍼억.

머리에서 엄청난 통증을 느끼고 영감은 무릎이 풀려 그 자리에 쓰러지고 말았어.

"아아, 아아아……."

머리를 감싸 쥐는 소시치 영감. 얼굴에서는 피가 줄줄 흘러내렸지. 고개를 돌리자 눈에 들어온 건 굵은 장작을 치켜들고 있는 다고사쿠의 모습.

"이거 미안합니다, 영감님."

다고사쿠는 그렇게 중얼거리고 또다시 부웅 하고 영감의 머리를 향해 장작 나무를 휘둘렀어.

"크윽……."

"어머니가 곧 돌아가실 거예요. 죽기 전에는 꼭 으름을 잡숫게 해드리고 싶습니다."

충격으로 몸이 공중에서 한 바퀴 돌았을 때 허리춤에 찬 자루가 떨어지는 느낌이 들었어. 피투성이가 된 영감의 눈에 어슬렁어슬렁 산길을 내려가는 다고사쿠의 뒷모습이 비쳤지.

"누…… 누가…… 범종을…… 울려줘……."

잔뜩 잠긴 목소리로 중얼거리다가 영감은 문득 떠올렸어.

하쓰유키가 한 번을 건너뛰고 다고사쿠가 다섯 번을 건너뛴 상황. 그렇다면 혹시 장로 쥐나 구로마루, 료노스케나 그 밖의 다른 쥐들 중에는 그보다 더 많은 회차를 건너뛴 자도 있지 않을까. 그쪽 회차에는 성공해서 행복해진 나 자신도 있지 않을까, 하는 생각을.

소시치 영감의 마지막 상상이 맞았는지는 알 수 없어. 하지만 어딘가에는 또 다른 「데굴데굴 주먹밥」 이야기가 전해지고 있을지도 모르지.

어쨌든 *내가 아는 「데굴데굴 주먹밥」 이야기*는 이걸로 끝이란다.

# 벗짚 다중 살인

**일본 전래 동화 원작, 『볏짚 부자』**

운 나쁜 한 남자가 소원을 빌자 관음보살은 그에게 사당을 나가 넘어졌을 때 손에 쥔 것을 들고 서쪽으로 가라고 한다. 남자는 넘어지자마자 손에 쥔 지푸라기를 들고 서쪽으로 가다가, 우는 아이를 달래려고 그 지푸라기를 준다. 아이 어머니로부터 답례로 귤을 받은 그는 또 서쪽으로 가다 몸이 안 좋은 귀족 아가씨한테 그 귤을 준다. 하인인 할아범은 답례로 비단 천을 준다. 그다음 만난 욕심 많은 남자와는 깡마른 말과 비단 천을 강제 교환하게 되고, 그는 받은 말을 잘 보살펴 다시 건강하게 키운다. 그리고 마을에서 한 부자가 그 말을 1000냥에 팔라고 하자 남자는 너무 놀라 기절하는데, 그를 돌본 여인이 알고 보니 그 귀족 아가씨이자 부자의 딸이었다. 부자는 성실한 남자를 사위로 삼게 된다.

# 제1장 봄

## 이. 굴

갓난아이가 자지러지게 울고 있다. ……이건 ……우리 아들 마쓰보의 울음소리다.

오미네는 흠칫 놀랐다. 어두컴컴한 토방에 우두커니 서 있었다.

눈앞에는 붉은 하오리\*를 걸친 곰 같은 몸집의 하치에 몬이 엎드려 있다. 온몸에서 술 냄새가 풍기는 남편은 얼굴을 겨된장 통에 처박은 채로 미동도 하지 않는다. 오미네는 황급히 그의 몸을 흔들었다.

---

\* 방한을 위해 옷 위에 걸치는 짧은 겉옷.

"여보, 여보⋯⋯."

반응이 없다. 반쯤 풀어진 남편의 상투를 잡아 얼굴을 들어 올린다. 오른쪽 눈썹에서 눈 밑까지 길게 찢어진 칼자국 상처, 그리고 이마 한가운데에 커다란 점이 있는 특징 있는 얼굴. 그 얼굴이 지금은 창백했다.

"여보, 여보."

그 뺨을 찰싹찰싹 때려보지만 겨만 툭툭 떨어질 뿐이다. 오미네는 몸을 부르르 떨었다.


하치에몬이 집에 돌아온 건 바로 조금 전이었다. 그는 웬일인지 무릎 아래가 흠뻑 젖어 있었다.

"어이, 나 왔어!"

천둥처럼 요란한 고함 소리에 마쓰보가 울음을 터뜨렸다.

"이건 선물."

하치에몬은 토방에 내려온 오미네에게 주먹만 한 귤을 세 개 주더니 국자로 물동이 속 물을 퍼서 벌컥벌컥 마셨다. 그러더니 마루에서 우는 마쓰보를 보며 눈을 흘겼다.

"거참 시끄러운 꼬맹이군. 이리 와."

하치에몬은 마루에 올라가 마쓰보를 안아 들었다.

"무얼 하시려고요!"

오미네가 단숨에 귤을 내던지고 달려가 마쓰보를 빼앗고 하치에몬을 노려봤다. 그 눈빛이 하치에몬은 거슬린 듯했다.

"엄마가 건방지니 자식도 건방지지. 지금 너희가 누구 덕분에 먹고사는데."

당신 덕분은 아니야! 오미네는 속으로 외쳤지만 그 말을 입 밖에는 내지 않았다.

하치에몬은 이곳저곳을 돌아다니며 물건을 파는 행상 꾼이다. 1년 전쯤에 우연히 알게 되어서 처음 부부의 연을 맺었을 때만 해도 자상한 남자였다. 그러나 오미네가 마쓰보를 임신할 무렵부터 사람이 거칠게 돌변했다. 원래부터 행상 일 때문에 일주일에 한 번꼴로 집에 왔지만, 집에 올 때는 꼭 술에 취해 있었고 오미네에게 손찌검을 했다. 그리고 그 태도는 아이가 태어나도 달라지기는커녕 오히려 더 심해졌다.

오늘도 술을 마시고 온 게 분명해 보였다. 동틀 무렵이 다 되어 집에 와서 난동을 부리는 남편을 오미네는 당해 낼 수 없었다.

"산골짜기를 지나 와서 그런지 허기지군. 가서 먹을 것 좀 가져와."

"가져오라고 해봐야 아무것도 없어요."

"잔말 말고 얼른 가져와! 난 바쁜 몸이야. 오후에도 사람을 만나기로 약속했다고. 그를 만나면 내가 원하는 걸 손에 넣을 수 있어. 얼른 배를 채우고 그전까지 한숨 자야 해."

"매일 그렇게 제멋대로……."

"거참 시끄럽군. 아, 그래. 쌀겨절임이 있었지? 직접 갖다먹도록 하지."

하치에몬은 쌀겨절임이 담긴 나무통 쪽으로 비틀비틀 다가가서 뚜껑을 열어젖혔다.

"쌀겨절임 어딨어? 쌀겨절임!"

그때였다. 오미네는 나무통 속 겨된장을 휘젓는 하치에몬의 목덜미에 하얀 목도리가 감겨 있는 것을 발견했다. 처음 보는 아름다운 광택을 뿜는 그것을 남편이 직접 샀을 리는 없었다.

여자다. 오미네는 그렇게 직감했다. 그리고 오후에도 그 여자를 만나기로 한 것이 틀림없다.

이 남자는 나와 마쓰보를 두고 딴집살림을…….

순간 오미네의 가슴속에 어떤 충동이 솟구쳤다. 그녀는 하치에몬의 등 뒤에 서서 그의 머리를 두 손으로 붙잡고 독에 든 겨된장 속으로 단숨에 밀어 넣었다.

크윽 하고 발버둥을 치는 하치에몬. 그 뒤통수에 이번에는 엉덩이를 얹어 자신의 무게를 남편의 머리에 실었다.

끄윽, 끄으으윽. 하치에몬은 괴로운 듯 팔다리를 버둥거렸지만 이내 움직임을 멈췄다.


마쓰보는 울음을 멈추지 않는다.

겨된장을 베개 삼아 통 속에 머리를 처박고 있는 남편.

시신을 이대로 여기 둘 수는 없다. 이 집은 나카자와촌의 일 번 마을과 이 번 마을에서 멀리 떨어진 강가에 있다. 남편이 집에 돌아온 건 아무도 못 봤을 것이다. 밤이 되기를 기다렸다가 뒷산 벼랑에 시신을 던져버릴까. 그러면 술에 취해 뒷산에서 발을 헛디뎌 죽은 것이 될 것이다.

그러나 혼자 힘으로 이 거구를 안고 거기까지 갈 수는 없다. 일 번 마을에 사는 어린 시절 친구 고토키치의 집에 커다란 짐수레가 있다. 그걸 빌리면 될 것이다.

그러다 오미네는 문득 오늘 점심이 지나 옆 마을에 사는 오린이 수선한 비를 가져오기로 한 것이 생각났다. 그때 집에 시신이 있으면 큰일이다.

"어쩌면 좋담……."

오미네는 머리를 싸맸지만 어쨌든 오린이 오기 전까지는 정리해야 한다. 어깨띠를 꺼내 울부짖는 마쓰보를 등에 업었을 때 문득 토방에 떨어진 귤이 눈에 들어왔다. 남편은 이걸 선물이라고 하며 줬다. 이런 게 집 안에 있으면 남편이 집에 왔다는 것을 들킬 수도 있다. 짐수레를 빌리러 가는 김에 어딘가에 버리든지 누구에게 줘버리자고 생각했다.

오미네는 귤을 챙겨서 문을 열고 집 밖에 나갔다. 나카자와강의 물소리가 오늘따라 유난히 크게 들렸다.

## 02. 아름다운 천

"할아범, 나 목말라."

"이 근처에는 마실 물이 없습니다. 조금만 참으십시오."

소헤이는 비실비실 걷는 쓰바키를 독려했다.

동이 튼 지도 꽤 지났다.

"싫어, 싫어. 목마르다니까. 물 마시기 전까지는 한 발짝도 못 가."

쓰바키는 급기야 그 자리에 주저앉고 말았다. 이 고집쟁이 계집애. 소헤이는 팔짱을 끼고 쓰바키를 내려다봤다.

사달이 난 건 어제 오후였다. 저택 정원석 옆에서 리쿠가 몸을 웅크린 채 움직이지 않았다.

리쿠는 저택에서 키우는 흰 여우다. 5년 전 길을 잃어 저택 정원에 온 여우를 이 집안의 외동딸인 쓰바키가 길들였다. 예로부터 흰 여우는 신의 심부름꾼이라고 한다. 당주 역시 경사라며 여우를 기르는 걸 허락했고 지금껏 저택 사람들 모두에게 사랑받으며 살았다.

그런 리쿠가 축 늘어진 모습을 보자 쓰바키는 당황해서 어쩔 줄 몰랐다. 리쿠는 간신히 숨은 쉬고 있지만 오래 버티지 못할 것처럼 보였다.

"할아범, 어떻게든 해줘."

쓰바키는 저택에서 하인으로 가장 오래 일한 소헤이에

게 매달려 울음을 터뜨렸지만, 소헤이라고 병든 여우를 살릴 재간은 없었다. 그때 다른 하인 중 한 명이 이런 말을 했다.

"북쪽의 겐가야마산에 있는 겐켄이나리 신사에 겐켄푸라는 신비한 천이 있다고 들었습니다. 죽은 지 얼마 안 된 생물의 몸에 이 천을 살짝 얹기만 해도 기운을 되찾고 살아나는 힘을 가졌다고 합니다. 어쩌면 아픈 동물에게도 효과가 있을 수 있지요. 돈을 주면 살 수 있지 않을까요?"

"그래? 할아범, 날 거기까지 데려다줘."

겐가야마산에 가려면 산을 일곱 개나 넘어야 해서 꼬박 하루가 걸린다. 나이 들어 쇠약해진 소헤이에게는 만만한 길이 아니었다.

"소헤이, 자네가 같이 가게."

쓰바키의 아버지인 당주도 그렇게 지시했다. 주인의 지시를 듣지 않을 수 없어 결국 소헤이는 쓰바키와 함께 겐켄이나리 신사까지 여행길을 떠났다.

신사에 도착한 건 이미 주변이 캄캄해질 무렵이었다. 신관에게 사정을 설명하니 지금 당장 기도를 올리자고 했다. 피로를 풀 겨를도 없이 쓰바키와 소헤이는 사당 앞에 나란히 서서 예법에 따라 기도를 올렸다. 그리고 마침내 겐켄푸가 눈앞에 놓이자 쓰바키는 이렇게 말했다.

"여기 있는 천을 다 줘."

그 말을 듣고 소헤이와 신관 모두 깜짝 놀랐다.

"한 장이면 충분합니다. 이 천으로 몸을 감싸기만 하면 되니까요."

"여러 장으로 감싸면 리쿠가 더 빨리 기운을 되찾지 않겠어?"

"그건……."

"돈이라면 얼마든지 있어. 부족하면 나중에 아버님께 보내달라고 할게."

쓰바키는 올해로 스무 살이 됐다. 어릴 적부터 워낙 오냐오냐 자라서 그런지 성격이 제멋대로이고 무엇이든 돈으로 해결하려는 버릇이 있다. 그뿐만 아니라 한번 말을 꺼내면 소헤이나 주변 사람들이 아무리 말려도 들은 척도 하지 않았다.

결국 쓰바키는 가져온 금화를 전부 주고 다섯 장의 겐켄푸를 받았다. 천을 넣은 봇짐을 짊어지고 가는 건 물론 소헤이의 임무였다.

신관은 이미 시간이 늦었으니 하룻밤 묵고 가라고 했지만.

"우리가 이러는 동안에도 리쿠는 괴로워하고 있어."

쓰바키의 그 한마디를 끝으로 결국 저택을 향해 다시 밤새도록 걷게 됐다. 팔팔한 쓰바키는 나이 든 소헤이의 몸 상태 따위는 아랑곳하지 않고 아침까지 도착해야 한다고 했다.

신관에게 빌린 초롱불 빛에 의지해 두 사람은 발길을 서둘렀다.

동이 트고 하늘이 어렴풋이 밝아 오기 시작한 건 다섯 번째 산을 넘어갈 때였다. 오른쪽으로 나카자와강이 흐르는 험준한 길이었다.

"어이, 거기!"

갑자기 곰처럼 덩치 큰 남자가 두 사람 앞을 가로막았다. 붉은 하오리를 걸친 남자인데 오른쪽 눈언저리에 특이한 칼자국 상처가 있고 이마에도 커다란 점이 있다. 술 냄새가 물씬 풍겼다.

"이런 꼭두새벽에 어디를 그렇게 바쁘게 가나?"

"다, 다, 당신은……."

"내 이름은 하치에몬. 이 산의 산적이지."

남자는 히죽 웃었다.

"영감한테는 볼일 없고 어이, 거기 젊은 아가씨. 나랑 같이 술 한잔할까?"

"싫어요. 저희가 돌아오기를 기다리는 사람이 있어요."

쓰바키는 기죽지 않고 말했다.

"그런 건 내 알 바 아니지. 자, 따라와."

"이, 이러지 마십시오!"

"영감한테는 볼일 없다고 했지!"

하치에몬이 휘두른 팔에 맞아 소헤이는 엉덩방아를 찧었다. 그 순간 등에 짊어지고 있던 봇짐에서 겐켄푸가 한 장 떨어지고 말았다. 소헤이는 욱신거리는 볼을 누르며 부랴부랴 천을 주웠다.

"응? 뭐야. 생전 처음 보는 아름다운 천이군. 어이, 영감. 그거 이리 내."

"아, 안 됩니다. 이건……."

"여기 더 있잖아."

하치에몬은 소헤이의 어깨를 붙잡고 등에 멘 봇짐에 손을 찔러 넣어 천을 한 장 더 꺼냈다. 소헤이가 재빨리 그의 손을 붙들었다.

"이리 내라고 했지?" "안 됩니다."

두 사람이 실랑이를 벌이고 있을 때 갑자기 쿵 하고 금속으로 나무 기둥을 때리는 듯한 크고 메마른 소리가 울려 퍼졌다.

"억!"

머리를 두 손으로 감싼 하치에몬 뒤에 쓰바키가 장승처럼 우뚝 서 있었다. 오른손에는 쇠로 된 국자가 쥐어져 있다.

"너, 너, 너 이년……."

고개를 돌린 하치에몬이 쓰바키에게 덤벼들었지만 걸음걸이가 휘청거렸다.

"이야압!"

쓰바키는 국자를 집어 던지고 곰 같은 그에게 돌진해 몸을 부딪쳤다. 순간 하치에몬의 몸이 기우뚱하더니 그는 "끄아악" 하는 단말마의 비명과 함께 벼랑 아래로 떨어졌다.

"아가씨, 그 국자는……."

"돌아가는 길이 위험할 것 같아 신사의 데미즈야°에 있는 걸 가져왔어. 그건 그렇고, 산적은 어떻게 됐어?"

두 사람은 벼랑 아래를 내려다봤다. 삼십 척(약 10미터)쯤 아래에 있는 나카자와강 옆에 하치에몬이 하늘을 바라본 자세로 쓰러져 있었다. 꿈쩍하지 않는 그의 배 위에는 조금 전에 빼앗긴 겐켄푸 천이 있었다.

"주, 죽었을까요?"

무서워서 확인하러 내려갈 수는 없었다.

"그냥 가자."

사람을 밀쳐 절벽 아래로 떨어뜨려 흥분한 쓰바키의 재촉에 소헤이도 몸을 일으켰다.

이후 반각(약 한 시간) 정도 걸었을 때 쓰바키는 갑자기 바닥에 털썩 주저앉았다. 하치에몬에게 돌진했을 때의 기세는 온데간데없었다.

"쓰바키 님, 여기는 강에서도 멀리 떨어져 있어서 마실 물을 구할 수 없습니다. 이 산만 넘으면 일 번 마을과 이

°신사의 참배자가 손과 입을 깨끗이 씻는 곳.

번 마을을 잇는 길이 나오니 조금만 더 힘내십시오."

"싫어, 싫어. 힘들다니까."

속으로 힘든 건 나도 마찬가지라고 중얼거리며 소헤이
는 쓰바키를 재촉하듯 발걸음을 뗐다. 등의 봇짐 속에 있
는 겐켄푸가 유난히 무겁게 느껴졌다.


## 03. 말

"이렇게 부탁하네."

하라구치 겐노스케는 두 무릎을 꿇고 바닥에 깔린 낙엽
에 이마를 문질렀다. 나카자와촌의 이 번 마을에서 조금
떨어진 폐사찰 뒤쪽이다. 주변에 인기척은 없고 새 소리만
희미하게 들릴 뿐이다.

"뭐야? 고개 들게."

겐노스케는 그가 시키는 대로 했다. 훌륭한 말 옆에 우
뚝 선 하치에몬은 싸늘한 눈으로 겐노스케를 내려다봤다.

"천하의 무사가 꼴사납게 그럼 쓰나. 그나저나 빌린 돈
을 갚지도 않고 또 빌려달라니. 지난번에 빌린 일곱 냥을
갚을 수는 있나?"

"그건⋯⋯."

"설마 떼어먹을 생각은 아니겠지."

하치에몬이 말 목을 쓰다듬으며 미소 지었다. 이 돈놀이꾼은 평생 말 한 마리 가질 수 없는 겐노스케에게 과시하듯 언제나 이 말을 끌고 온다. 오른쪽 눈언저리에 있는 특이한 칼자국 상처와 이마의 커다란 점까지도 겐노스케를 멸시하는 것처럼 보였다.

"그런데 뭐, 나도 그렇게까지 악질은 아니야. 지금껏 신세를 진 스승님의 장례 비용이라니. ……그래. 석 냥 정도면 어떻게든 되겠군. 그리고 이번 건 갚지 않아도 돼."

"그, 그게 정말인가?"

"물론 나름의 대가는 받아야겠지."

"대가?"

하치에몬은 겐노스케의 허리춤을 가리켰다. 그곳에는 한 자루의 검, 오차쓰미노카미토키사다가 달려 있었다.

"얼마 전 고물상에서 훌륭한 칼을 하나 구했는데 딱 하나 단점이 있어서 말이야. 그러니 조금 더 제대로 된 칼이 필요해. 세 냥으로 그걸 사주지. 어때?"

"이, 이건 천하에 둘도 없는 명검. 그렇게 쉽게 넘길 만한 게……."

"아, 그래?" 하치에몬은 웃음을 거두고 말을 향해 돌아섰다. "그럼 뭐 어쩔 수 없지. 난 별로 상관없어. 마음만 먹으면 더 좋은 칼도 얼마든 살 수 있으니까. 그런데 그 스승이란 사람도 참 안됐네. 자네처럼 쓸모없는 인간을 제자로 두다니.”

“쓸모없는…… 인간이라고?”

몸이 불끈 달아올랐다. 하치에몬은 겐노스케에게 등을 돌린 채 여전히 말 목을 쓰다듬고 있다.

“왜, 내 말이 틀렸나? 자네는 돈이 없어서 은인의 장례식도 못 치르잖나. 게다가 은인을 위해 칼을 돈으로 바꿔주겠다고 하는데도 거절하다니. 지렁이만큼의 가치도 없는 무사 아닌가.”

죽이겠다. 겐노스케는 그렇게 생각했다. 그러나 무사를 우롱하는 이런 놈의 피로 명검을 더럽힐 수는 없었다.

겐노스케는 바로 옆에 있는 낡은 지장보살상을 두 손으로 들어 올렸다.

“하치에몬.”

“뭐야?”

돌아보는 그의 머리를 향해 지장보살상을 내려쳤다.

“악.”

하치에몬이 벌렁 나자빠졌다. 눈에 이미 생기가 없다. 점이 난 이마에서 선혈이 볼을 타고 줄줄 흘러 목에 감겨 있는 하얀 목도리를 조금씩 물들였다.

정말 죽이고 말았다……. 지장보살상을 내려놓자마자 후회가 엄습했다.

동시에 스승의 장례식은 어쩌나 하는 걱정도 점점 커져

갔다.

그때 옆에서 말이 부르르 머리를 흔들었다. 겐노스케는 말을 바라봤다.

하치에몬이라는 이 남자. 정확히 어떤 자인지는 몰라도 아마 부유한 상인 집안의 사람일 것이다. 이 말도 나이는 들었지만 모질이 훌륭하다. 지인 중에 말 장수가 있다. 난 이미 사람을 죽였다. 내친김에 죄를 더 얹어봐야 별 차이도 없다.

얼른 장례비를 마련해야 한다는 초조함과 사람을 죽인 데서 온 흥분이 겐노스케에게서 냉정함을 앗아갔다.

겐노스케는 고삐를 붙잡고 말 장수가 사는 곳으로 향했다.

그러나 마을을 채 두 개도 넘지 못한 사이.

히이이잉⋯⋯. 말이 갑자기 힘을 소진한 것처럼 숨을 내쉬고 길가에 풀썩 주저앉아버렸다.

"왜, 왜 그러느냐?"

목과 얼굴을 두드려 봐도 꼼짝하지 않는다. 말은 그대로 바닥에 납죽 엎드려 마치 죽은 듯이 눈을 감고 움직이지 않았다.

이래서는 돈으로 바꿀 수 없다.

## 04. 볏짚 부자

옛날 옛적 어느 마을에 한타라는 이름의 변변찮은 남자가 살았다.

한타는 지독하게 운이 없었는데 아무리 열심히 일해도 조금도 생활이 나아지지 않았다. 부모는 이미 오래전 세상을 떴고 아내는 물론 일가친척이나 친구도 없는 남자였다.

나는 대체 무엇을 위해 살고 있나. 당장 내가 죽어도 슬퍼할 사람은 아무도 없지 않을까. 하루 종일 밭에서 흙투성이가 되어 일하는 한타의 머릿속을 가득 채우는 건 그런 어두운 생각뿐이었다.

어느 날 아침, 한타는 평소처럼 밭으로 향하다가 문득 불당 앞에서 멈춰 섰다. 살짝 열린 문을 보며 마치 홀린 사람처럼 문을 열고 안에 들어갔다. 안쪽에 있는 불단에는 어두운 빛깔의 오래된 관음상이 있었다. 한타는 관음상 앞에 앉아 두 손을 모으고 눈을 감았다.

"관음보살님, 전 살아갈 가치가 없는 인간입니다. 부디 이곳에서 죽게 해주십시오."

그렇게 중얼거린 순간 눈꺼풀 너머가 환하게 밝아지는 느낌이 들어 눈을 떠보니 관음상 뒤에서 햇살처럼 밝은 빛이 쏟아지고 있었다.

"한타, 여기를 보거라."

놀라는 한타의 귀에 온화한 여자 목소리가 들렸다.

"과, 관음보살님이신가요?"

"그래, 난 지금껏 네가 매일매일 열심히 사는 모습을 지켜봐왔다. 무릇 인간은 너처럼 성실하고 정직하게 살아가는 게 제일이지."

"하지만 제 삶은 한 치도 나아지지 않습니다. 이럴 거면 차라리 관음보살님 앞에서 저세상으로 가는 게……."

"그런 말은 함부로 하는 게 아니다. 한타, 잘 들어라. 지금부터 내가 너에게 행운의 계시를 내려주마."

"행운의 계시?"

"그래, 그렇지만 착각해서는 안 된다. 계시라는 건 어디까지나 시작에 불과하지. 행운을 거머쥐는 건 결국 계시를 받은 자가 어떻게 행동하느냐에 달렸다."

"무엇이든 좋습니다. 지금의 삶을 바꿀 수 있는 계기라면."

"좋다, 그럼 잘 들어라. 넌 이곳을 나가는 즉시 뭔가를 손에 넣을 것이다. 그것을 소중히 간직한 채 먼 서쪽으로 가거라."

"먼 서쪽……."

한타는 속으로 '다리가 아플 것 같군' 하고 생각했다. 관음보살은 한타의 그런 생각도 다 꿰뚫어 본 듯했다.

"귀찮아해서는 안 된다. 네가 손에 넣은 것은 그 자체로는 행운을 불러오지 않는다. 그러나 다른 것과 교환하고 그것을 또 교환하면서 조금씩 가치를 지니게 되지. 그렇게 교환을 이어가다 보면 반드시 너에게 행운을 가져다줄 것이다."

"뭔가 뜬구름 잡는 이야기처럼 들리기도 합니다만……."

"교환할 수 있는 기회가 생기면 무엇이든 교환하여라. 알겠느냐?"

"네, 네엡……."

한타는 넙죽 엎드렸다.

고개를 드니 어느새 밝은 빛이 사라졌고 관음상도 오래된 낡은 관음상으로 돌아가 있었다. 뭔가 꿈을 꾼 느낌이지만, 그래도 계시는 계시다. 멍하니 있던 한타는 잠시 후 일어서서 문을 열고 불당 밖에 나갔다. 그 순간 뭔가에 발이 걸려 얼굴부터 넘어지고 말았다.

"앗!" "아야!"

소리가 들린 쪽을 보니 웬 남자가 반듯이 누워 무릎을 감싼 채 얼굴을 찌푸리고 있었다. 자신과 비슷할 정도로 초라한 행색을 한 30대 남자다. 남자는 한타가 불당에 들어간 후, 문 앞 돌계단에 와서 누워 있던 것처럼 보였다.

"야, 인마. 왜 이런 곳에……."

한타는 한마디 하려다 말고 퍼뜩 깨달았다. 자신의 손에 지푸라기 한 가닥이 들려 있다. 아마 넘어지면서 땅에 있던 것을 저도 모르게 주운 듯했다.

"음……, 아아, 이거 미안하군. 괜찮나?"

남자는 몸을 일으키며 의외로 자상하게 한타에게 물었지만 그 옆에는 검이 놓여 있었다.

큰일이다. 행색은 남루하지만 아무래도 무사처럼 보였다.

모처럼 관음보살의 계시까지 받은 마당에 괜한 트집이 잡혀 베이기라도 하면 원통해서 눈도 못 감을 것이다.

"이보게, 자네. 듣고 있나? 난 조지로라고 하는데……."

한타는 순간 남자에게서 등을 획 돌리고 도망치듯 서쪽으로 뛰어갔다.

그나저나 하필 손에 잡힌 게 이런 거라니……. 한타는 자신이 쥔 지푸라기를 보며 한숨을 내쉬었다.

관음보살은 교환하고 또 교환하라고 했지만 과연 이런 것과 물건을 교환해줄 사람이 있을까.

그때 어디선가 윙 하는 벌레의 날갯짓 소리가 들렸다. 한타의 얼굴 주변에서 등에 한 마리가 날고 있었다. 그 등에가 콧잔등에 앉았을 때 한타는 잽싸게 등에를 붙잡아 손가락 사이에서 날갯짓하는 등에의 허리 부근에 지푸라기를 묶었다. 등에는 부우우웅 하고 열심히 날개를 움직였지만 지푸라기에서 빠져나가지는 못했다. '어릴 때 이런 놀이를 자주 했지' 하고 추억을 떠올리며 한참을 더 걸어가다가 나카무라촌의 일 번 마을이라는 곳에서 우는 갓난

아이를 등에 업은 여자를 만났다. 아이는 한타가 손에 든 지푸라기 등에가 무척 마음에 드는지 보자마자 까르르 웃음을 터뜨렸다.

"어머, 아이가 웃네요. 아침부터 울기만 해서 정말 힘들었는데."

여자는 쓴웃음을 지었다.

"이게 그렇게 좋으면 너한테 주마."

한타는 지푸라기에 묶인 등에를 아이에게 건네줬다.

"어머나, 우리 마쓰보, 좋겠네. 아 참, 그럼 전 답례로 이걸 드릴게요."

한타는 여자에게서 귤을 세 개 받았다.

'어쨌든 교환은 했군' 하고 스스로도 의아하게 생각하며 잠시 더 걷다보니 이번에는 숲속 네거리에서 피로에 찌든 두 사람을 만났다. 한 사람은 나이 든 노인이고, 다른 한 사람은 스무 살 정도 되어 보이는 여자다. 하인인 듯한 노인은 여자가 물을 마시고 싶어 한다며 한타에게 물통이 없느냐고 물었다. 한타가 "물은 없지만……" 하고 대신 귤을 내밀자 여자는 귤 세 개를 단숨에 먹어 치우고 기운을 되찾았다.

"고마워요. 답례로 이걸 한 장 드릴게요."

여자는 하얀 무언가를 내밀었다.

"아가씨, 그건……."

노인이 황급히 옆에서 말렸지만 여자는 아랑곳하지 않고 말했다.

"한 장 정도는 괜찮아. 쩨쩨하게 굴지 마."

여자가 준 것은 생전 처음 보는 아름다운 광택을 내뿜는 천이었다.

"아주 희귀한 천이랍니다. 평범한 사람은 구할 수도 없어요."

여자의 말을 듣고 손에 든 천을 보며 한타도 공감했다. 팔면 제법 돈이 될지도 모르지만 물론 팔 생각은 없었다.

관음보살의 계시대로 이 역시 뭔가 더 가치 있는 물건으로 교환할 수 있을 거라 확신했다.

기대에 가득 차서 걸어가다 보니 이번에는 머리를 감싸 쥐고 있는 무사를 만났다. 그 옆에는 웬 말 한 마리가 죽은 듯이 바닥에 엎드려 있었다.

한타는 그에게 무슨 일인지 물었다.

"신세를 진 분이 최근에 돌아가셔서 장례를 치르려 하는데 돈이 없어 이 말을 팔려고 했네. 그런데 팔러 가는 길에 보다시피 이렇게 됐어. ……천벌을 받은 거겠지."

안타깝지만 그렇다고 자신이 해줄 수 있는 일은 없다. 한타는 그렇게 생각했지만 잠시 후 '잠깐' 하고 생각을 바꿨다. 나에게는 관음보살님이 내려주신 계시가 있다.

"혹시 괜찮다면 이 천과 말을 교환하실까요?"

그러자 무사는 깜짝 놀라 펄쩍 뛰었다.

"뭐? 이 말은 거의 죽어가는 말인데."

"괜찮습니다."

그렇게 말하고 천을 앞으로 내밀었을 때 천이 손에서 주르르 미끄러져 말의 머리 위로 툭 떨어졌다.

"참으로 아름다운 천이로군……. 어디선가 본 느낌도 들지만 뭐 착각이겠지. 정말 말과 교환할 건가?"

무사는 천을 들고 눈을 동그랗게 떴다.

"네." 한타는 힘차게 고개를 끄덕였다.

"고맙네. 그럼 난 이만."

한타의 마음이 변하기 전에 가야겠다고 생각했는지 무사는 황급히 그 자리를 떠났다. 한타는 그의 뒷모습을 향해 깊숙이 고개를 숙이고 말을 돌아봤다.

"응……?"

이게 어찌 된 일일까. 조금 전까지만 해도 축 늘어져 있던 말이 고개를 빳빳이 세워 한타의 얼굴을 바라보고 있었다. 그것도 모자라 앞다리를 들어 발굽을 땅에 대고 벌떡 일어서더니 "히히잉!" 하고 크게 울음소리를 냈다. 지금껏 땅바닥에 축 늘어져 있었다고 생각되지 않을 만큼 우렁찬 울음소리였다.

"정말 대단하군. 뭘 한 것도 없는데 기운을 되찾다니."

교환할 기회가 생기면 무엇이든 교환하라. 결국 관음보

살의 말은 옳았다. 한타가 기뻐서 말의 목을 쓰다듬자 말은 순식간에 앞으로 뛰어나가려 했다.

"워, 워워. 진정해, 진정해."

한타는 황급히 고삐를 붙들었지만 하마터면 질질 끌려갈 뻔했다. 그는 말을 다루는 일에 익숙하지 않았다.

"이런, 누가 좀 도와주십쇼!"

그 후, 한타는 이 말을 계기로 대저택을 손에 넣게 됐다.

관음보살의 계시 덕에 출세한 한타의 이야기는 온 마을에 퍼졌고, 사람들은 한타를 '볏짚 부자'라 불렀다고 한다.

경사로세. 경사로구나.

• • •

"여, 여깁니다."

마을 사람이 나무 사이를 지나가며 말했다. 마을에서 관리로 일하는 야마노 구리조의 눈에 나뭇가지가 닿았다. 짐승조차 지나가지 않을 무성한 덤불이었다.

"이런 곳에 정말 오래된 우물이 있다는 건가?"

"네, 저희 조부님 대까지만 해도 썼다고 합니다. 저겁니다."

그가 가리킨 곳에는 분명 낡고 더러운 우물이 있었다. 두레박 같은 건 보이지 않는다.

야마노는 우물 가장자리에 손을 얹고 안을 들여다봤다.

순간 "으……" 하고 말문이 막혔다.

바싹 마른 우물 밑바닥에 웬 남자가 벌렁 드러누워 있었다. 눈을 부릅뜨고 있지만 안색이 흙빛인 걸 보니 죽은 지 적어도 사흘은 되어 보인다. 곰처럼 덩치 큰 몸에 붉은 하오리를 걸쳤고, 오른쪽 눈언저리에 칼자국 상처가 있다. 이마에는 커다란 점도 보였다.

"아는 사람인가?" 야마노가 돌아보고 물었지만 마을 사람은 고개를 흔들었다.

"아뇨. 우리 동네 사람은 아닙니다. 일 번 마을이나 이 번, 아니 어쩌면 그 옆 마을 사람일지도 모르지요."

일이 성가시게 됐다. 야마노는 팔짱을 꼈다.

숲속에서 길을 잃고 헤매다가 떨어져 죽은 것 같지는 않다. 누군가에게 살해된 후 사람들 눈에 띄지 않는 이 낡은 우물에 버려진 걸까. 어쨌든 관청에서 젊은이들을 불러 남자를 끌어올리기로 했다.


## 제2장 겨울

### 이

나카무라촌에서 마을 관리로 일하는 야마노 구리조가

볏짚 부자의 저택에 초대된 건 세밑을 앞둔 12월 17일이었다. 저택 일대는 겨울에도 눈이 거의 내리지 않지만 한파가 뼛속까지 스며들었다.

이번 마을에서 1리 정도를 더 걸어가니 호화로운 검은 기와집이 구리조를 맞이했다.

대문을 들어서니 바로 옆에 마구간이 있었는데 그 안에서 윤기 나는 털을 가진 훌륭한 말이 푸르르 하고 코를 쿵쿵거렸다.

이곳은 원래 나타네야 쇼베에라는 이름의 거상이 지은 저택이다. 그는 유채 기름을 파는 일부터 시작해 운송업, 건축업, 약종업에까지 손을 뻗어 부를 쌓았다. 비록 몸은 말랐어도 웃음소리가 호쾌했고 늘 '기름'이라 적힌 큼지막한 두건을 쓰고 다녀서 '유채 부자'라는 별명으로 불렸다. 그러나 마흔 살이 되던 해에 모든 사업체를 부하들에게 물려주고 돌연 은둔 생활을 시작했다. 매일 수많은 사람을 만나던 탓에 인간을 싫어하게 됐다는 소문이 돌았지만 진정한 이유는 아무도 모른다. 그는 그렇게 은둔 생활을 시작한 이래 3년 남짓을 저택 밖으로 한 발짝도 나가지 않고 조용히 살았다.

그런 나타네야 쇼베에가 올해 4월, 남자 한 명을 이 저택에 들여 하룻밤 재워줬다고 한다. 쇼베에는 그가 몹시 마음에 들어 그를 집의 하인으로 고용했다.

그로부터 다섯 달 후에 쇼베에는 의문의 병을 얻어 갑자기 세상을 떴다. 장례식은 가족끼리 조용히 치렀다고 한다.

그리고 저택은 고스란히 그 남자 하인의 손에 들어갔다. 남자는 자신이 저택을 갖게 된 것이 관음보살의 계시와 지푸라기 한 가닥 덕분이라며 사방팔방 떠들어댔고, 그래서 그는 지금 사람들에게 '볏짚 부자'라는 별명으로 통한다.

구리조가 이 볏짚 부자에게 관심을 가지게 된 것은 어느 엉뚱한 사건이 계기였다.

4월에 마을의 오래된 우물에서 한 남자의 시신이 발견됐다. 남자는 등에 칼에 베인 상처가 있었다. 보통 타살 시신이 발견될 경우 마을 관리는 범인을 붙잡아 성 아래에 있는 봉행소奉行所*에 보내는 일을 맡는다. 구리조는 즉시 조사를 개시했지만 이후 이해하기 어려운 일들이 잇따라 일어났고, 여름이 지나 가을이 되어도 사건은 여전히 미궁에 빠져 있었다. 그러나 12월에 접어들어 부하에게 어떤 이야기를 듣게 됐고 그제야 비로소 사건 해결을 향한 길이 열렸다.

볏짚 부자에 대한 흥미로운 사실도 알게 됐다. 그는 한

---

● 행정과 치안을 담당하는 관리가 근무하는 곳.

달에 한 번 손님 두 명을 저택에 초대해 조촐한 연회를 연다고 한다. 그 자리에서는 우선 볏짚 부자가 현재의 풍족한 삶을 거머쥐게 된 경위를 들려주고, 그의 이야기가 끝나면 손님들이 자신이 알고 있는 기이한 이야기를 들려준다고 했다.

볏짚 부자는 그 기이한 연회에 초대할 자들을 매일 모집한다고 했다. 구리조는 곧장 사람을 보내 연회에 참가하고 싶다는 뜻을 전했고, 얼마 후 '꼭 참석해주십시오'라는 대답이 도착했다.

"자네가 마을 관리로 일한다는 야마노 구리조인가?"

현관에 모습을 드러낸 남자가 히죽 웃으며 물었다.

"그래, 맞네. 오늘 이렇게 초청해줘서 고맙네."

구리조는 대답하면서 남자의 모습을 넌지시 관찰했다. 나이는 서른 남짓. 자수가 새겨진 멋들어진 하오리를 걸쳤다. 올 4월까지만 해도 농사를 지었다는 소문을 들었는데 어느덧 세상을 뜬 저택 당주의 호화로운 생활을 물려받은 듯했다.

"이렇게 추운 곳까지 잘 와줬네. 내가 바로 그 볏짚 부자일세."

그는 자신보다 나이가 열 살은 많을 구리조에게 허물없이 말했다.

"자자, 얼른 들어오게. 다른 손님이 이미 와서 기다리고 있어."

볏짚 부자의 안내를 받으며 반질반질하게 닦인 긴 복도를 몇 번인가 꺾어 나아갔다. 넓은 저택이지만 하인은 한 명도 보이지 않았다.

도착한 곳은 다다미 스무 장 정도가 깔린 방이었다. 도코노마°에 칼 한 자루가 걸려 있다. 손잡이를 황금색으로 수놓은 멋진 검이었다.

방에는 총 세 사람 몫의 술상이 준비되어 있는데 그중 하나 앞에 허리가 굽은 작은 노인 한 명이 조용히 정좌해 있었다.

"고마키, 이분이 바로 마을 관리인 야마노 구리조 씨일세."

그러자 노인이 씩 웃으며 고개를 숙였다.

"이 영감은 쇼베에 당주의 약국에서 오랫동안 일한 고마키라고 하네. 예로부터 전해지는 신기한 이야기를 많이 알고 있어서 자리의 흥을 돋우기 위해 불렀지. 자네는 그쪽으로."

볏짚 부자가 권하는 대로 구리조는 고마키라는 노인 옆에 있는 술상 앞에 앉았다. 볏짚 부자는 자신의 술상 옆

---

° 방 한쪽에 꽃이나 족자 등을 장식할 수 있게 만들어둔 공간.

화로의 주전자 속에서 따듯하게 덥힌 술병을 꺼내 노인과 구리조, 그리고 자기 잔에 술을 따랐다.

"자자, 사양 말고 들게."

세 사람은 술을 마시고 음식을 먹었다. 상 위에 차려진 건 도미를 비롯해 하나같이 값비싼 식재료로 만든 요리들이다. 맛도 절묘하고 술과도 잘 어울렸다.

"입에 맞을지 모르겠군."

볏짚 부자가 다정하게 물었다.

"맛이 기가 막히는군. 그런데 볏짚 부자, 자네 말인데."

"한타라고 부르게. 그게 내 원래 이름이야."

"그럼 한타, 자네는 이렇게 넓은 저택에 혼자 사는 건가? 이런 연회를 열 때 보통 술상 같은 건 하인들이 준비할 텐데."

"그럴 턱이 없지. 난 원래 쇼베에 당주 밑에서 허드렛일을 하면서 살았네. 사람을 부리는 것보다 내 손으로 하는 게 훨씬 편하지. 그리고 이 음식들은 내가 만든 게 아니라 이번 마을에 있는 요릿집에서 주문한 걸세."

구리조는 고개를 끄덕이고 회를 한 점 집어 먹었다.

"자, 그럼."

볏짚 부자는 술을 한 모금 마시고 구리조와 고마키 노인의 얼굴을 번갈아 봤다.

"잘 알겠지만 이 연회는 기담, 즉 이상야릇한 이야기들을 주고받는 자리일세. 실은 난 기담을 수집해 언젠가 책으로 엮어서 세상에 내놓으려 해."

"오오, 책으로."

구리조는 맞장구를 쳤다. 고마키 노인은 말없이 미소를 머금고 술을 마시고 있다.

"두 사람 다 이야기를 준비해 왔겠지만 우선 내 이야기부터 들어주게. 내가 어떻게 이런 훌륭한 저택에 사는 부자가 될 수 있었을까. 지금부터 그 경위를 들려주려고 하네. 뭐 소문으로 이미 들었을지도 모르지만 당사자의 입으로 듣는 건 또 다르겠지."

그러더니 볏짚 부자는 천천히 자기 이야기를 늘어놓기 시작했다.


## 02

그건 분명 흥미진진한 이야기였다.

한타는 올 4월까지만 해도 가난한 농부로 살았다. 아무리 열심히 일해도 나아지지 않는 삶에 지쳐 한때는 죽음까지 생각한 적도 있지만, 어느 날 아침 관음보살을 모신 불당에서 계시를 들었다.

—넌 이곳을 나가는 즉시 뭔가를 손에 넣을 것이다. 그

것을 소중히 간직한 채 먼 서쪽으로 가거라.

또 그 물건을 교환할 수 있는 기회가 생기면 무엇이든 교환하라는 것이 계시의 내용이었다. 꿈을 꾸는 듯한 기분으로 불당을 나선 한타는 그만 콰당 넘어지고 말았고 그때 지푸라기 한 가닥을 집어 들었다. 이런 걸 대체 무엇으로 교환할 수 있을지 의아해하면서도 우연히 콧잔등에 앉은 등에의 허리에 지푸라기를 묶고 계속 서쪽으로 나아갔고, 그러다 문득 갓난아이를 등에 업은 여자를 만났다. 아이에게 등에를 줘서 울음을 그치게 한 답례로 귤을 받았고, 그것을 들고 서쪽으로 더 걷다가 이번에는 갈증 때문에 힘들어하는 여자와 하인 노인을 만났다. 그녀에게 귤을 건네자 답례로 이번에는 아름다운 천을 받았고, 그 천은 돈에 쪼들리는 무사를 돕기 위해 죽어가는 말과 교환했는데 무사가 사라진 직후 말이 곧장 기운을 되찾고 우렁차게 울었다고 한다.

지푸라기를 귤로 바꾸고, 아름다운 천으로 바꾸고, 말로 바꾼다. 고작 하루 동안 일어난 일이라고는 도무지 믿기 어려운 이야기다. 관음보살의 계시대로 교환을 통해서 손에 넣은 연속된 행운.

그러나 구리조는 이야기를 듣는 동안 본질과 상관없는 호기심이 고개를 들었다. 그것은 오늘 밤 구리조가 들려주고자 하는 기담과도 관련이 있었다.

"난 그 말의 고삐를 잡아끌며 그날 하루 묵을 집을 찾았지."

한타, 즉 볏짚 부자는 어느새 벌겋게 달아오른 얼굴로 이야기를 이어가고 있다. 고마키 노인은 이미 수없이 똑같은 이야기를 들었는지 이따금 온화한 얼굴로 맞장구를 치며 고개를 끄덕였다.

"이왕이면 넓은 집이 좋겠다고 생각하고 있었는데 마침 눈앞에 이 저택이 나타났네. 집 안에서 말쑥한 차림의 남자가 나오더니 말을 보며 '오, 훌륭한 말이로군' 하고 칭찬했고, 그는 눈을 가늘게 뜨며 말 목을 쓰다듬다가 대뜸 '나도 전에는 이런 말을 가지고 있었던 것 같은데'라는 말을 꺼내더군. 난 그 말을 또 다른 뭔가와 교환할 수 있겠다고 생각해서 '그럼 이 말을 드릴까요?'라고 물었어."

남자는 한타의 배포가 마음에 들었는지 집 안에 그를 들여 후하게 대접했다.

"그가 바로 이 저택의 전 당주인 유채 부자 쇼베에 님이었네. 쇼베에 님은 날 아주 마음에 들어 해 며칠이든 저택에 있어도 된다고 하셨지. 당시 저택에는 나이 든 하인이 한 명 있었는데 그가 일을 쉬고 싶다고 해서 대신 내가 집안일을 돕게 됐어. 청소하고 식사를 준비하고 밤에는 쇼베에 님의 말벗이 되어주기도 했네."

"그 유채 부자 쇼베에라는 분은."

구리조가 끼어들어 말을 보탰다.

"은둔 생활을 시작한 후 사람을 싫어해 집 밖에 나가지 않았다고 들었는데, 자네와는 허물없이 지낸 건가?"

"그래, 내 눈에는 별로 사람을 싫어하는 것처럼 보이지 않더군."

볏짚 부자는 팔짱을 끼고 천장을 올려다봤다.

"다만 어제 했던 말을 오늘 잊어버리는 일이 왕왕 있었지. 은둔 생활을 시작한 것도 아마 건망증이 심해진 게 원인 아니었을까."

"그런 거였나."

"집 밖에 나가지 않은 것도 얼굴을 잊어버린 지인이 말을 걸어오기라도 하면 곤란하기 때문이었겠지."

"그렇군……. 아, 이야기를 중간에 잘라서 실례."

"괜찮네. 계속하지."

볏짚 부자는 술로 목을 한 번 축이고 다시 입을 뗐다.

"때는 여름 더위가 한풀 꺾이고 슬슬 벼가 고개를 숙이기 시작할 무렵이었던 것 같군. 아침이 되어도 쇼베에 님은 일어나지 않았고 내가 그분을 깨우러 갔을 때 이미 방 안에서 싸늘하게 식어 있었지. 머리맡에는 나무 그릇이 하나 있었는데 그 안에 풀 같은 것을 으깬 뭔가가 들어 있었어. 쇼베에 님이 약종업에도 손을 뻗었다는 건 알고 있겠지? 그분은 평소에 직접 따 온 풀들을 으깨서 복용하고 있었는데, 그때 저택을 찾은 의원 말에 따르면 그 나무 그릇 안에 독초가 섞여 있었다더군. 그걸 모르고 스스로 먹어버린 듯했어."

"맙소사……."

"쇼베에 님이 일으킨 사업 중에는 음식 사업도 있네. 그런 분이 독을 먹고 죽었다는 소문이 돌면 매출에 악영향을 끼칠 수 있지. 난 쇼베에 님이 사업을 물려 준 후계자들을 모두 모아놓고 상의 끝에 그분이 죽은 이유를 비밀에 부치고 장례식을 치르기로 했네. 그리고 그 자리에서 쇼베에 님의 유언장을 공개했지. 유언장은 사업은 지금 그것을 맡고 있는 자에게, 그리고 저택은 나에게 넘긴다는 내용이었어. 반대하는 사람도 없어서 그렇게 난 이 저택을 손에 넣을 수 있게 된 거야. '볏짚 부자'라는 건 그분의 사업을 물려받은 이들이 멋대로 붙인 별명이고."

볏짚 부자는 긴 이야기를 마무리 짓고 히죽 웃었다.

"이야기가 마지막에는 이상하지도 야릇하지도 않게 끝나 버렸군. 미안하네."

"아니, 그렇지 않아. 귀중한 이야기를 들려줘서 고맙네."

구리조는 예를 표하고 술잔을 기울였다. 고마키 노인은 여전히 온화하게 웃고 있다. 유채 부자 쇼베에의 가게에서 일했다고 하니 이 이야기도 이미 알고 있을 것이다.

"자, 그럼 이제 두 사람 차례군. 순서는 상관없으니 둘

중 누가 먼저 기이한 이야기를 들려줄 텐가?"

"기이한 쥐구멍 이야기도 괜찮을까요?"

고마키 노인이 입을 열었다.

"주먹밥을 굴려 떨어뜨리면 노랫소리가 들리는 구멍. 자기 무릎을 감싼 채 굴러가면 본인도 그 구멍에 떨어질 수도 있다고 합니다만."

"욕심쟁이 영감이 여러 번 반복했다는 그 이야기 아닌가? 그건 전에도 들었네."

볏짚 부자가 얼굴을 찌푸렸다.

"다른 이야기 없나?"

그러자 고마키 노인은 입을 다물었다. 기담에 정통하다고 하지만 볏짚 부자 앞에서는 이미 자신이 아는 이야기를 거의 다 들려준 게 아닐까. 그렇다면…….

"그럼 내가 먼저."

구리조가 입을 열었다.

"이건 *각자 다른 사람에게 세 번 살해된 남자의 이야기*일세."

볏짚 부자와 고마키 노인은 흥미진진한 얼굴로 귀를 기울였다.

## 03

내가 나카무라촌에서 마을 관리로 일하기 시작한 것도 어언 20년 전. 그날 이후 피비린내 나는 사건은 단 한 건 도 없었지만, 올 4월 마을에 있는 오래된 우물에서 남자의 시신 한 구가 발견됐네. 그는 빨간 하오리를 걸쳤고 오른 쪽 눈에는 오래된 칼자국 상처, 이마에는 커다란 점이 있 는 남자였지. 하오리를 벗겨보니 등에는 칼에 베인 상처가 있었어.

이 마을에서 처음 일어난 일이라 당황했지만 곧 나는 마을 사거리에 남자의 모습과 신체 특징 등을 적은 방을 붙여 정보를 수집했네. 그러자 얼마 후 갓난아이를 등에 업은 여자가 관청에 나타나 눈물을 흘리며 이렇게 고백하 더군.

—방에 적힌 그 남자는 행상 일을 하던 제 남편 하치에 몬입니다. 그리고 *그를 죽인 사람은 바로 저입니다.*

오미네라는 이름의 그 여자가 하치에몬과 처음 알게 된 건 그전 해 2월이라고 했어. 마을에서 멀리 떨어진 강가 옆 오두막에 혼자 살았는데 어느 날 몸을 다친 하치에몬 을 돌봐준 것을 계기로 부부의 연을 맺었다더군.

그러나 얼마 안 되어 오미네는 하치에몬에게 불만을 품 게 됐지. 하치에몬은 오미네를 처음 만났을 때 자신의 직업을 장돌뱅이라고 했어. 그는 장사를 하러 한 번 떠나면 한 달 가까이 집에 돌아오지 않았고, 겨우 돌아온 날에는 술에 취해 행패를 부리곤 했지. 두 사람 사이에는 마쓰보라는 아들도 태어났지만 그의 태도는 고쳐지지 않고 오히려 더 심해졌다고 해. 장사는 잘되는지 돈을 꽤 버는 듯했지만 그 돈으로 술만 먹고 살림에는 보태주지 않아서 오미네의 불만은 점점 커져만 갔어.

그날 아침도 여느 때처럼 술에 취해 돌아온 하치에몬은 오미네뿐만 아니라 마쓰보에게까지 손찌검을 하려 했다더군. 간신히 말린 오미네에게 하치에몬은 오후에 사람을 만나기로 약속했으니 배를 채우고 한숨 자겠다고 했어. 늘 그러듯 불쑥 나타나 제멋대로 구는 남편에게 화가 치민 오미네는 문득 하치에몬의 목에 뭔가가 감겨 있는 것을 발견했네. 그건 하치에몬이 제 돈을 주고는 절대 사지 않을 만한, 아름다운 광택이 감도는 하얀 천이었지. 오미네는 순간 남편이 다른 여자를 만나고 있다고 직감했고, 결국 분노에 눈이 멀어 쌀겨절임이 담긴 나무통에 남편의 머리를 밀어 넣어 질식시키고 말았어.

이후 시신을 어디론가 옮겨서 숨겨야 한다고 생각해 일번 마을에 사는 지인에게 짐수레를 빌리러 갔지만, 집에 돌아와 보니 하치에몬의 시신은 연기처럼 사라진 상태였지.

그런 그가 어떻게 오미네의 집에서 멀리 떨어진 오래된

우물 속에서 발견됐는가. 내 질문에 오미네는 "저도 모르겠어요" 하고 머리를 연신 흔들었어. 이해할 수 없는 상황에 다른 이들과 고개를 갸우뚱하고 있을 때 이번에는 웬 노인과 젊은 여자가 관청에 찾아왔네. 그리고 여자 쪽이 나를 향해 이렇게 말했어.

─방에 적힌 그 남자는 산적이에요. 그리고 *그를 죽인 사람은 바로 저고요.*

쓰바키라는 이름의 그 젊은 여자는 옆 마을에 사는 부농의 외동딸. 함께 온 소혜이라는 노인은 그 집 하인이라고 했지.

이야기를 들어보니 두 사람은 겐가야마산에 있는 겐켄이나리 신사에 어떤 물건을 가지러 갔다가 오는 길에 하치에몬이라는 산적의 습격을 받았다더군. 신사에서 받아온 그 물건을 빼앗기자 쓰바키는 등 뒤에서 하치에몬의 머리를 향해 쇠 국자를 휘둘렀고 비틀거리는 그의 몸을 힘껏 들이받았어. 하치에몬은 그대로 빼앗은 물건을 손에 쥔 채 벼랑 아래로 떨어졌지. 그리고 벼랑 아래를 흐르는 나카자와강 옆에서 하늘을 바라본 자세로 누워 숨을 거뒀다고 했어.

새벽 산길이라 주변이 어두웠다지만 인상착의를 보건대 그가 방에 적힌 남자가 확실하다고 두 사람은 입을 모아 증언했지. 그러나 그가 왜 마을에 있는 오래된 우물에서 발견됐는지에 대해서는 오미네와 마찬가지로 모르겠다며 고개를 흔들더군.

엇갈리는 두 증언에 나와 다른 관리들은 당혹스러워했어. 그러자 이번에는 하라구치 겐노스케라는 무사가 관공서를 찾아왔네. 그는 우리에게 이렇게 고백했어.

─방에 적힌 그 남자는 하치에몬이라는 이름의 돈놀이꾼입니다. 그리고 *그를 죽인 사람은 바로 저입니다.*

그는 원래 어느 영주를 모셨지만 영주의 가문이 어떤 사건으로 몰락하는 바람에 떠돌이 신세가 됐다고 자신을 소개했네. 매일매일 궁핍하게 살다가 그 하치에몬이라는 고리대금업자를 만났다고 했지.

하치에몬은 정확히 무슨 일을 하는지는 몰라도 오만한 남자였다고 해. 말을 가지는 건 꿈도 못 꿀 하라구치에게 과시하듯 매번 모질이 좋은 말을 끌고 와 말 목을 쓰다듬으며 이야기했다지. 그를 만날 때마다 하라구치의 증오는 점점 커졌지만, 그 말고는 따로 돈을 빌려줄 사람도 없어서 돈을 빌리느라 빚만 점점 쌓였어. 그런 하라구치에게 오래전 영주를 모실 때 여러모로 신세를 졌던 스승이 죽었다는 소식이 날아들었네.

영주의 집안이 몰락한 후, 그 스승도 부인과 둘이 거의 가난뱅이처럼 살았다더군. 부인이 하라구치를 찾아와 적어도 남편의 장례만은 치러주고 싶다며 흐느껴서 하라구치는 결국 하치에몬에게 장례비를 빌리기로 하고 늘 돈을 빌릴 때 만났던 폐사찰 뒤에서 하치에몬을 만났네.

약속한 미시未時°를 조금 지나 여느 때처럼 말을 몰고 나타난 하치에몬은 돈이 필요하면 칼을 사줄 수 있다고 그에게 제안했네. 하라구치가 가지고 있는 칼은 천하에 둘도 없는 명검. 하라구치가 그것만은 불가능하다고 하자 하치에몬은 하라구치를 조롱했고, 급기야 인내심이 바닥난 그는 옆에 있던 지장보살상을 들어 하치에몬의 머리를 내려쳐서 죽였다고 했어.

하라구치는 어리석은 짓을 저질렀다며 후회했지만 그래도 스승의 장례는 치러야 하는 상황. 그는 뭔가에 씐 사람처럼 하치에몬의 시신 옆에 있는 말을 지인에게 팔아 그 돈으로 장례식을 치르자고 생각했고, 결국 시신을 그곳에 그대로 두고 말을 끌고 가버렸네.

며칠 후 스승의 장례를 치르고 나카자와촌에 돌아오자, 마을 곳곳에 하치에몬의 인상착의가 묘사된 방이 붙어 있었고 거기에는 신원불명의 타살 시신에 대해 아는 사람이 있으면 관청으로 와 달라는 글이 적혀 있었어. 자신이 죽인 하치에몬이 틀림없다고 확신한 하라구치는 한때 도피를 떠올리기도 했지만, 생전 근엄하고 정직하게 살라는 스

---

° 십이시(十二時)의 여덟째 시. 오후 1시부터 3시까지를 뜻한다.

승의 말을 떠올려 관청에 직접 찾아왔네. 그러나 그 역시 마을의 오래된 우물에서 하치에몬의 시신이 발견된 이유는 알 수 없다고 했어.


## 04

"오미네와 쓰바키, 하라구치 세 사람을 대면시키기도 했지만 세 사람 입을 모아 서로를 모른다고 했지. 사건은 점점 더 미궁에 빠져들었네."

거기까지 이야기하고 구리조는 술잔을 들어 술을 한 모금 마셨다.

"……생전 처음 듣는 이상야릇한 이야기로군."

볏짚 부자가 말했다.

"수상한 자가 여러 명 있고 그 모두가 '내가 죽이지 않았다'라고 주장하는 이야기라면 이해하겠지만, *'내가 죽였다'라고 하는 자가 세 명*이나 있다니……."

"다중 살인이라고 해야 할까요."

고마키 노인이 말을 받았다.

"시신은 한 구지만 범인은 셋. 심지어 그들은 서로를 모른다……. 하물며 이상한 건 그뿐만이 아닙니다. 오미네가 죽인 하치에몬은 행상인, 쓰바키가 죽인 하치에몬은 산적,

하라구치 겐노스케가 죽인 하치에몬은 고리대금업자. 세 사람 모두 하치에몬이라는 남자의 직업에 대해 서로 다르게 말했지요. 하치에몬이라는 자가 실제로 어떤 사람이었는지 도무지 알 수 없는 상황. 여기에는 '누가 죽었나'라는 수수께끼와 '죽은 자는 누구인가'라는 수수께끼가 한데 겹쳐 있습니다."

구리조는 고마키 노인을 지그시 바라봤다. 이야기를 단한 번 듣고도 정확히 이해하고 있다. '역시 기담에 정통한 자라서일까……'라고 생각하고 있을 때였다.

"아아, 하나 더 있습니다."

고마키 노인이 또다시 입을 열었다.

"세 사람 다 하치에몬을 죽인 후에 시신을 그대로 두고 떠났다. 그리고 그 시신이 모르는 사이 오래된 우물 속에서 발견됐다. 조금 전 두 가지 수수께끼에 더해 '시신 이동'이라는 수수께끼도 있습니다."

"이거 원 수수께끼투성이 아닌가. 으으, 모르겠군!"

침착한 고마키 노인과 대조적으로 볏짚 부자는 머리를 쥐어뜯었다. 구리조는 볏짚 부자를 돌아봤다.

"나도 오랜 시간 고민했고 기를 쓰며 조사하고 다녔지. 그러던 어느 날 부하 중 한 명이 묘한 이야기를 듣고 왔네. 그의 말로는 '다중 생활자'라는 이들이 있다고 하더군."

볏짚 부자가 이맛살을 찌푸렸고 구리조는 이야기를 이

어갔다.

"다중 생활자? 그게 뭐지?"

"여러 가지 얼굴을 가지고 때에 따라 얼굴을 바꾸며 살아가는 자들을 뜻하는데, 아득히 먼 나라에는 그런 취미를 가진 영주님도 있다더군. 때로는 직공, 때로는 떠돌이, 때로는 거지가 되어 살아간다고 해."

볏짚 부자는 턱에 손을 갖다 대고 잠시 생각하다 입을 열었다.

"흐음, 어디서 들어본 것 같기도 한데."

"부하는 하치에몬도 바로 그런 다중 생활자가 아니었겠냐고 했어. 어떨 때는 행상인, 어떨 때는 산적, 어떨 때는 욕심 많은 고리대금업자가 되어서 산 거지."

"아예 터무니없는 이야기는 아니군. 하지만 그게 맞는다고 해도 하치에몬이 서로 다른 세 사람에게 살해됐다는 수수께끼는 안 풀리지 않나."

"그래. 그런데 그쪽 방면으로 조사하는 동안 하치에몬을 둘러싸고 그동안 무슨 일이 일어났는지가 밝혀져 모든 것이 연결됐네. 쓰바키와 소혜이 영감이 들려준 이야기를 계기로 말이야."

"그 이야기가 뭐지?"

"그건……."

구리조가 이야기를 이어가려던 바로 그때였다.

"겐켄푸 천 이야기겠지요."

고마키 노인이 말을 자르듯 끼어들었다. 구리조는 흠칫 놀랐다.

"어, 어떻게 그 천의 이름을?"

"후후, 전 기담 수집을 취미로 하는 사람입니다. 겐가야마산의 겐켄이나리 신사라면 겐켄푸 천을 빼놓고 말할 수 없지요."

즐거운 듯이 술잔을 입에 가져가는 묘한 노인에게 볏짚 부자는 "그 겐켄푸라는 게 대체 뭔가?" 하고 재촉하듯 물었다.

"겐켄이나리 신사에서 매년 여우 털로 만든다는 신비한 천입니다. 그 천에는 신비로운 힘이 있어 죽은 지 얼마 안 된 생물의 몸에 잠시 갖다 대면 기운을 되찾는다고 합니다."

"죽은 지 얼마 안 된 생물이······? 기운을 되찾는다······?"

"제 사촌도 오래전 개를 키웠는데 그 개가 어느 날 병으로 쓰러졌습니다."

고마키 노인이 말을 이어갔다.

"겐켄푸 천에 대한 소문을 들은 사촌은 겐켄이나리 신사에 가서 그 천을 사 왔지요. 그리고 개가 숨이 끊어진 직후 천으로 그 몸을 감싸자, 잠시 후 개가 멍멍 하고 다시 씩씩하게 짖었다고 합니다."

"어떻게 그런 일이……. 아니, 고마키. 그거야말로 기담 아닌가. 왜 지금껏 그 이야기를 하지 않았지?"

"면목 없습니다. 기담을 여럿 수집하다 보면 가끔 깜빡할 때도 있어서."

고마키 노인이 술을 한 모금 마시고 다시 말했다.

"자, 그럼 사죄의 의미라고 하기는 조금 그렇지만, 제가 이 관리 나리가 도달했을 진실을 알아맞혀도 되겠습니까?"

"뭐?"

갑작스러운 제안에 구리조는 또다시 놀랐다.

"난 상관없네만, 자네는 어떤가?"

"그, 그야 뭐……."

구리조는 자기도 모르게 묘한 분위기에 휩쓸리고 말았다.


05


"오미네, 쓰바키, 하라구치. 이 세 사람은 모두 사실을 이야기했겠지요. 세 사람 다 하치에몬을 죽인 게 맞습니다."

고마키 노인은 먼저 그렇게 선언하더니 "나리" 하고 구리조를 돌아봤다.

"쓰바키의 증언에 따르면 하치에몬은 '빼앗은 물건을

손에 쥔 채 벼랑에서 떨어졌다'라고 했다지요? 그럼 이 '빼앗은 물건'은 곧 겐켄푸 천이라고 생각해도 되겠지요."

"그래, 맞네."

구리조가 대답했다.

"겐켄푸 천은 아마 하치에몬의 배 위 같은 곳에 얹혀 있었을 겁니다. 두 사람이 벼랑 밑을 내려다봤을 때만 해도 하치에몬은 틀림없이 죽어 있었지만, 겐켄푸 천이 그의 배 위에 있었던 덕에 두 사람이 사라지고 얼마 후 다시 기운을 찾은 것입니다."

"설마."

볏짚 부자가 옆에서 놀라는 모습을 보였지만 구리조는 대꾸하지 않았다. 고마키 노인의 이야기가 자신의 추리와 일치했기 때문이다.

"하지만 그럼 하치에몬은 왜 두 사람을 다시 쫓아가지 않았지?"

"물론 한 번은 그런 생각도 했겠지만 눈을 떴을 때는 이미 두 사람이 사라진 상태였고 자신은 벼랑 아래에 있었지요. 아무리 기운을 되찾았다고 해도 벼랑을 기어오르기에는 힘에 부치지 않았을까요? 그래서 이대로 강가를 걸어가 하류에 있는 오미네의 집으로 가는 게 낫겠다고 판단했을 겁니다. 그때 하치에몬은 문득 자신의 배 위에 있는 아름다운 천도 발견했습니다. 가는 길에 실수로 강물에 빠지기라도 하면 젖은 몸을 닦을 때 좋을 것이다. 그렇게 생각한 그는 그 천을 목에 감고 집으로 향했습니다."

고마키 노인은 자신의 이야기에 스스로 고개를 끄덕이며 설명을 이어갔다.

"오미네가 있는 자신의 집에 도착한 하치에몬은 행패를 일삼는 장돌뱅이로 변모했습니다. 그리고 그때 오미네는 눈치챈 것입니다. 남편의 목에 생전 처음 보는 아름다운 천이 감겨 있다는 것을."

"맙소사." 볏짚 부자가 생각지도 못했다는 듯이 신음했다. "오미네가 '다른 여자와 바람을 피우는 증거'라고 믿은 그 목도리가 실은 그 겐켄푸라는 신비한 천이었다는 말인가?"

고마키 노인은 고개를 끄덕였다.

"그렇게 착각하고 만 오미네는 질투심에 사로잡혀 하치에몬의 얼굴을 쌀겨절임 통에 파묻어 죽였습니다. 그러나 이때도 역시 하치에몬의 목에는 겐켄푸 천이 감겨 있었지요. 그는 결국 오미네가 아기를 업고 집을 나간 지 얼마 되지 않아 또다시 되살아났습니다."

"그다음은?"

볏짚 부자가 뒷이야기를 재촉했다.

"흐음, 구리조 나리. 하치에몬은 오미네에게 '오후에 사람을 만나기로 약속했다'라고 했다지요?"

"그래, 맞네."

구리조는 고마키 노인의 예리한 면모에 이제는 약간 두려움마저 느끼며 대답했다.

"그건 바로 그 하라구치 겐노스케라는 무사와 만날 약속이었겠지요. 오미네의 집에서 되살아난 후 약속을 떠올린 하치에몬은 다른 곳에 두고 있던 또 다른 집으로 돌아가 하라구치에게 과시하기 위해 말을 끌고 폐사찰로 향했을 겁니다."

"거기서 하라구치를 조롱해 세 번째로 죽었다는 말인가."

"그렇습니다. 그러나 그의 목에는 여전히 예의 그 겐켄푸 천이 감겨 있는 상태. 겐노스케가 말과 함께 사라진 후 하치에몬은 또다시 되살아났습니다."

거기까지 말하고 고마키 노인은 구리조를 향해 천천히 고개를 돌렸다.

"제 추론이 어떻습니까? 나리."

"……흐음."

구리조는 솔직히 몹시 놀라고 있었다. 그러나 덕분에 이야기 하나를 할 수고를 덜었다.

"내가 도달한 결론과 같군."

"호오."

볏짚 부자는 기쁜 듯 손뼉을 쳤다.

"훌륭하군, 고마키. 세 번 살해당하고 세 번 되살아난 다중 생활자라니. 이토록 기괴한 이야기는 지금껏 듣도 보도 못했네. 이야, 오늘 밤은 정말 흥미로운 이야기를 들었어. 이 이야기는 내 책의 1화로 넣어주지."

구리조는 볏짚 부자의 말투가 조금 빨라진 것을 눈치챘다. 역시 예상대로다. 이 남자는 여기서 이야기를 빨리 끝내고 싶은 것으로 보인다. 초조해하고 있다는 증거다.

"자, 이제 밤이 깊었으니 오늘은 이만하도록 하지. 구리조, 내가 현관까지 바래다주겠네."

"잠깐."

구리조가 외치자 볏짚 부자는 엉거주춤 일어선 채로 움직임을 멈췄다.

"아직 이야기가 끝나지 않았네. 아니, 여기서부터가 핵심이야."

"핵심?"

"그래, 하치에몬은 세 번 살해당하고 세 번 되살아났네. 그러나 네 번째에는 정말로 살해되어 숨이 끊어지고 말았지. 그 네 번째의 진짜 범인을 밝혀야 해. 생각해보면 시신의 등에는 칼에 베인 상처가 있었어. 하지만 오미네, 쓰바키, 하라구치 세 사람 중에 하치에몬을 베었다고 증언한 자는 없지."

"이제 그만하게." 볏짚 부자가 미소 지었다. "기담은 이 것으로 충분하지 않은가."

"아니, 이건 기담이 아닐세. 확실히 말하지. *난 오늘 밤 이곳에 하치에몬을 죽인 범인을 붙잡으러 왔네.*"

구리조는 볏짚 부자를 노려봤다. 볏짚 부자의 이마에는 구슬땀이 맺혀 있었다.


## 06

후, 후, 후후……

두 사람 사이의 팽팽한 긴장을 누그러뜨리듯 고마키 노인이 웃음을 터뜨렸다.

"이거 참 흥미진진하군요. 볏짚 부자 나리, 괜찮지 않을까요? 이 고마키는 관리 나리의 이야기를 조금 더 들어보고 싶습니다."

이 영리한 노인은 내 편이다. 구리조는 그렇게 직감했다.

"주제넘은 소리 말게. 고마키, 여긴 내 집이야."

"자, 우선 하치에몬의 정체부터."

구리조는 고마키 덕분에 용기를 얻어 목소리를 높였다. 기세에 눌린 볏짚 부자는 결국 다시 자리에 앉아 언짢은 얼굴로 술을 들이켰다.

"돈놀이를 하고 말까지 가지고 있었으니 생전에 그가 부유했다는 건 확실하겠지. 동시에 다중 생활을 할 정도로 시간이 남아돌고 외부에 얼굴이 그리 알려져 있지 않은 사람. 이 일대에서 그럴 수 있는 사람이라면 단 한 명밖에 떠오르지 않네."

"유채 장수 쇼베에 님일까요?"

고마키 노인이 끼어들자 구리조는 고개를 끄덕였다.

"말도 안 돼! 고마키, 자네까지 대체 무슨 소리를⋯⋯."

볏짚 부자는 눈에 띄게 당황하는 모습을 보였다.

"쇼베에 님은 마른 체격이었지요."

고마키 노인은 이제 거의 구리조를 옆에서 거드는 듯했다.

"그러나 3년 전 사업을 부하들에게 넘기고 이 저택에서 은둔 생활을 시작한 뒤부터 그분의 얼굴을 본 사람은 없습니다. 최근 3년 동안 쇼베에 님이 살이 찌거나 해서 외모가 전혀 딴사람처럼 바뀌었다면 어떨까요?"

"그래, 나도 그렇게 짐작했네. 유채 부자 쇼베에는 '기름'이라 적힌 두건을 늘 머리에 두르고 다녔다고 하니 그의 이마에 점이 있다는 것도 아무도 몰랐겠지. 그리고 눈 옆에 난 칼자국 상처는 은둔 생활을 시작한 후에 생겼을 테고. 그는 아마 저택에 틀어박힌 삶에 싫증 나 다중 생활을 시작하지 않았을까."

"두 사람 다 이제 그만하게."

"폐사찰에서 하라구치에게 살해된 후 되살아난 하치에 몬, 즉 유채 부자 쇼베에는 이 저택으로 돌아왔을 걸세. 그리고 그때 말을 끌고 집 앞을 지나가던 볏짚 부자, 즉 자네를 만난 거지. '나도 전에는 이런 말을 가지고 있었던 것 같은데'. 자네는 쇼베에가 그렇게 말했다고 했어. 그 역시도 이해가 되지. 그 말은 애초에 자기 말이었으니까."

"그만하라니까."

"쇼베에는 사람을 싫어했지만 그 말이 마음에 들어 자네를 저택에 들였네. 관음보살의 계시로 지푸라기를 더욱 가치 있는 물건으로 계속 교환해온 자네는 어느덧 대범해져서 말과 저택을 교환하자고 했어. 그러나 쇼베에는 그 제안을 거절했고, 결국 화가 난 자네는……."

"그만하라고 했지!"

볏짚 부자는 얼굴이 벌게져서 몸을 벌떡 일으켰다.

"시신이 우물에서 발견된 건 올해 4월 아닌가? 쇼베에 님이 돌아가신 건 가을이야!"

"그사이에 쇼베에의 모습을 본 사람은 없네." 구리조는 나직이 대답했다. "난 그가 아무리 저택에 틀어박혀 살았다고 해도 사업을 물려준 자들과는 가끔 만났을 거라 보고 부하에게 조사하게 했는데, 4월부터 가을에 열린 장례식 때까지 쇼베에를 만난 사람은 한 명도 없다더군. 그러니 유채 부자 쇼베에는 아마 4월에 살해됐고, 그 대신 저택을 손에 넣은 범인은 마치 가을까지 쇼베에가 살아 있었던 것처럼 연출하지 않았을까."

"그 무슨 터무니없는." 볏짚 부자가 초조해하며 되받아 쳤다. "사업을 물려준 부하들을 만나지 않았다고? 은둔 생활이라는 게 원래 그런 거 아닌가?"

그렇게 지적하면 분명 할 말은 없다. '그러나 여기서 물러설 수는……' 하고 구리조가 생각했을 때였다.

"볏짚 부자 나리."

고마키 노인이 입을 열었다.

"실은 이 방에 처음 들어왔을 때부터 전 줄곧 신경 쓰이던 게 있습니다."

그의 눈이 도코노마 쪽을 향하고 있다. 그곳에는 길이가 3척 정도 되고 자루가 황금빛으로 빛나는 칼이 장식되어 있다.

"만약 저 칼에 하치에몬의 피가 남아 있기라도 하면 어떨까요."

"대체 무슨 소리를……."

볏짚 부자의 말이 채 끝나기도 전에 고마키 노인은 몸을 일으켜 도코노마 쪽으로 향하더니 칼을 집어 들었다.

"제가 보기에 이 칼자루에는 때 한 점 없는 것 같군요. 그러나 사람을 벤 칼날에는 고혈이 묻는다고 합니다. 그렇다면 칼을 뽑아보면 알 수 있지 않을까요?"

"그만해!"

고마키 노인을 향해 달려드는 볏짚 부자의 다리를 구리

조가 재빨리 붙들었다. 볏짚 부자가 바닥에 쿵 쓰러지자 그 앞에 있던 술상이 뒤집혔다.

"고마키 영감, 얼른 칼을 뽑게!"

구리조가 고마키 노인을 향해 소리치자 그는 칼집에서 칼을 쓱 뽑았다.

"……이, 이건."

구리조는 눈을 휘둥그레 떴다.

그의 눈앞에 나타난 칼날에는 피는커녕 녹만 잔뜩 슬어 있었다.

"……하."

아연실색하는 구리조. 그 앞에 쓰러져 있는 볏짚 부자가 조용히 웃음을 터뜨렸다.

"하, 하하하하!"

다다미를 두드리면서 박장대소한다. 그러자 녹슨 칼을 쥔 고마키 노인도 겸연쩍게 웃음을 터뜨렸다. 구리조는 볏짚 부자의 다리에서 손을 놓았다.

"면목이 없군. 평소에 칼을 잘 손질해야 했는데."

"이 정도면 1, 2년 그냥 내버려둔 수준이 아니군요. 올봄 즈음에 이 칼로 사람을 베었다고는 도무지 생각할 수 없습니다."

고마키 노인은 그렇게 중얼거리며 칼을 다시 칼집에 넣었다.

"관리 나리의 이야기가 너무 흥미로웠던 탓에 무심코 도를 넘고 말았네요. 저의 나쁜 버릇을 부디 용서해주십시오."

"……볏짚 부자가 범인이 아니라는 말인가."

"헛소리 그만하게."

볏짚 부자가 몸을 일으켰다.

"그럼 하치에몬의 정체는 누구고, 또 누가 그를……."

"그건 나도 모르지. 하지만 적어도 그가 세 번 죽고 세 번 되살아난 수수께끼는 풀렸잖나."

"실제로 그를 죽인 사람은 그냥 우연히 그곳을 지나던 칼잡이였겠지요. 진실이란 건 원래 허무할 만큼 단순할 때도 있는 법입니다."

고마키 노인이 장식용 걸이에 칼을 내려놓았다.

"하지만……."

"이야, 정말 즐거웠습니다. 정신없이 이야기를 듣다 보니 너무 오래 머물러 있었군요. 슬슬 가볼까요."

노인은 그렇게 말하며 일어서다가 몸을 살짝 휘청거렸다.

"고마키. 자네, 오늘 과음했군. 오늘 밤은 하룻밤 묵고 가게. 구리조, 자네도?"

"아니, 난 내일 아침 일찍부터 일이 있어서."

"그런가. 그럼 현관까지 바래다주지."

기대가 어긋나자 모든 기운을 소진한 구리조는 힘없이

몸을 일으켰다.


## 07

큰방의 장지문이 닫히고 볏짚 부자와 구리조의 발소리가 멀어져 간다. 그 소리가 완전히 사라진 후 *고마키 노인*, 즉 *한타*는 술병을 들고 술잔에 술을 따랐다.

"이런. 이거 큰일 날 뻔했군."

혼잣말을 중얼거리며 술잔을 입에 가져간다.

한타는 술맛을 음미하며 그 운명의 날을 다시 떠올렸다.

예순 살이 넘도록 나아질 기미라고는 없었던 고된 삶. 아내가 없고 의지할 친척이나 친구도 없어서 남은 생에 희망 같은 건 가질 수 없었다. 그날 아침 불당에 가서 죽으려고 마음먹었던 것은 진심이다. 서쪽으로 가라는 관음보살의 계시를 들었을 때는 이 약해진 다리로 얼마나 걸을 수 있을지 걱정하기도 했다.

그러나 느릿느릿 서쪽으로 향하며 지푸라기를 귤로, 귤을 아름다운 천으로 조금씩 더 가치 있는 물건으로 교환하는 일이 즐거워졌다. 말을 처음 손에 넣었을 때는 기쁜 나머지 펄쩍 뛸 뻔했다.

그러나 말이 기운을 되찾았을 때 고삐를 붙잡고 후회했

다. 생전 말을 가져본 적도 없는 늙은이가 기운 넘치는 말을 제대로 다룰 리 없었다.

"어이, 누가 좀 도와주게!"

말에게 거의 질질 끌려가며 외쳤을 때 불현듯 길가에서 뛰어든 남자가 말고삐를 힘껏 잡아당겼다.

"여어! 여어!"

그러자 말은 금세 온순해졌다. 감사 인사를 하고 그의 얼굴을 올려다봤을 때 한타는 하마터면 비명을 지를 뻔했다.

"영감, 오늘 운이 아주 좋네."

코밑을 문지르며 웃는 그는 오늘 아침에 불당을 나갈 때 만난 남루해 보이는 무사였다.

조지로라며 재차 자신을 소개한 그는 뭔가 재미있는 일이 있을 것 같아 하루 종일 한타를 따라왔으며 그러는 동안 지푸라기가 말로 바뀌는 과정도 당연히 전부 지켜봤다고 했다.

"그럼 이야기가 빨라서 좋군. 이렇게 기운 넘치는 말은 내가 감당하기 어렵네. 다른 뭔가와 교환해주겠나?"

한타가 그렇게 묻자 조지로는 한타에게 말고삐를 넘기고 머리 뒤로 두 손을 포갰다.

"말과 맞바꿀 만큼 가치 있는 물건이 내게 있을 리 없지. 하지만 대신 나에게는 타고난 똑똑한 머리가 있어. 그리고 지금 내 머릿속에는 영감의 그 이야기를 이용해 값나가는 물건들을 긁어모을 계획이 있고. 어때? *그 내 계획과 말을 교환하는 게.*"

수상쩍은 제안이었지만 한타는 '교환'이라는 단어에 매료됐다. 그날 관음보살의 계시대로 교환할 기회가 생기면 무엇이든 교환하며 여기까지 왔다. 한타는 결국 조지로의 제안을 받아들이기로 했다.

조지로를 따라간 곳은 지붕에 검은 기와를 얹은 호화로운 집이었다.

"좋은 말을 보여드리러 왔습니다. 혹시 안에 누구 계십니까?"

조지로의 외침을 듣고 나온 쇼베에는 어째서인지 이마에 상처가 생겨 있었고 말을 보자마자 "이건 내 말일세. 조금 전 도둑맞았어"라는 말을 꺼냈다. 한타는 그의 말에 뜻밖이라는 표정을 지었지만 곧 장단을 맞췄다.

"그럴 줄 알고 돌려드리러 왔습니다. 그런데 오늘 저희가 묵을 곳이 없어서요. 괜찮다면 하룻밤 묵을 수 있을까요?"

"난 집에 사람을 들이지 않네."

"그렇습니까? 그럼 어쩔 수 없군요."

조지로는 대뜸 쇼베에를 밀쳐 쓰러뜨리더니 놀란 한타의 손을 잡아끌며 저택에 들어가 문을 쾅 닫았다.

"이게 무슨 짓인가! 누가 좀 도와주게!"

쇼베에가 집 안으로 도망치려고 등을 돌리자 조지로는 칼을 뽑아 그를 베어버렸다.

"끄아악!"

쇼베에는 피를 뿜으며 바닥에 쓰러져 곧 숨을 거뒀다.

"대, 대체 무슨 짓을……."

"이 자는 집 밖에 나가지 않기로 유명한 부자 영감이지. 잘 들어. 당신은 마지막 교환으로 바로 이 쇼베에의 저택을 손에 넣은 거야."

"하, 하지만 이 시신은 어떡하고."

"이 녀석은 은둔 생활을 해온 탓에 최근 얼굴에 대해선 아무도 몰라. 하오리라도 입혀 어디 오래된 우물에라도 버려두면 되겠지. 그런데 느닷없이 부자가 되면 의심을 살 수 있겠지? 앞으로 반년 정도는 이 녀석이 살아 있는 것으로 해놓고 그 뒤에 장례식이라도 치르면 당신은 떳떳한 부자가 되는 거야."

겁먹은 한타가 그런 허무맹랑한 짓은 할 수 없다고 하자 조지로는 씩 미소 지었다.

"그럼 지푸라기로 부자가 된 사람을 대외적으로는 나로 해두지. 당신은 이 집에서 일하는 나이 든 하인이나 식객으로 살면 돼. 말만 그렇지 아무 부족함 없이 사는 건 똑같아."

"그, 그게 무슨……."

"*당신 신분과 내 신분을 교환하는 거야.*"

조지로는 한타가 받은 계시를 마치 다 아는 것처럼 말하고 히죽 웃었다.

오래된 우물에 버린 쇼베에의 시신은 예상대로 신원 불명 시신이 되어 마을에 방이 붙었다. 그대로 조용히 처리될 줄 알았는데 어째서인지 하치에몬이라는 이름이 부상했고, 마을 관리들이 범인 색출에 혼란스러워하며 애를 먹고 있다는 소문이 돌았다. 두 사람은 안심하고 가을까지 그 저택에 틀어박혀 살았다. 쇼베에가 은둔 생활을 한 덕에 집 안에 먹을 것은 충분했다. 가을이 되고서는 쇼베에의 사업을 물려받은 자들을 불러 모아 쇼베에가 바로 얼마 전 사망한 것처럼 연출했다. 모든 이들이 깜빡 속아 넘어갔다.

그렇게 모든 게 잘 풀릴 것처럼 보였다. 그러나 요즘 들어 두 사람의 안락한 삶에 어두운 그림자가 드리울 일이 벌어지기 시작했다.

마을 관리로 일하는 야마노 구리조와 그 수하들이 쇼베에에게 사업을 물려받은 가게 경영자들을 탐문 중이라는 소식이 들려온 것이다. 조지로는 독자적으로 조사해 쇼베에가 그동안 하치에몬이라는 이름으로 다중 생활을 하고 있었고, 따라서 그를 죽인 것으로 의심받는 범인이 세 명이나 되는 복잡한 상황인 것을 깨달았다. 또 겐켄푸 천의 존재로부터 야마노 구리조가 사건의 진상을 파악해 저택을 찾는 것도 시간문제일 거라 예상했다.

이제 어떡하느냐고 초조해하는 한타에게 조지로는 평소처럼 미소 지으며 걱정하지 말라 하고 어디선가 낡아빠진 칼 한 자루를 구해 와 보여줬다.

"선수를 치는 거야."

볏짚 부자가 기담을 주고받는 연회를 열고 있다. 구리조의 귀에 닿게 그런 소문을 퍼뜨리자 구리조는 금세 미끼를 물었다.

조지로는 말했다. 오늘 밤 연회 자리에 나타난 구리조는 내 의도대로 사건 이야기를 시작할 것이다. 기담에 정통한 똑똑한 노인으로 변장한 당신이 그의 이야기를 듣고 금세 사건의 진실을 깨달은 것처럼 연기하며 한발 앞선 추리를 선보여라. 그리고 구리조가 완전히 방심해 마침내 범인 고발을 시작하려는 찰나에 당신은 도코노마에 장식된 칼이 흉기인 것을 넌지시 암시한다.

"……그런데 그 칼집 속에서 웬 낡아빠진 녹슨 검이 나타나면 자신의 추리가 맞았다고 생각해 잔뜩 들뜬 구리조는 순식간에 나락으로 떨어지겠지. 두 번 다시 날 의심하지 못할 거야."

한타는 상에 술잔을 내려놓으며 조지로의 교활한 미소

를 떠올렸다.

결국 모든 게 그의 계획대로 됐다. 오늘 밤 계획은 성공했다고 해도 좋을 것이다. 한타는 성취감과 피로를 안고 다다미 위에 벌렁 드러누워 천장을 올려다봤다.

훌륭한 대저택. 앞으로 여생을 보내기에 차고 넘치는 돈. 이 역시 관음보살님의 계시대로 교환할 기회가 생기면 무엇이든 교환해온 덕일 것이다.

경사로세, 경사로구나.

# 원숭이와 게의
# 싸움 속 진실

일본 전래 동화 원작, 『원숭이와 게의 싸움』

게가 주운 주먹밥을 빼앗고 대신 감 씨앗을 준 원숭이. 게는 그 씨앗을 잘 키워 풍성한 감나무를 얻는다. 그러나 그걸 보고 샘을 낸 원숭이가 자기가 대신 감을 따주겠다며 나무 위에 올라가 감을 다 먹어버리고, 딱딱한 감은 아래로 던져버린다. 게는 감에 맞아 게딱지가 부서진다. 새끼 게들은 벌, 밤, 쇠똥, 절구와 합심해서 원숭이에게 복수한다. 화톳불 앞에서 뜨거워진 밤이 튀어 때리고, 물동이 속에 숨었던 벌이 쏘자 원숭이는 도망치다 쇠똥을 밟고 지붕에서 떨어진 절구에 짓눌리고 새끼 게들의 집게발 공격을 호되게 당한다.

## 너구리 차타로가 인간 조베에에게 들은 이야기

이곳 다테바야시 마을에서 산속을 5리 정도 걸어가면 나오는 아카지리다이라는 곳을 아니? 산속에 따로 길이 있는 것도 아니라 인간은 아직 한 번도 발을 들여놓지 않은 그곳에서는 여러 동물들이 모여 한가로이 살고 있단다.

이건 지금으로부터 10년 전 그 아카지리다이라에서 일어난 일이야.

그곳에는 게가 한 마리 살았는데, 게는 어느 날 길을 걷다 주먹밥을 주웠어. 기쁜 마음에 허겁지겁 주먹밥을 먹으려 할 때 뒤에서 "어이, 거기 게 양반" 하고 누군가 말을 걸어온 이가 있었지.

그는 남을 괴롭히는 걸 좋아하는 난텐마루라는 이름의 난봉꾼 원숭이였어. 난텐마루는 게에게 이렇게 말했다고 해.

"나에게 그 주먹밥을 주지 않을래? 대신 내가 이 감 씨를 줄게. 잘 생각해봐. 주먹밥은 한 번 먹어버리면 그걸로 끝이지만 감 씨는 언젠가 자라서 나무가 되어 매년 맛 좋은 열매를 맺겠지. 길게 보면 감 씨 쪽이 훨씬 이득 아닐까?"

난텐마루의 감언이설에 넘어간 게는 결국 주먹밥과 감 씨를 맞바꾸고 그 씨앗을 땅에 심은 후, 물과 거름을 주며 열심히 키웠어. 감나무는 무럭무럭 자랐고 이윽고 가을이 되자 먹음직스러운 감이 주렁주렁 열렸지. 그러나 게는 다리 때문에 나무에 기어오르지 못했고 그럴 때 또다시 그 난텐마루가 나타났어.

"그렇구나. 그럼 내가 따줄게."

난텐마루는 나무를 쓱쓱 기어오르더니 약속과 다르게 게 쪽은 거들떠보지도 않고 잘 익은 홍시를 뚝뚝 따서 게 걸스럽게 먹어 치웠어. 게는 그런 원숭이가 당연히 못마땅했지.

"이보게, 난텐마루. 그건 내가 정성 들여 키운 감이야. 나한테도 좀 줘."

그러자 난텐마루는 느닷없이 화를 버럭 냈어.

"시끄러워! 그렇게 감이 탐나면 이거나 먹어라!"

난텐마루는 아직 파랗고 딱딱한 감을 게를 향해 냅다 집어 던졌어. 감이 명중해 등딱지가 깨져버린 게는 그대로 죽고 말았지.

그런데 이 게에게는 오랜 벗들이 있었어. 밤, 벌, 절구, 그리고 쇠똥이야. 친구의 목숨을 앗아 간 난텐마루에게 분노한 그들은 복수를 다짐했고, 그중 가장 머리 좋은 쇠 똥이 난텐마루를 혼내줄 계획을 세웠어.

난텐마루에게는 도치마루라는 이름의 아들이 있었는데 그 도치마루가 옆 산에 송이를 따러 가 있는 동안 계획이 실행됐어. 난텐마루가 잠시 집을 비운 사이, 게의 친구들 은 난텐마루의 집에 들어가 밤은 화로의 재 속에, 벌은 부 엌 물독 속에, 쇠똥은 집 출입문 옆에, 그리고 절구는 현관 차양 위에 각각 숨었다고 해.

잠시 후 난텐마루가 집에 돌아왔어. 추운 날이라 그는 오자마자 화로에 불을 붙였지. 그러자 화로 속에 숨어 있 던 밤이 순식간에 탁 튀어 올라 난텐마루의 얼굴을 직격 했어. 뜨거워서 어쩔 줄 몰랐던 난텐마루는 물로 열을 식 히고자 물독 뚜껑을 열었고 그 안에서는 벌이 나와 난텐 마루의 손가락에 독침을 꽂았어.

혼비백산한 난텐마루는 집 옆에서 자라는 만병에 듣는 약초를 따려고 출입문을 지나 집 밖으로 뛰쳐나갔는데 거

기에는 쇠똥이 앉아 있었지. 쇠똥을 밟아 철퍼덕 미끄러져
버린 난텐마루. 그런 난텐마루를 향해 이번에는 차양 위에
서 절구가 쿵 하고 떨어졌어.

빠직 하는 섬뜩한 소리가 들린 후 절구 아래에서는 서
서히 피가 번지기 시작했어.

절구가 무거운 엉덩이를 들어 올리자 난텐마루는 눈을
까뒤집고 혀를 축 늘어뜨린 채 움직이지 않았어. 꼭 자신
이 죽인 게처럼 찌부러져 죽어버린 거야.

……잘 들었니? 차타로. 이렇듯 못된 짓을 하면 언젠가
반드시 돌아오게 되어 있단다. 다른 이들에게 상냥할 것.
그건 인간이든 동물이든 마찬가지인 게야.


## 이

차타로는 다테바야시에 있는 모림사라는 사찰의 툇마
루 아래에 살았다. 길거리 공연꾼인 조베에는 자기와 함께
살아도 괜찮다고 했지만, 차타로는 나름의 예의를 차려
너구리 따위가 인간의 집에서 함께 살기 미안하다며 사양
했다.

그런 차타로에게 오늘 아침 원숭이 한 마리가 찾아왔다.

"난 아카지리다이라에서 온 도치마루라고 해."

조베에에게 전해 들은 '원숭이와 게의 싸움' 이야기 속에서 살해된 난텐마루라는 원숭이의 아들……. 그저 옛날 이야기인 줄로만 알았는데 도치마루와 아카지리다이라가 실존했다는 사실에 차타로는 놀랐다. 그러나 진정 놀라운 일은 그다음 일어났다.

"네가 토끼에게 형을 잃은 차타로지? 내가 그 토끼를 죽여줄게."

그러더니 도치마루는 차타로에게 자신의 계획을 설명했다. 차타로는 처음에는 아연실색하며 이야기를 들었지만 시간이 갈수록 도치마루의 이야기에 조금씩 빠져들었다.

"어때? 내 계획이. 같이 해볼래?"

"그, 그래……."

자신만만한 얼굴에 이끌려 차타로가 대답하자.

"그럼 지금부터 날 따라와."

"어디 가는데?"

"아카지리다이라."

오늘은 마침 조베에 씨가 공연을 쉬는 날이었다. 차타로는 툇마루 아래에서 나가 도치마루와 함께 산속을 5리 정도 걸어갔다. 마을 따위는 코빼기도 비치지 않을 법한 무성한 덤불을 헤치며 걸어갔고, 그래서 인간이 만든 것으로 착각할 수준의 가옥과 논밭이 느닷없이 눈앞에 나타났을 때는 꿈을 꾸는 게 아닐까 싶어 두 눈을 비볐다.

"여기서부터는 원숭이로 둔갑해서 인간처럼 두 다리로 걸으면 좋겠는데, 그래 주겠어?"

슬슬 아카지리다이라에 도착할 무렵 도치마루가 말했다.

"왜?"

"원숭이와 너구리가 사이좋게 걷는 걸 보면 수상하게 여길 녀석이 있을 테니까. 아카지리다이라에 사는 원숭이들은 모두 두 다리로 걸으니 괜한 의심을 사지 않으려는 거야."

차타로는 도치마루가 시키는 대로 원숭이로 둔갑해 그를 따라갔다.

그러나 두 다리로 걷는 건 역시 어딘가 부자연스러웠다. 너구리의 둔갑술은 어디까지나 겉모습만 흉내 낼 뿐이라 새나 박쥐로 둔갑한들 하늘을 날지 못하고 물고기로 둔갑한들 물속에서 오래 숨 쉴 수 없다. 차타로는 인간들 앞에서 재주를 부리기 전부터 뒷다리로 서서 걷는 건 다른 너구리들보다 잘했지만, 그래도 이렇게 오래 걷는 경험은 처음이었다. 애초에 동물들이 사이좋게 사는 곳이라면 너구리 모습 그대로도 괜찮지 않을까. 그렇게 의아해하고 있을 때 앞쪽에서 나이 든 원숭이 한 마리가 다가왔다.

"어이, 도치마루."

나이 든 원숭이는 도치마루에게 말을 걸었다.

"예?"

"너 오늘 쿵쿵산에 양매를 따러 간다고 하지 않았니?"

"계획이 바뀌어서요."

"그렇군…… 흐음, 쟤는 누구냐? 처음 보는 얼굴인데."

"산 두 개 너머에 사는 사촌이에요."

나이 든 원숭이는 차타로를 빤히 쳐다보다가 다시 도치마루에게 고개를 돌렸다.

"둘이 함께 어디 가는데?"

"얘한테 전에 제가 살던 집을 보여주려고요."

"으응? 그런 일이 있었던 집에 다시 간다고?"

"벌써 10년 전 일인걸요."

"그렇기는 하지. 그럼 난 이만."

나이 든 원숭이의 뒷모습이 사라지자 도치마루는 차타로를 향해 미소 지었다.

"차타로, 너 둔갑술 실력이 정말 대단하네. 전혀 못 알아보잖아."

잠시 후 둘 앞에 단층집 한 채가 보이기 시작했다. 출입구 미닫이문 앞까지 갔을 때 도치마루는 차타로를 돌아보고 문 바로 아랫부분을 가리켰다.

"여기가 바로 우리 아버지가 살해된 곳이야."

순간 절구에 짓눌려 피투성이가 된 원숭이 사체가 떠올라 차타로는 몸을 부르르 떨었다.

도치마루가 미닫이문을 열자 가운데에 번듯한 화로가

있는 큰 방이 나타났다.

"들어와. 아, 이 안에서도 원숭이 모습으로 있어 줘. 누가 언제 들어올지 모르니까."

차타로는 고개를 끄덕이고 도치마루가 가리킨 화로 옆 방석에 책상다리를 하고 앉았다. 앉을 때 짧은 꼬리가 거추장스러웠다.

도치마루는 차타로의 바로 맞은편에 앉아 부젓가락을 들더니 냄비 밑에 있는 불씨에 삼나무 껍질과 잔가지들을 집어넣어 불을 지피고 대통으로 숨을 후 불었다. 불 피우는 솜씨가 차타로를 챙겨주는 사찰의 주지 스님과 견줘도 손색이 없었다.

화로에 불이 붙자 도치마루는 주위를 둘러봤다.

"이 집 안은 아버지가 살해됐을 당시 그대로 뒀어."

그 말은 곧 지금 눈앞에 있는 이 화로에서 밤이 튀어 올랐다는 뜻이다.

끔찍한 사건을 떠올리며 차타로는 또다시 등골이 오싹해졌다. 그나저나 이 원숭이는 자신의 아버지가 살해된 현장에서 용케도 이렇게 침착할 수 있다며 속으로 감탄했다.

"도치마루."

차타로가 입을 열었다.

"걸어오면서 계속 생각해봤는데…… 조금 전 그 제안, 역시 나한테 부담이 너무 큰 게 아닐까 싶어."

"그래?"

"내가 죽여줬으면 하는 상대는 한 마리뿐. 그런데 넌 밤과 벌, 절구와 쇠똥까지 죽여달라는 거잖아."

도치마루는 차타로의 말을 듣고 여유롭게 미소 지었다.

"넌 이 집에서 일어난 이야기를 어디서 들었어?"

"내가 지금 신세를 지고 있는 조베라는 인간이 들려줬어. 마을에 소문으로 도는 이야기와 거의 똑같아."

"그 이야기를 나한테도 들려줘 봐."

도치마루의 말에 차타로는 조베에게 들은 이야기를 열심히 떠올리며 들려줬다.

"……역시 잘못 알고 있네."

차타로가 이야기를 마치자 도치마루는 대뜸 말했다.

"잘못 알고 있다고?"

"안심해, 차타로. 내가 죽여줬으면 하는 상대도 한 마리야. 그리고 그 이야기를 하려고 일부러 널 아카지리다이라에 있는 이 집까지 데려온 거야."

"한 마리라고 하는 걸 보면 혹시 벌이야? 아니면……."

"지금부터 네가 그걸 맞혀줬으면 해."

"맞히라고?"

차타로는 눈을 끔뻑였다.

"그게 무슨 말이야? 도치마루."

"난 널 믿고 이번 계획을 제안했어. 물론 네 둔갑술은 더

할 나위 없이 훌륭하지만 그렇다고 널 완전히 인정한 건 아니야. 너한테 지혜가 있는지 없는지 시험해보고 싶어."

도발하듯 말하는 도치마루를 보며 차타로는 이 원숭이를 정말 믿어도 좋을지 고민했다.

"그런 표정 하지 마. 어쨌든 너한테는 지금 정보가 너무 부족해. 내 이야기를 듣고 난 뒤에 판단해도 늦지 않아. 지금부터 내가 진짜 '원숭이와 게의 싸움'을 들려줄게."

"진짜, 원숭이와 게의 싸움?"

차타로의 가슴에서 불신이 더 커졌지만 그 제안은 흥미로웠다. 사실 조베에 씨에게 이야기를 처음 들을 때부터 차타로도 뭔가 이상하다고 느낀 점들이 몇 가지 있었기 때문이다.

"이거라도 먹으면서 천천히 이야기하자."

도치마루는 허리춤에 차고 있던 자루에서 뭔가를 꺼내더니 차타로에게 획 던졌다. 차타로는 두 손으로 그것을 꼭 받아 들었다.

잘 익은 감이었다.

"우선 말이지. 부나조 이야기부터 시작할게."

도치마루는 차타로에게는 낯선 이름을 입에 담더니 느릿느릿 감 껍질을 까기 시작했다.

## 02

우선 말이지, 부나조 이야기부터 시작할게.

부나조는 어릴 때부터 인간이 만든 도구에 관심이 많은 원숭이였어. 어느 날 급기야 그는 인간 마을에 가서 총이라는 걸 훔쳐 왔지.

……그래. 그 기다란 통 속에 쇠구슬을 집어넣고 쏘는 무시무시한 도구가 맞아. 부나조는 총에 화약이라는 것이 쓰인다는 걸 깨닫고 자신도 만들어봐야겠다고 생각했어. 숯가루와 유황이라는 노란색 가루는 이 아카지리다이라 일대에서도 쉽게 구할 수 있으니까. 그 밖에 초석이라는 흰 가루도 필요한데, 부나조는 생선 내장에 재를 섞어서 숙성시키면 만들 수 있다는 걸 깨달았어.

원숭이는 원래 인간보다 손재주가 좋아. 방법만 알면 인간과 똑같은 것들을 언제든 만들 수 있지. 이후 부나조는 아카지리다이라에서 제일가는 화약 장인이 되어 마을에 거치적거리는 바위를 깨부수거나, 밤하늘에 불꽃을 터뜨려 원숭이들을 즐겁게 해주며 우리 사이에서 여러모로 도움 되는 존재가 됐어. 심지어 자신이 만든 화약을 너무 사랑한 나머지 그는 화약을 밥에 섞어 먹고 "맛있어!" 하고 외치는 이상한 습관까지 있었다고 해.

그런 부나조도 어느덧 혼기가 되어 아이린이라는 이름

의 암컷 원숭이를 아내로 맞아들이게 됐어. 털이 깨끗하고 예뻐서 아카지리다이라에서 인기 많은 원숭이였지. 모든 원숭이들에게 사랑받는 데다가 어여쁜 아내까지 얻었으니 부나조는 행복했을 거야.

그런데 어느 날 갑자기 아카지리다이라의 권력자인 쇼조 옹의 졸개들이 찾아와 부나조를 끌고 갔어. 전날 밤 쇼조 옹의 부하 중 한 마리가 다리를 심하게 다쳤거든. 그 녀석은 원숭이 술을 마시고 술에 취해 걷고 있었는데 어디선가 갑자기 천둥 같은 소리가 들리더니 뒷다리가 부서질 듯 아파서 쓰러졌다고 해. 다리를 총에 맞은 거야. 당시 아카지리다이라에서 총을 가진 원숭이는 부나조뿐이었어.

부나조는 자신은 범인이 아니라고 주장했지만 쇼조 옹은 믿지 않았어. 결국 부나조는 갖은 고문을 당하고 아카지리다이라의 변두리에 있는 허술한 오두막에 2년이나 갇히게 됐지. 물론 아이린과 백년가약을 맺기로 한 것도 전부 없던 일이 되어버렸고.

$\cdots$

"……이건 12년 전쯤 우리 아버지가 아직 살아 있을 무렵의 이야기야."

도치마루는 이야기를 마치고 후르릅 소리를 내며 감을 한입 먹었다. 뒤숭숭한 이야기를 듣고 잠시 침묵하고 있던 차타로가 입을 열었다.

"그런데 그 이야기가 난텐마루 씨랑 관련이 있어?"

"당연하지. 쇼조 옹의 졸개를 쐈으니까."

"뭐?" 차타로는 깜짝 놀라 하마터면 숨이 멎을 뻔했다. "난텐마루 씨가?"

도치마루는 태연하게 고개를 끄덕였다.

"그날 밤 난텐마루는 몰래 부나조의 집에 들어가 총을 훔쳤어. 그리고 으슥한 곳에 숨어 있다가 쇼조 옹 부하의 다리를 쏜 거야. 그 후 곧 다시 총을 부나조의 집에 돌려놓았으니 부나조가 의심을 살 수밖에 없었어."

"난텐마루 씨는 대체 왜 그런 짓을?"

"질투하고 있었거든. 나이도 비슷한데 다른 원숭이는 결코 따라 하지 못할 능력이 있고 곧 예쁜 아내까지 얻을 부나조를 말이야. 그럴 만도 해. 렌게라는 이름의 자기 부인은 이름은 예쁘지만 뚱뚱한 몸에 빈말로도 예쁘다고 할 수 없는 외모였고, 물을 싫어해서 목욕을 하지 않아 냄새도 났거든."

도치마루는 코를 쥐는 시늉을 하며 웃음을 터뜨렸다. 자기 어머니를 아무렇지 않게 비하하는 도치마루를 보며 차타로는 어이가 없었지만 그의 진의가 왠지 조금 이해되는 것 같기도 했다.

"자신은 난텐마루가 쳐둔 덫에 걸려들고 말았다는 걸 부나조가 알게 됐다. 그리고 복수를 떠올렸다. ……설마 난텐마루 씨를 죽인 일당 중에 밤, 벌, 절구, 쇠똥 외에 부나조 씨도 있었다는 말이야? 그리고 넌 그 부나조를 증오하고 있고?"

"이런, 이런. 아직 그렇게 서두를 건 없어."

도치마루는 손을 휘휘 내저었다.

"이 단계에서는 내가 죽여줬으면 하는 녀석을 네가 알아낼 리 없으니까. 넌 '진짜 원숭이와 게의 싸움' 이야기에 대해 아직 겉핥기 수준밖에 몰라."

무슨 뜻인지 의아해하는 차타로 앞에서 도치마루는 감하나를 더 집어 껍질을 까기 시작했다.

"자, 다음으로 이와헤이 이야기를 해줄게."


03

다음으로 이와헤이 이야기를 해줄게.

이름이 외모를 나타낸다고 해야 할까. 그는 바위*처럼

---

● 일본어로 '이와헤이(岩兵)'의 '이와'는 '바위'를 뜻한다.

체격이 우람한 원숭이였어. 아카지리다이라에서는 겨울이 오면 장사들이 모여 씨름 대회를 여는데 이 이와헤이를 이길 원숭이는 없었다고 해. 힘이 셌으니 당연히 인기도 많았겠지? 이와헤이는 거리를 걸을 때마다 암컷 원숭이들의 환호를 받으며 늘 의기양양했어.

한편 난텐마루라는 원숭이는 평소 자신이 아닌 다른 원숭이가 인기를 끄는 걸 싫어했어. 그래서 이와헤이에게도 따끔한 맛을 보여줄 계획을 세우고 그해 겨울, 씨름 대회 날 나팔꽃 씨앗을 빻은 가루를 떡에 넣어 이와헤이에게 가져갔지. 이와헤이는 대회 날 아침에 반드시 좋아하는 떡을 잔뜩 먹고 시합에 임했는데, 난텐마루가 가져온 떡을 보며 "이걸로 올해도 천하장사겠군" 하고 기뻐하며 떡 그릇을 깨끗이 비웠다고 해.

그런데 너도 알지? 나팔꽃 씨앗에는 배탈을 일으키는 성분이 있다는 걸. 심지어 그 효과는 먹고 나서 시간이 조금 흐른 뒤에야 나타나. 씨름판에 올라가 강적들과 맞붙고 있는 바로 그때 이와헤이의 배에 통증이 덮친 거야. 결국 힘을 못 쓰게 된 이와헤이는 자기 덩치의 절반밖에 안 되는 상대에게 들입다 내리꽂힌 것을 넘어 뒷간에 가기도 전에 씨름판을 더럽혀버리고 말았어.

•••

"······신성한 씨름판을 더럽힌 죄로 이와헤이는 두 번 다시 대회에 참가하지 못하게 됐어."

"그도 그게 난텐마루 씨의 소행인 걸 깨달았어?"

"당연하지."

도치마루는 감즙을 쭉쭉 빨아먹으며 대답했다.

"이와헤이는 자신의 전부라고도 할 수 있는 씨름을 못하게 되자 크게 분노했고 이내 살의를 품었어."

"······그런데 실제로 난텐마루 씨를 죽인 건 밤과 벌, 절구, 쇠똥이잖아. 설마 거기에 이와헤이 씨도 가담한 거야?"

도치마루는 먹다 만 감에서 차타로에게 시선을 옮겼다. 그러더니 휴 하고 한숨을 내쉬었다.

"차타로, 너한테 실망이야."

"응? 갑자기 무슨 소리야?"

"······됐어. 복수는 역시 다른 녀석에게 부탁할래."

"그, 그게 무슨. 잠깐만."

차타로는 안달복달하며 도치마루에게 달라붙었다.

"조금만 더 생각할 시간을 줘."

"그렇게 내 계획에 가담하고 싶어?"

"그야 당연하지. 나도 형의 한을 풀어주고 싶다고."

차타로의 머릿속에 형 차차마루의 얼굴이 떠올랐다. 장

난기는 많았지만 천성이 선해 아무리 배가 고파도 차타로에게 먹을 것을 나눠 주던 착한 형이었다. 그런 형이 두 달 전쯤 등에 짊어진 장작에 불이 붙어 화상을 입은 것으로 모자라 진흙 배를 타고 가다 익사하고 말았다. 토끼 간타 녀석은 몇 번을 때려죽여도 직성이 풀리지 않는다.

"형의 한을 풀어주려면 너와 함께하는 게 좋을 것 같아."

도치마루는 훗 하고 만족스러운 듯이 미소 짓고 감즙이 묻은 손을 날름 핥았다.

"그럼 단서를 조금 더 줄게. 이와헤이는 '언젠가 난텐마루의 몸에 올라타 죽여버릴 거다'라고 주변에 말하고 다녔어."

그게 무슨 단서라는 말인가. 차타로는 팔짱을 끼고 고민했지만 도치마루가 무슨 생각을 하는지 도통 알 수 없었다.

"이와헤이가 좋아하는 게 뭐였는지 기억해?"

도치마루는 결국 참지 못하고 물었다.

"응, 떡이잖아."

"그래, 떡."

"그러니까 그게 왜……."

차타로는 거기까지 말하다가 문득 머릿속이 번뜩였다.

떡은 절구로 찧어 만든다. 그리고 이와헤이는 난텐마루의 몸에 올라타 죽이겠다고 했다…….

"설마 '원숭이와 게의 싸움'에 등장하는 *절구가 이와헤이 씨를 뜻하는 거였어?*"

그 대답을 듣고 도치마루는 히죽 웃었다. 아무래도 맞는 듯하다. 차타로는 '그렇다면……' 하고 머릿속에서 조금 전에 들은 이야기들을 이어 붙였다.

"부나조 씨는 화약 장인이라고 했지? 화약이라는 건 불 속에 있으면 튀기 마련. 즉, 이야기 속에 등장하는 밤 역시 부나조 씨를 뜻하는 거였어. ……그렇구나. 그래서!"

화로 끝에 놓아둔 감을 응시하는 차타로를 보며 이번에는 도치마루가 의아해하는 표정을 지었다.

"그래서? 그래서 뭐?"

"아니, 사실 나도 조베에 씨에게 처음 아카지리다이라 이야기를 들었을 때부터 의문스러웠어. 난텐마루 씨와 게의 싸움은 애초에 감이 원인이 되어 일어난 일이야. 그건 곧 아카지리다이라에서도 감은 우리가 먹는 보통 감과 똑같다는 말이겠지."

"보통 감. 그래. 뭐 분명 인간들이 먹는 감과 같겠지."

"그런데 그 이야기 속에 등장하는 밤은 마치 직접 계획한 것처럼 몸을 움직여 화로 속에서 튀어 올라 난텐마루 씨의 얼굴에 화상을 입혔잖아. 인간처럼 자기 의지를 가지고 있었던 거야. *감은 그냥 평범한 과일인데 밤은 의지를 가지고 있었다는 게 도무지 납득이 안 되더라고.*"

차타로의 말을 듣고 도치마루는 캬캬 웃으며 손뼉을 쳤다.

"그렇군! 난 그런 생각을 해본 적은 없지만, 그래. 분명 네 말이 맞아, 차타로."

도치마루는 한바탕 웃고 말했다.

"결국 그 이야기는 누군가가 사건을 바탕으로 창작해 인간들에게 퍼뜨린 거야. 밤과 절구가 자기 의사를 가지고 움직이다니, 그런 말도 안 되는 일이 어딨어? 게다가 벌 역시 한낱 버러지에 불과하고 더욱이 쇠똥이라니!"

"그러고 보니 여기 오는 동안 원숭이들만 마주쳤는데, 다른 동물들은 없어?"

"아니, 있기는 있어. 그런데 집이나 논밭이 아닌 주변 숲 속에 살지. 다람쥐나 멧돼지, 사슴, 그리고 너구리도."

도치마루는 검지로 차타로의 얼굴을 가리켰다.

"원래 이 아카지리다이라는 원숭이 일족이 주변 동물들을 지배하려고 거점으로 삼은 은신처야. 원숭이들은 엄격한 규칙으로 통제되고 있어."

"엄격한 규칙이라……."

"자신보다 위에 있는 원숭이의 말을 거역하면 안 된다거나, 태어난 자식에게 이미 존재하는 원숭이와 같은 이름을 붙이면 안 된다 등이 있지."

"헤에."

"원숭이들의 정점에 군림해 있는 원숭이가 바로 조금 전에 말했던 그 쇼조 옹이고, 난텐마루는 쇼조 옹이 아끼는 원숭이였어. 평소에 공물을 잔뜩 갖다 바쳤거든."

도치마루는 자기 아버지를 지칭할 때 가끔 '아버지'가 아닌 이름으로 말한다. 그의 존재 자체를 두려워해서일지 일지 모른다고 차타로는 짐작했다.

"그래서 뭐 이것저것 혜택을 보기도 했지. 부인이 있는데도 다른 암컷 원숭이와 바람을 피운다거나, 쇼조 옹에게 첩을 하사받는다거나."

차타로가 별로 탐탁지 않아 하는 표정을 짓자 도치마루는 "미안, 이야기가 다른 곳으로 샜네"하고 사과했다. 차타로는 물었다.

"밤과 절구의 정체가 원숭이였다면 벌과 쇠똥도 원숭이였을까? 그리고 게도."

"자, 이제는 슬슬 후타마타스기 삼 형제 이야기로 옮겨 갈게."

도치마루는 대답하지 않고 또다시 이야기를 시작했다.


## 04

후타마타스기 삼 형제는 10년 전까지만 해도 아카지리

다이라에서 모르는 자가 없을 만큼 사이좋은 형제였어. 장남인 이치로는 낚시의 달인이야. 조금 전 우리도 지나쳐 온 아카지리강 상류에는 폭포가 있는데, 그는 그 폭포 위에 설치한 발판에서 아래로 낚싯줄을 드리우곤 했어. 그런 위험한 낚시터에 다른 원숭이들은 얼씬도 하지 않았지만 이치로는 그곳에서 하루에 물고기를 스무 마리는 잡았다고 해. 그래서 '낚시 왕자 이치로'라는 별명이 붙었고, 그는 책임감도 강해서 부모님을 일찍 여읜 후 남은 두 동생의 아버지 역할도 맡아서 했어.

차남인 지로는 산야에서 자라는 초목들에 대해 모르는 게 없어서 평소 몸 상태가 좋지 않은 원숭이들에게 '이 풀은 목이 부었을 때 좋다' '이건 숙취에 좋다' 등등을 조언해주곤 했어. 부모들은 아기 원숭이가 다치면 그 즉시 지로에게 데려갔을 정도고, 지로가 상처 근처를 바늘로 찌르면 신기하게도 통증이 잦아들었다고 해. 지금 생각해보면 아마 마취 종류였겠지만, 다들 그런 걸 알 리 없으니 지로의 바늘에는 신비한 독이 묻어 있다는 뜻에서 그를 '독침 지로'라고 불렀어.

삼남인 사부로는 그런 두 형의 도움으로 살아가는 조금 어수룩한 원숭이였어. 그런 사부로가 어느 날 또래 원숭이들과 인간 마을에 고구마를 훔치러 간 적이 있어. ……뭐 아카지리다이라에 사는 원숭이들은 어릴 때 한 번

씩은 그런 짓을 해. 대부분 밤에 가서 몰래 훔쳐 오지만, 그때는 밭 주인이 하필 조심성 많은 인간이어서 고구마를 캐다가 들켜버리고 만 거야. 다른 원숭이들은 잽싸게 도 망쳤지만 사부로는 고구마 넝쿨에 다리가 걸려 그만 거름 구덩이에 빠지고 말았어. 다행히 인간에게 붙잡히지는 않 았지만 사부로는 그날 일 때문에 친구들에게 계속 놀림당 하며 '똥구덩이 사부로'라는 별명으로 불리게 됐어.

아무튼 그런 삼 형제가 서로 사이좋게 살아가고 있었는 데 어느 날 갑자기 큰형인 낚시 왕자 이치로가 죽고 말았 어. 폭포에서 발판과 함께 떨어져 싸늘히 식은 시신으로 발견된 거야. 원숭이들은 입을 모아 그 죽음을 애도했지 만, 독침 지로는 끝까지 납득 못하고 부서진 발판의 잔해 를 꼼꼼히 조사했어. 그리고 발판을 묶어둔 담쟁이덩굴에 서 칼 같은 것으로 덩굴을 자른 듯한 흔적을 발견했지.

•••

"설마 그것도 난텐마루 씨가⋯⋯?"

차타로가 무심코 묻자 도치마루는 고개를 끄덕였다.

"낚시 왕자 이치로는 평소에 형제들이 먹을 물고기를 다 잡으면 나머지는 전부 주변 원숭이들에게 나눠 줬거 든. 난텐마루는 그렇게 인기 많은 원숭이는 무조건 싫어했어."

"너무해!"

차타로는 자기도 모르게 몸을 벌떡 일으켰다. 어느덧 눈에는 눈물이 그렁그렁했다.

"도치마루, 난 네 계획에 동참하지 못할 것 같아."

"응? 갑자기 왜?"

"너희 아버지는 지로와 사부로의 형을 죽였어. 형이 살해된 고통에 대해서는 누구보다 내가 잘 알아. 만약 네가 죽여줬으면 하는 상대가 그 형제들이라면, 난……."

"지레짐작하지 마!"

도치마루는 화로 끝부분을 주먹으로 퍽 내려쳤다.

"내가 죽여줬으면 하는 녀석은 한 마리라고 했잖아."

"독침 지로와 똥구덩이 사부로는 아니야?"

"……그래."

도치마루는 바라던 바는 아닌 듯했지만 확실하게 단언했다.

"나중에 말해주려고 했는데 그 형제는 아버지가 이와헤이에게 살해된 걸 보고 곧장 아카지리다이라에서 도망쳤어. 죽이고 싶어도 지금 어디 있는지 몰라."

"그렇구나."

차타로는 안심하는 동시에 또 다른 의문을 떠올렸다.

"그런데 둘은 왜 도망친 거야?"

"난텐마루는 쇼조 옹의 총애를 받고 있었어. 그런 그가 죽었으니 앞으로 큰일이 일어날 게 분명했고, 그 어떤 작은 의심만 사도 무슨 짓을 당할지 알 수 없었지. 실제로도 관계자들은 다 도망쳤지만 그중 한 마리는 쇼조 옹의 졸개에게 붙잡혀 혼쭐이 나기도 했어."

혼쭐이 났다는 게 어느 정도인지 차타로는 상상할 수 없었다.

"어쨌든 이로써 *아버지가 살해된 날 이 집에 들어온 녀석들의 이야기는 전부 끝났어.*"

차타로는 마음을 가라앉히고 머릿속에서 이야기를 정리했다. 조금 전 도치마루의 이야기에 나온 원숭이는 '원숭이와 게의 싸움' 이야기 속의 누구에 해당할까.

게는 난텐마루에게 살해된 낚시 왕자 이치로가 분명하다. 침을 상징하는 벌과 거름을 상징하는 쇠똥도 누구인지 깨달았다.

"다음은 실제로 그날 아버지가 어떻게 살해됐는지 나와 함께 확인하러 가자."

차타로가 생각을 다 정리하기를 기다린 것처럼 도치마루가 말했다.

## 05

"그날 아무도 없는 이 집을 찾은 네 마리는 각자의 위치에 몸을 숨겼어. ……라고 해도 부나조와 독침 지로는 자신이 맡은 장치들을 설치하자마자 집을 나갔지만."

"장치?"

"그래."

도치마루는 부젓가락으로 화로 속 재를 휘저었다.

"부나조가 설치한 장치는 물론 화약이야. 이렇게 구멍을 파서 화약을 싼 종이를 숨겨뒀지. 불이 붙으면 탁 튀어오르게. 물론 원숭이 한 마리쯤은 가볍게 날려버릴 화약도 준비할 수 있었겠지만, 다른 세 마리에게도 복수할 기회를 줘야 하니 얼굴에 화상을 입히는 수준으로 만들었어."

"그렇구나."

도치마루는 부젓가락을 내려놓고 영차 하고 몸을 일으켜 빠르게 안쪽으로 걸어갔다. 차타로도 따라갔다.

그가 향한 곳은 부엌이었다. 부뚜막에 거미줄이 쳐져 있고 옆에는 물독이 있었다.

"그 뚜껑을 열어봐."

차타로는 도치마루가 시키는 대로 물독 뚜껑을 열었다. 안에는 물이 들어 있었지만 탁해서 마시고 싶지는 않았다.

"조베에 씨한테 들은 이야기에서는 이곳에서 벌이 나왔

다고 하던데……."

"뚜껑에 손을 댄 시점에 이미 끝이야."

도치마루는 쓸쓸하면서도 잔혹한 미소를 지어 보였다.

"독침 지로는 뚜껑 손잡이 부분에 독을 바른 침을 붙였어. 손잡이에 손을 갖다 댄 순간 손가락이 찔리도록."

차타로는 화들짝 놀라 뚜껑을 떨어뜨렸다. 도치마루는 히죽거리며 뚜껑을 다시 주웠다.

"안심해. 지금은 침 같은 건 없으니까."

"그, 그렇구나. ……근데 지로의 독침에 찔리면 어떻게 되는 거야?"

"우선 손가락을 곰에게 물어뜯긴 것처럼 극심한 통증이 엄습해. 그다음에는 팔 전체가 욱신거리기 시작하고 이내 통나무처럼 퉁퉁 부어오르지."

끔찍해……. 차타로는 몸을 부르르 떨었다.

"그런데 이 집 옆에는 만병에 듣는 약초가 자라고 있어. 네 마리는 난텐마루가 현관 밖으로 뛰쳐나갈 것도 다 예측했겠지."

"이야기 속에서도 그랬어. 출입구 쪽에 쇠똥이 누워 있었다고 하는데, 설마 똥구덩이 사부로가 그곳에 누워 있었던 거야?"

도치마루는 말없이 차타로의 얼굴을 바라보다가 잠시 후 고개를 흔들었다.

"그럼 정말 쇠똥이 있었나 보네."

"아카지리다이라에는 소가 없어. 실제 거기 있었던 건 연못에서 건져 온 개구리 알이었지."

개구리 알이라면 몹시 미끈거렸을 것이다. 차타로는 기분 나빠서 만지기도 망설여지겠지만 똥구덩이 사부로라 불린 원숭이에게는 그리 어렵지 않은 일이었을지 모른다.

"그걸 밟고 미끄러져 뒤로 벌러덩 넘어진 너희 아버지 위로 이와헤이 씨가 달려들었겠구나."

"그래, 결국 녀석들의 계획이 성공해 우리 아버지가 죽었어."

도치마루의 눈에 어두운 그림자가 드리웠다. 난텐마루는 심술궂은 원숭이였던 것 같지만 그래도 가족을 살해된 자의 고통이 차타로의 가슴에서도 고개를 들었다.

"……자, 차타로. 이야기는 이걸로 끝이야. 여기서부터는 너한테 맡길게. 내가 죽여줬으면 하는 녀석을 맞혀봐."

도치마루는 마음을 가다듬듯 차타로를 돌아봤다.

"맞히라고 해도……. 그런데 몇 가지 궁금한 게 있어."

"물론 질문은 인정해. 하지만 이건 네 지혜를 시험하는 거니 무한정 물어볼 수는 없어. 규칙을 정할게."

"규칙?"

"그래. 첫째, 내가 '그래' 또는 '아니'라고 대답할 수 있는 질문만 인정한다."

제법 까다로워 보인다. 긴장하는 차타로 앞에서 도치마루는 말을 이어갔다.

"둘째, '죽이고 싶은 상대가 혹시 누구누구냐' 식의 직접적인 질문은 인정하지 않는다."

"알겠어."

"셋째, 내가 죽이고 싶은 상대를 알아냈다면…… 그래, 이게 좋겠네."

도치마루는 차타로가 먹지 않고 그대로 둔 감을 집어 차타로에게 건넸다.

"이걸 네 앞에 놓고 지목해. 지목할 수 있는 기회는 단 한 번뿐이야."

"그 한 번이 틀린다면?"

"이번 제안은 없었던 것으로 할게. 나도 함께할 동료는 신중하게 선택하고 싶으니까."


## 06

두 마리는 또다시 화로를 사이에 두고 서로 마주 봤다.

차타로는 팔짱을 낀 채 생각에 잠겼다. 이상한 모양의 꼬리 때문에 여전히 엉덩이가 근질거리지만 원숭이 모습에 이제는 꽤 익숙해졌다.

오늘 아침 느닷없이 사찰에 나타난 도치마루에게 원숭이로 둔갑해 아카지리다이라에 함께 가자는 말을 처음 들었을 때만 해도 설마 도치마루가 죽여줬으면 하는 상대가 누구인지 이렇게 직접 고민하게 될 줄은 몰랐다.

자신이 직접 계획을 제안한 주제에 상대의 지혜를 시험해보고 싶다니, 제멋대로에다 오만한 원숭이다. 처음에는 그렇게 생각했지만 이 험난한 계획을 함께할 파트너로 최적의 상대를 선택하고 싶어 하는 건 당연하다. 그리고 원숭이와 게의 싸움 이야기 속에 숨겨진, 인간 녀석들도 모르는 진실이 속속 밝혀지자 차타로도 모든 걸 알고 싶어졌다.

"우선 확인차 하나만 물을게."

차타로는 입을 열었다.

"죽여줬으면 하는 건 한 마리야?"

"그래."

"그 녀석을 죽이고 싶은 이유는 녀석이 아버지를 죽여서?"

"그래."

"아까 쇼조 옹의 졸개에게 붙잡혀 혼쭐이 난 한 마리가 있다고 했지? 죽여줬으면 하는 게 혹시 그 녀석이야?"

"아니."

혼쭐이 났다는 게 정확히 어떤 수준인지는 모르지만 어

쩌면 생각보다 훨씬 지독한 짓을 당해서 그는 이미 목숨을 잃었을 수도 있다.

어려울 거라 생각해 지레 겁을 먹었지만 정리해보니 해답은 의외로 간단해 보였다.

밤……부나조
절구……이와헤이
벌……독침 지로
쇠똥……똥구덩이 사부로

도치마루는 이 중 독침 지로와 똥구덩이 사부로 형제는 아니라고 단언했으니 부나조 또는 이와헤이라는 말이다. 이 두 마리 중 한 마리가 '죽여줬으면 하는 녀석'이고, 다른 한 마리는 '혼쭐이 난 녀석'일 것이다.

"평범하게 생각하면 이와헤이 씨일 가능성이 크겠지."

차타로는 혼잣말하듯 중얼거렸다.

"나머지 세 마리는 너희 아버지를 다치게 했지만 마무리는 이와헤이 씨가 맡았으니까. 너희 아버지를 죽인 건 이와헤이 씨라는 뜻이야."

"그건 질문이야?"

도치마루가 차타로를 힐끗 째려봤다.

"아, 아니……."

"내가 죽여줬으면 하는 녀석을 이와헤이 씨로 지목하는 거야? 그럼 그 감을 여기 내려놔."

도치마루는 화로 끝부분을 툭툭 두드렸다. 차타로는 눈앞에 있는 감을 지그시 바라봤다. 이것을 내려놓을 기회는 한 번뿐이다. 만약 틀린다면……

"잠깐만. 조금만 더 생각해볼게."

자신은 분명 도치마루가 말하는 '지혜'가 부족한 듯하다. 차타로는 스스로가 한심했다.

그러나 형의 원수를 갚으려면 이 오만방자한 원숭이의 계획에 동참해야 한다. 부족한 지혜라도 최대한 쥐어짜기로 했다.

"입 밖에 내지 않고 생각하면 더 헷갈리는 것 같아. 잠깐 혼잣말하면서 생각해도 돼?"

도치마루는 무표정한 얼굴 그대로 말없이 고개를 끄덕였다.

"너희 아버지가 어떻게 살해됐는지 그 과정을 다시 한번 되짚어볼게. 우선 집 출입문으로 들어와서 이곳에 앉았다. 화로에 불을 피우자 잠시 후 부나조가 설치한 화약이 터져 얼굴에 맞았다."

부엌에 가서 물독 뚜껑을 들었을 때 독침 지로가 붙여둔 침에 손가락을 찔렸고, 약초를 찾아 집 밖에 뛰쳐나갔다가 개구리 알을 밟고 벌러덩 미끄러져……

"이후 이와헤이 씨가 차양에서 뛰어내려 난텐마루 씨를 죽였다."

차타로의 말에 호응하듯 도치마루는 눈을 감았다. 차타로는 조금 전부터 마음 한구석에 있던 위화감의 정체를 그제야 깨달았다.

"조베에 씨 이야기에서는 난텐마루 씨가 살해된 날 아들 도치마루가 송이를 따러 옆 산에 갔다고 했는데, 그게 사실이야?"

"그래."

"그럼 넌 이 과정을 어떻게 알게 된 거야? 그날 옆 산에 송이를 따러 갔다고 했는데 마치 그 자리에서 지켜보고 있었던 것처럼 잘 알잖아."

도치마루가 눈을 떴다. 차타로는 알고 있었다. 이것은 '그래' 또는 '아니'로 대답할 수 있는 질문이 아니다.

"질문을 바꿔볼게. 넌 혹시 그 이야기를 그날 여기 있었던 네 마리 중 누군가에게서 들은 거야?"

"……그래."

고통에 찬 목소리. 차타로는 섬뜩했다. 자신의 살해 수법을 다른 자도 아닌 살해한 상대의 아들에게 들려주다니. 원숭이는 이 얼마나 잔인한 동물인가.

"네게 모든 이야기를 들려준 그 녀석을 내가 죽여줬으면 하는 거야?"

"아니."

차타로는 다시 한번 정리했다.

"그럼 그 이야기를 들려준 녀석이 조금 전 언급했던 '혼
쭐이 난 녀석'이야?"

부나조 또는 이와헤이 중 한 마리이므로 당연하다. 차
타로는 확인차 물었다. 그러나.

"아니."

"뭐?"

도치마루의 대답을 듣고 차타로는 단숨에 혼란에 빠졌
다.

"자, 잠깐. '죽여줬으면 하는 녀석'과 '혼쭐이 난 녀석'은
다르지?"

"그래."

"또 너한테 '모든 이야기를 들려준 녀석'은 '죽여줬으면
하는 녀석'이 아니다."

"그래."

"거기에 '모든 이야기를 들려준 녀석'이 '혼쭐이 난 녀석'
도 아니라고?"

"그래."

'죽여줬으면 하는 녀석'

'혼쭐이 난 녀석'

'도치마루에게 모든 이야기를 들려준 녀석'

도치마루는 지금 이 셋이 각각 다른 원숭이라고 하고 있다.

부나조, 이와헤이, 독침 지로, 똥구덩이 사부로. 이 중 독침 지로와 똥구덩이 사부로 형제는 사건 이후 곧장 도망쳐서 행방을 알 수 없다고 하니 세 마리에 포함되지 않는다. 남는 건 부나조와 이와헤이 둘뿐인데…….

이게 대체 어떻게 된 일일까.


## 07

차타로는 천장을 보며 생각에 잠겼다. 도치마루는 화롯불을 응시하며 무료한 듯이 엉덩이를 긁고 있다.

너구리는 원래 느긋한 성격이고 이치를 따지는 걸 싫어한다. 차타로는 익숙하지 않은 상황 때문에 머리털이 전부 빠지는 건 아닐까 싶을 만큼 혼란스러웠다.

다시 한번 처음부터 생각을 정리해봤지만 결과는 똑같았다.

숫자가 맞지 않는다. 더구나 이 모든 게 '도치마루에게 사건의 전말을 들려준 자가 네 마리 중 한 마리다'라는, 자신이 끌어낸 추측이 발단이 됐다는 사실에 화가 났다.

네 마리 중 한 마리…….

"응?"

차타로가 그렇게 중얼거리자 화롯불을 바라보고 있던 도치마루가 고개를 들었다.

순간 뭔가가 번뜩인 느낌이 들었다. 그리고 그것은 차타로가 애당초 품었던 작은 위화감과도 연결됐다.

……그런가.

"너한테 이야기를 들려준 녀석이 '네 마리 중 한 마리'라는 것부터가 틀렸나 보네."

차타로가 입을 열자 도치마루는 기다렸다는 듯이 반응했다.

"아니, 틀림없어. 그날 여기 있었던 네 마리 중 한 마리야."

도치마루는 대답 직후 '그래' 또는 '아니' 이외의 다른 대답을 해버린 걸 수치스러워하듯 엉덩이를 긁적이며 시치미를 뗐다.

"*내가 생각한 네 마리 중* 한 마리는 아니라는 거야. 저기, 도치마루. 이 질문이라면 대답해줄 수 있지? 그날 너희 아버지를 죽인 네 마리가 부나조, 이와헤이, 독침 지로, 똥구덩이 사부로, 이 네 마리가 맞아?"

차타로는 지금껏 그 네 마리를 특정하는 질문을 하지 않았다. 내 추리가 맞는다면……. 도치마루는 잠시 침묵하다가 마침내 체념한 것처럼 입을 열었다.

"아니."

차타로는 무심코 쾌재를 부를 뻔한 것을 꾹 참고 "그래, 왠지 그럴 것 같더라"라고 했다.

"쇠똥이 아니겠지. 쇠똥은 똥구덩이 사부로가 아니지?"

"그래."

"조금 전 네 이야기를 듣고 이상하다고 느낀 부분이 있어. 조베에 씨에게 들은 이야기에서는 난텐마루 씨를 죽일 계획을 세운 건 머리 좋은 쇠똥이었어. 그런데 네 이야기 속에서 똥구덩이 사부로는 어수룩한 원숭이라 했잖아. 두 형을 도울 때도 실수투성이였고 인간에게 쫓겨 똥구덩이에 빠질 정도이니 이런 주도면밀한 계획을 세웠을 리 없어."

도치마루의 이야기를 되짚어보니 도치마루는 '똥구덩이 사부로가 쇠똥이다'라고는 한마디도 하지 않았다. 똥구덩이에서 똥을 연상해 차타로가 멋대로 그렇게 믿었을 뿐이다. 개구리 알 이야기를 할 때도 도치마루는 "실제로 거기 있었던 건⋯⋯"이라고만 하고 누가 그곳에 개구리 알을 뒀는지는 언급하지 않았다.

그러나 이를 알았다고 해서 아직 완전히 기뻐할 수는 없다. 또다시 새로운 의문이 떠올랐기 때문이다.

현관에 개구리 알을 두고 난텐마루를 넘어뜨린 그 '쇠똥'은 대체 누굴까.

"아버지가 살해된 날 이 집에 들어온 녀석들의 이야기는 전부 끝났다. 넌 이야기를 마무리 지으며 이렇게 말했어.

그 말에는 거짓이 없지?"

"그래."

그렇다면 도치마루의 이야기 속에 쇠똥이 있을 것이다. 차타로는 천천히 이야기를 되짚어봤다.

부나조, 이와헤이, 독침 지로, 똥구덩이 사부로.

그 밖에 또 다른 원숭이가 있었을까⋯⋯. 왠지 있었던 것 같다. 기억력이 좋은 편은 아니지만 차타로는 도치마루가 이야기하는 도중에 분명 인상적인 장면을 봤다.

⋯⋯도치마루는 이야기 도중 코를 한 번 움켜쥔 바 있다.

"앗!"

그 순간 차타로는 모든 것을 깨달았다.

"있었구나, 또 한 마리가."

차타로는 이제는 거의 확신에 가까운 질문을 던졌다.

*"쇠똥은 바로 너희 어머니 렌게 씨지?"*

뚱뚱한 몸매에 빈말로도 예쁘다고 할 수 없는 외모. 물을 싫어하여 목욕도 안 해 냄새가 났다. 도치마루는 자신의 어머니를 그렇게 묘사했다. 쇠똥에 비유될 만하다.

"대단하군⋯⋯."

도치마루는 '그래'라는 대답 대신에 중얼거렸다.

"최대한 주의해서 이야기했으니 들키지 않을 거라 생각했는데."

"그런데 이상하잖아. 난텐마루 씨와 렌게 씨는 부부야.

왜 쇠똥, 그러니까 렌게 씨는 난텐마루 씨를 죽일 계획을 앞장서서 세운 거야?"

"'그래' 또는 '아니'로 대답할 수 있는 질문만 받기로 한 것 같은데."

"아아, 그래."

차타로는 곰곰이 생각했다. 아내가 남편을 죽일 이유……. 차타로는 조금 전 난텐마루가 쇼조 옹의 총애를 받았다는 이야기 속에 담긴 어떤 사실을 떠올렸다.

"난텐마루 씨는 쇼조 옹에게 첩을 내려받았다고 했지?"

"그래."

"렌게 씨는 그게 마음에 들지 않았던 거야. 그게 동기였구나."

"그래."

"네게 모든 이야기를 들려준 것도 렌게 씨. 그것도 남편이 죽은 후에."

"그래."

차타로는 감을 집어 들었다.

나는 난텐마루의 부인이자 도치마루의 어머니인 렌게를 죽여야 한다. 난텐마루 살해 계획을 세운 자. 도치마루에게는 분명 원망스러운 상대일 것이다. 차타로는 그런 생각을 하며 감을 한 손에 들고 도치마루의 눈을 봤다. 감정을 애써 억누른 듯한 차가운 눈빛이었다.

"넌 괜찮아? 너희 어머니가 살해되어도?"

사실 차타로는 이해할 수 없었다. 남편이 다른 암컷과 바람이 났으니 렌게는 오히려 불쌍한 처지 아닐까. 비난받아야 할 쪽은 호색한에다 장난의 수준을 뛰어넘어 다른 원숭이들을 마구 상처 입힌 난텐마루 아닐까. 그런 사정이 있는데도 여전히 아버지를 죽인 자가 원망스러운 걸까.

"그건 대답할 수 없어."

도치마루는 그렇게 말했다.

아버지의 원수인 어머니를 죽인다. 그 복잡한 심경을 차타로는 차마 이해할 수 없었다. 어쩌면 도치마루 자신도 이해 못할지 모른다. 그런 마음의 갈등이 '대답할 수 없다'라는 대답이 되어…….

"어?"

그 순간, 차타로는 자신이 엄청난 착각에 빠져 있었다는 것을 깨달았다.

"아니잖아."

손에 든 감을 다시 화로 끝에 돌려놓는다.

"너한테 '모든 이야기를 들려준 녀석'은 렌게 씨. 하지만 그게 '죽여줬으면 하는 녀석'은 아니라고 했어."

큰일 날 뻔했다. 쇠똥의 의외의 정체를 알게 되어 모든 것을 깨달았다고 생각했건만 목적은 그게 아니었던 것이다.

사건과 관련된 네 마리가 부나조, 이와헤이, 독침 지로,

렌게 씨로 바뀌었을 뿐이다.

'그 말은 곧……' 하고 생각하다가 차타로는 절망감에 휩싸였다.

도치마루가 '죽여줬으면 하는 녀석'은 과연 부나조일까, 이와헤이일까. 그 문제는 아직 해결되지 않았다.

차타로는 또다시 뒷짐을 지고 천장을 올려다봤다. 왠지 피로감이 훅 몰려왔다.

이번 침묵은 상당히 오랫동안 이어졌다.

멀리서 어디선가 까마귀 울음소리가 들렸다. 도치마루는 틈날 때마다 엉덩이를 긁적였다.


## 08


"도치마루, 너 참 불쌍하네."

느닷없이 내뱉은 차타로의 말을 듣고 도치마루가 반응했다.

"불쌍하다니?"

"어머니가 아버지를 죽이다니."

차타로는 침묵하는 동안 즐거웠던 자신의 어린 시절을 떠올렸다.

"난 형제가 다섯이야. 먹을 게 없어서 늘 배가 고팠지만 아버지와 어머니 모두 자상해서 매일 집 안에 웃음이 끊이지 않았어. 죽은 형의 성격이 난폭해진 건 아버지가 덫에 걸려 너구리탕이 되어버렸기 때문이고 형도 그전까지는 착했어."

이야기하는 동안 차타로의 눈에 눈물이 맺혔다.

"가족은 화목한 게 최고인데 어머니가 아버지를 죽이다니."

"우리 가족도 비슷했지."

도치마루가 입을 열었다.

"겨울에 먹을 게 없을 때는 아버지와 어머니가 함께 눈밭을 헤쳐 먹을 만한 나무뿌리를 모아 오기도 했어. 맛은 없었지만 얼마나 고마웠는데."

난텐마루와 렌게에게도 그런 시기가 있었다고 생각하자 차타로는 더욱 서글퍼졌다. 한편으로 왠지 모를 위화감도 들었다.

"도치마루, 너 방금 '어머니'라고 했지?"

"응, 그런데?"

"조금 전까지만 해도 '렌게'라고 자기 어머니인데 꼭 남남처럼……."

거기까지 말하고 차타로는 가슴이 철렁했다. 도치마루가 지금껏 렌게가 자기 어머니라는 취지의 발언을 했을까. 렌게의 이름을 처음 입에 담을 때도 난텐마루를 주어 삼아 "렌게라는 이름의 자기 부인은……"라는 식으로 말하지 않았나.

"다시 질문으로 돌아갈게. 도치마루. 렌게 씨는 네 어머니가 맞아?"

도치마루는 아차 하는 표정을 지었지만.

"……아니."

잠시 후 그렇게 대답했다.

난텐마루는 쇼조 옹에게 하사받은 첩을 두고 있었다. 렌게가 본부인이라면 도치마루는 첩인 암컷 원숭이와의 사이에서 태어난 자식일 것이다. 난텐마루는 적어도 도치마루 앞에서는 좋은 아버지였다. 도치마루는 그런 그를 죽인 큰어머니 렌게를 원망해서…….

"응?"

차타로는 또다시 이상한 사실을 깨달았다.

설마…….

"도치마루, 너 말이야. 지금껏 아버지에 대해 말할 때 '난텐마루'라고 할 때와 '아버지'라고 할 때가 있었어."

"그건 질문이야?"

"아니. 자, 그럼 물을게. 너희 아버지는 난텐마루 씨야?"

"……아니."

난처한 것처럼 엉덩이를 긁적이며 대답하는 도치마루. 차타로는 놀라서 까무러질 뻔했다.

도치마루는 난텐마루의 자식이 아니었다! 그러니 지금 껏 이야기 속에서 교묘하게 '난텐마루'와 '아버지'를 나눠 서 말한 것이다!

　진실에 한 발짝 다가선 느낌에 차타로는 온몸의 털이 바짝 곤두섰다. 하마터면 자기도 모르게 너구리 모습으로 돌아갈 뻔했다.

　"이어서 물을게. 넌 정말 도치마루가 맞아?"

　"그건…… 맞아."

　이번에도 '아니'라는 대답이 돌아올 것으로 예상한 차타 로는 또다시 혼란스러워졌다. 도치마루가 난텐마루의 자 식이라는 것은 '원숭이와 게의 싸움' 이야기에도 나오니 틀림없다. 아카지리다이라의 원숭이들에게는 *태어난 자식 에게 이미 존재하는 원숭이와 똑같은 이름을 붙이면 안 된 다*는 엄격한 규칙이 있으니 도치마루라는 이름의 원숭이 가 두 마리일 리도 없다.

　그때 문득 차타로의 머릿속에 이 집에 들어오기 직전에 본 어떤 광경이 되살아났다.

　─어이, 도치마루.

　앞에서 걸어오던 나이 든 원숭이가 도치마루의 얼굴을 보며 그렇게 말을 걸었다. 그건 곧 눈앞의 원숭이가 도치 마루라는 건 제삼자의 눈을 통해서도 확인됐다는 뜻이다.

　이게 대체 어찌 된 일일까. 이 원숭이는 난텐마루의 자식이 아닌데도 도치마루라는 이름을 가지고 있다니.

엉덩이 부근이 근질근질했다. 원숭이 모습으로 얼마나 있었을까. 이런 짧은 꼬리를 가지고 인간처럼 앉아 있는 건 힘든 일이다. 너구리로 돌아가 편하게 눕고 싶다. 죽은 것처럼 잠들어 머릿속도 맑게 하고 싶었다.

난로를 사이에 두고 맞은편에 있는 도치마루도 엉거주춤한 자세로 엉덩이를 계속 긁고 있었다.

"앗, 어?"

차타로는 그 모습을 바라보다가 오늘 몇 번째일지 모를 번뜩임을 느꼈다.

눈앞에 있는 도치마루는 실은 '원숭이 도치마루의 모습을 한 자'일 수 있고, 꼭 '원숭이 도치마루'라고 단정할 수는 없지 않을까……

"도치마루, 너 사실 원숭이가 아니지?"

그러자 도치마루는 엉덩이를 긁는 손을 뚝 멈췄다.

"그래."

꼬리 때문에 불편한 건 아무래도 자신과 마찬가지인 듯했다.

"나와 똑같은 너구리지?"

"그래."

*"너구리인데도 '도치마루'라는 이름을 가지고 있는 거구나?"*

"그래."

아카지리다이라의 원숭이들에게는 이미 존재하는 원숭이와 똑같은 이름을 붙여서는 안 된다는 엄격한 규칙이 있다. 그러나 그런 규칙이 다른 동물들에게도 적용된다는 말은 못 들었다. 아카지리다이라에는 원숭이 외에 사슴과 멧돼지, 다람쥐, 그리고 너구리도 산다고 하지 않았나.

그러고 보니 도치마루의 웃는 얼굴에서는 어딘지 모를 친근감이 느껴졌다.

그렇다 쳐도 이 얼마나 훌륭한 둔갑술인가. 인간 앞에서 매일 둔갑하는 차타로도 둔갑술에는 능한 편이지만 같은 너구리에게 이렇게 완벽하게 속아 넘어간 건 처음이었다.

……아니, 지금은 감탄할 때가 아니다. 눈앞의 도치마루가 너구리라면 그의 '아버지'도 당연히 너구리라는 말이 된다. 지금까지 보고 있었던 세계가 180도 뒤집힌다.

"그날 이 집을 찾은 부나조, 이와헤이, 독침 지로, 렌게이 네 마리는 너희 아버지, 즉 너구리를 죽인 거야?"

"그래."

"그 너구리 아버지에게 네 마리는 원한을 품고 있었어?"

"아니……"

대답하는 도치마루의 목소리가 떨리고 있었다. 원통함과 분노 같은 감정이 담긴 것처럼 들린다. 차타로는 누군가에게 심장을 움켜잡힌 듯 가슴이 메었다. 그래도 직시해야 한다. 그 참혹한 진실을.

"······네 마리는 원래 난텐마루를 죽일 계획이었지?"

"그래."

"너희 아버지는 난텐마루로 둔갑해서 이 집에 들어왔고."

"그래."

"그런 너희 아버지를 네 마리는 난텐마루로 착각해서 죽였어."

"그래!"

도치마루가 주먹으로 화로 끝부분을 퍽 내려쳤다.

*"너희 아버지는 난텐마루에게 속아서 대신 살해된 거구나······."*

"······그······ 래."

눈물 한 방울이 화롯재 위로 뚝 떨어졌다.


## 09

"진짜 원숭이 도치마루는 지금쯤 저 먼 쿵쿵산에서 양매를 따고 있을 거야."

도치마루가 눈물을 닦고 다시 입을 열 무렵에는 이미 해가 저물었다.

"그래, 조금 전에 만난 나이 든 원숭이가 그랬지."

"하룻밤 자고 올 일정으로 떠났으니 오늘은 돌아오지 않을 거야. 그러니 조금 더 느긋하게 있어도 돼. 차타로, 내 이야기를 들어줄래?"

화로 속에서 불이 활활 타고 있다. 불빛에 비치는 도치마루의 얼굴을 보며 차타로는 "응" 하고 고개를 끄덕였다.

"난텐마루는 정말 악독한 녀석이야."

도치마루가 이야기를 시작했다.

"쇼조 옹의 총애를 받았으니 여기저기서 내키는 대로 악행을 저질러도 아무도 뭐라고 하지 않았지. 심지어 쇼조 옹에게 바친 공물도 아카지리다이라의 다른 원숭이들에게서 훔친 것들이었어. 렌게도 원래는 털이 깨끗한 원숭이였는데 난텐마루에게 떠밀려 강에 떨어진 후부터 물이 무서워서 목욕을 못 하게 됐다고 해. 난텐마루는 그런 렌게를 냄새가 난다며 멀리하고 다른 젊은 암컷 원숭이를 집에 데려왔어……. 아무튼 우리 너구리들은 원숭이들의 생활에 관여하지 않지만 난텐마루의 악평만큼은 늘 우리 귀에도 들어왔지."

그런 난텐마루가 어느 날 도치노스케라는 이름의 도치마루의 아버지에게 접근했다고 한다.

"갑자기 엄청나게 큰 송어를 열 마리나 들고 집을 찾아왔어. '너도 나와 같은 도치마루라는 이름의 아들이 있다고 하던데'라는 말을 꺼내며 아버지에게 친근하게 접근한 후 '이건 친분의 표시'라고 하며 송어를 내밀었지. 경계한 아버지는 돌아가달라고 했지만 아버지 뒤에 있던 나는 그 통통한 송어가 너무너무 먹고 싶었어. 사흘 동안 아무것도 먹지 못해서 쫄쫄 굶고 있었거든."

그런 도치마루의 마음에 파고들 듯이 송어를 과시하는 난텐마루 앞에서 마침내 도치노스케도 꺾이고 말았다. 그날 이후 난텐마루는 이틀에 한 번꼴로 선물을 손에 들고 너구리들이 사는 구멍에 찾아왔다. 나무에 기어오르지 못하는 너구리들은 결코 손에 넣지 못할 신선한 과일까지 가져오자 도치노스케도 조금씩 마음을 열기 시작했다.

"아버지는 아카지리다이라에서도 정평이 났을 만큼 둔갑술에 능한 너구리였어. 그런 아버지에게 난텐마루는 어느 날 '내 모습으로도 둔갑할 수 있어?'라고 물었다고 해. 원숭이로 변하는 건 아버지에게 식은 죽 먹기였고, 아버지는 몸을 한 바퀴 빙글 돌자마자 곧바로 난텐마루가 됐어. 자신과 완전히 똑같은 아버지를 보며 난텐마루는 몹시 기뻐했고 그때는 나도 아버지가 정말 자랑스러웠어……."

난텐마루가 도치노스케를 데려간 건 그 이튿날 저녁이었다. 난텐마루는 도치노스케에게 자기 일을 조금만 도와달라고 했다. 늘 이런저런 선물을 받아 온 탓에 도치노스케는 거절 못 한 채 난텐마루를 따라갔고, 결국 그때 본 뒷모습이 도치마루가 마지막으로 본 아버지의 모습이 됐다.

"금방 오겠다고 했는데도 한밤중이 되어도 돌아오시지 않았어. 걱정되는 마음에 말리는 어머니를 뿌리치고 원숭이들이 사는 마을로 향했는데, 늦은 밤인데도 원숭이들이 밖에 나와 여기저기서 수군거리고 있더라. 원숭이들은 경계심이 강하니 난 원숭이로 둔갑해서 암컷 원숭이 한 마리에게 다가가 물었어. 도대체 무슨 일이 있었던 거냐고."

난텐마루 씨가 살해됐대. 그렇게 못된 짓을 저지르고 다녔으니 살해될 만도 하지. 암컷 원숭이는 그렇게 대답했다고 한다.

"'난텐마루 옆에는 도치노스케라는 너구리가 함께 있었다고 하던데 혹시 모르냐'라고 물어도 암컷 원숭이는 고개를 흔들기만 했어. 그리고 쇼조 옹의 부하들이 지금 난텐마루를 죽인 원숭이를 쫓고 있으니 괜한 오해를 사지 않게 얼른 집에 가라고 했지. 난 두근거리는 가슴을 가라앉히고 그 암컷 원숭이에게 난텐마루의 집이 어디냐고 물어 직접 그곳에 가봤어. 그랬더니 집 현관 앞에는 핏물이 고여 있고 억센 털들이 잔뜩 달라붙어 있더라. 자세히 보니 그건 원숭이 털이 아니라…… 너구리 털이었어."

당시 광경을 떠올렸는지 도치마루는 또다시 눈물을 훔쳤다.

"난 거의 정신이 나가서 산속을 뛰어다니며 아버지를

찾았어. 그러다 필사적으로 땅에 구멍을 파고 있는 더러운 암컷 원숭이 한 마리를 만났다. 날 보고 깜짝 놀라는 그 암컷 원숭이는 뭐라 말할 수 없는 고약한 냄새를 풍기고 있었어. 그리고 그 구멍 옆에는…… 허옇게 눈을 까뒤집고 축 늘어져 있는 아버지가 있었어."

너구리의 모습으로 돌아간 도치마루는 즉시 아버지에게 달려가 몸을 흔들었지만 이미 싸늘하게 식어 있었다. 그리고 죽은 너구리와 도치마루의 관계를 알게 된 그 냄새 나는 암컷 원숭이, 즉 렌게는 눈물을 흘리며 자신들이 저지른 짓을 고백했다.

남편에게 원한을 품은 이들과 함께 치밀하게 범행 계획을 세웠다. 당일에는 아들 도치마루를 먼 산에 보내 집을 비운 후 난텐마루를 불러들였다.

"렌게는 고개를 숙이고 사죄했어. 자신이 맡은 장치를 설치한 후 곧장 집에서 나간 부나조와 독침 지로는 물론이고 자신과 이와헤이까지 그 누구도 집에 돌아온 난텐마루가 너구리라는 걸 눈치 못 챘다고 해. 못된 쪽으로는 누구보다 머리가 잘 돌아가던 난텐마루는 렌게 일당이 자신을 죽일 계획을 세웠다는 걸 미리 낌새채고 있었던 거야. 그래서 그날 자신의 대역을 보내 죽게 하고 '난텐마루가 죽었다'라는 소문을 아카지리다이라에 사는 원숭이들에게 퍼뜨린 후 자취를 감춘 거지. ……그런데 난텐마루가 모르고 있었던 것도 있어. 둔갑한 너구리는 죽으면 원래 모습으로 돌아간다는 사실이야. 이와헤이는 자신이 죽인 상대가 난텐마루라고 믿고 곧 자리를 떴지만 그곳에 남아 있던 렌게는 그러지 않았어. 피투성이가 된 채 죽어 있는 게 원숭이가 아닌 너구리라고 깨달은 순간 난텐마루의 모든 계획을 깨달은 거야."

양심의 가책에 시달리던 렌게는 죽은 너구리의 시신을 산에 옮겨 정중히 묻어주고자 했다. 그럴 때 그 너구리의 아들인 도치마루가 그녀 앞에 나타난 것이다.

"난 렌게를 용서하고 동시에 난텐마루에게 복수를 다짐했어. 그 뒤로 얼마 안 되어 쇼조 옹의 졸개들에게 이와헤이가 붙잡혀 혼쭐이 났다는 소문이 퍼졌지. 듣자 하니 목숨만은 건졌다고 하지만 팔다리가 부러져 두 번 다시 자유롭게 움직이지 못하게 됐다고 해. 쇼조 옹은 자신이 아끼는 원숭이를 죽이면 어떤 꼴을 당하는지 모두에게 알려주고 싶었을 거야."

"그 뒤로도 복수하고 싶은 네 마음은 변함이 없었구나."

"당연하지. 난 계속 난텐마루의 행방을 쫓았어. 그런데 그 녀석은 정말 죽은 것처럼 자취를 감췄더라. 그걸 넘어 난텐마루 살해 사건의 전말은 어느새 '원숭이와 게의 싸움'이라는 옛날이야기가 되어 인간들 사이에서 퍼지고 있었어."

도치마루는 "어쩌면 그렇게 재미있는 이야기로 탈바꿈해서 퍼뜨린 것 역시 난텐마루의 소행일지도" 하고 거칠게 내뱉었다.

"정말 비겁하고 교활한 녀석이야. 반드시 그놈이 살아 있을 거라 믿었던 나도 어느덧 10년이 흐르자 정말 죽은 게 아닐까 생각하게 됐고……."

"하지만 난텐마루는 여전히 살아 있었다?"

"그래."

도치마루가 대답했다. 지금까지 들은 것 중에 가장 침울하고 원망 섞인 '그래'였다.

"바로 지난달에 둔갑술 연습을 하느라 나무 그루터기로 둔갑해 있었는데 쇼조 옹 저택에 묵는 손님 같은 원숭이들이 와서 내 위에 앉아 잡담을 나누기 시작했어. 한 마리는 야윈 체격에 키가 크고 얼굴 윗부분이 짓무른 것처럼 새빨갰고 손에는 멋들어진 곰방대 같은 걸 들고 있었지. 또 한 마리는 키가 땅딸막하고 이마 부분의 털이 하얗게 세어 있더라. '사루로쿠, 요즘 난텐마루의 평판이 아주 나쁘더군.' 흰털 원숭이가 그렇게 말하는 걸 듣고 순간 온몸의 털이 곤두서는 것 같았어. 나무 그루터기로 둔갑해 있지 않았다면 아마 소리를 질렀을 거야."

"어쩔 수 없지. 녀석은 쇼조 옹이 아끼는 녀석이니." 곰방대 원숭이가 그렇게 대답했어. 그러자 "자네, 그건 너무

심했어. 언젠가는 반드시 험한 꼴을 당할 거야” 하고 흰털 원숭이가 화를 내듯 말했어.

두 원숭이의 대화를 들으며 도치마루는 현재 난텐마루가 쇼조 옹의 저택에 은신하며 사치스러운 생활을 하고 있다는 걸 알게 됐다. 하늘은 내 편이다. 도치마루는 나무 그루터기 모습으로 그렇게 생각했다.

쇼조 옹의 저택은 경비가 삼엄해 출입하는 모든 자들을 엄격하게 조사한다. 그러나 너구리에게는 둔갑술이 있다. 저택에 반입되는 음식 중 하나로 둔갑하면 손쉽게 그 안에 들어가 난텐마루에게 접근할 수 있을 것이다.

“하지만…… 이 역시 불가능하다는 걸 깨달았어. 난텐마루를 죽여도 수하 원숭이들의 소행이 아닌 게 밝혀지면 가장 먼저 의심받게 될 건 너구리야. 저택에 사는 이들은 당연히 난텐마루의 소행을 알고 있겠지. 그럼 난텐마루가 희생양 삼은 도치노스케의 아들인 내가 의심을 살 게 뻔해.”

“그래서 이번 계획을 짠 거야?”

도치마루는 이제는 ‘그래’라고 하지 않고 힘차게 고개를 끄덕였다. 그리고 차타로의 눈을 보며 휴우 하고 깊은 한숨을 내쉬었다.

“내 이야기를 들어줘서 고마워, 차타로. 오랫동안 가슴에 쌓여 있던 검은 감정을 다 털어낸 기분이야.”

“응.”

"솔직히 지금 심정을 말하자면…… 고민 중이야."

"고민?"

"그래. 둔갑술이 뛰어나다는 소문을 듣고 널 찾아갔지만 오늘 대화를 나누며 확실히 깨달았거든. 넌 지혜와 상냥함을 갖췄어. 네 둔갑술이 있으면 쇼조 옹의 저택에 들어가기는 쉽겠지만 그 안에는 무시무시한 경호원들이 득실거리고 있어. 너구리인 게 밝혀지면 죽임을 당할지도 몰라. 그런 걸 다 아는데도 너처럼 훌륭한 너구리를 그렇게 위험한 곳에……."

"거기까지. 더 이상 말하지 않아도 돼."

차타로는 화로 끝에 둔 감을 집어 들고 벌떡 일어섰다. 화로를 빙 돌아 도치마루 옆으로 간다.

"내가 지혜니 상냥함 같은 걸 정말 갖추고 있는지는 모르겠어. 하지만 용기만큼은 조금 있다고 생각해. 널 위해서 최선을 다할게."

그리고 도치마루 앞에 감을 내려놓았다.

"내가 죽일 상대는 바로 난텐마루야."

"차타로……."

도치마루는 차타로의 얼굴을 빤히 쳐다보다가 잠시 후 자신도 몸을 일으켰다. 눈빛에 결의가 가득했다.

"그래, 맞아. 네가 죽일 상대는 난텐마루, 그리고 내가 죽일 상대는 토끼인 간타."

손을 앞으로 내미는 도치마루.

"해보자, *교환 범죄*를."

"그래."

차타로는 도치마루가 앞으로 내민 손을 꼭 잡았다.

이렇게 악수할 수 있으니 원숭이 모습도 마냥 나쁘다고 할 수는 없다. 그리고 원한과 살의 같은 불온한 계기로 맺어졌다 해도 이 역시 하나의 인연인 것은 분명했다.

밤이여, 너구리들을 위해.

# 사루로쿠와 보글보글 교환 범죄

**일본 전래 동화 원작, 『보글보글 차솥』**

스님이 아끼며 먹이를 챙겨주던 너구리가 어느 날부터 보이지 않게 된다. 아쉬웠지만 이내 포기한 스님은 마을의 낡은 도구를 파는 가게에서 훌륭한 차솥을 구입한다. 그러나 절로 가지고 온 차솥에서 너구리의 꼬리와 다리가 보인다는 동자승들의 말에 결국 낡은 도구를 사는 행상인에게 그걸 팔아버린다. 행상인 남자도 집에 가지고 온 차솥에서 너구리의 꼬리가 나타나 기겁하지만, 곧 차솥 너구리가 배고파하는 것을 보고 먹을 것을 주려고 한다. 그러나 가난한 그에게는 어찌할 도리가 없어 결국 차솥 너구리가 줄타기 곡예를 부려 돈을 벌어주는데, 그러다 너구리는 차솥에서 본래 모습으로 돌아갈 수 없게 된다. 이를 안타까워한 남자는 차솥 너구리와 번 돈을 스님에게 가져다줘 공양을 부탁한다.

# 이

응?

왜 그러냐, 아가야. 잠이 안 오니?

……이야기 말이구나. 그래, 그래. 아주 오래전 시야누키
라는 대나무 마을에…… 응? 달에서 내려온 탐정 이야기
는 했다고? 그럼…… 옛날 옛적 어느 인간 마을에 소시치
라는 이름의 노인이 살았는데…… 응? 그래, 쥐구멍에 여
러 번 굴러떨어진 욕심쟁이 영감 이야기도 했구나. 원숭이
와 게의 싸움 이야기도 얼마 전에 들려줬지?

……그래, 그건 난텐마루라는 못된 원숭이가 만들어낸
이야기였지.

그럼 그 난텐마루가 죽었을 때 이야기는 어떠니? 안 했다고? 그런데 이건 지금껏 들려준 옛날이야기들과는 달리 이 할아비가 실제로 겪은 이야기인데 그래도 괜찮으냐? ……그래.

옛날 옛적…… 이라고 해봐야 뭐 거의 30년 정도 전이려나. 난 원숭이의 상처와 병을 치료하는 원숭이 의학을 배우고 원숭이들을 돕기 위해 여행을 하고 있었단다. 그 여행길에 사루로쿠라는 이름의 원숭이를 만났지. 예전에 겪은 어떤 일 때문에 얼굴을 크게 다쳐 얼굴 윗부분이 짓무른 것처럼 새빨갛고 몸이 여윈 원숭이였어. 그는 비록 말투는 촌스럽고 친숙했지만 부리부리한 눈으로 늘 주변을 살폈고, 머리도 똑똑해서 다른 이들이 어떤 생각을 하는지 전부 꿰뚫어 보는 것 같았지. 난 그런 사루로쿠와 묘하게 마음이 맞아 함께 여행을 하게 됐단다.

아카지리다이라에 도착한 건 아마 여행을 떠난 지 반년 정도 지난, 여름의 끝자락이었던 것 같구나. 원숭이와 게의 싸움 이야기에도 나온 쇼조 옹의 저택에서 작은 사건이 일어났는데, 사루로쿠는 날카로운 통찰력을 발휘해 사건을 척척 해결하며 쇼조 옹의 환심을 샀지. 그래서 쇼조 옹과 그 수하들이 사는 쇼조 저택에서 며칠을 묵고 가게 된 거야. 물론 그때 이 할아비도 함께였고.

아카지리다이라는 전에도 말했듯 원숭이들이 숲속의

동물들을 지배하기 위해 만든 은신처란다. 그 주변에는 곰과 사슴, 너구리 등이 사는 숲이 있었지.

쇼조 옹의 저택은 마을이 내려다보이는 북쪽 고지대에 있었는데 마을까지는 좁은 외길 하나로만 이어지는 곳이었어. 그 외길을 오르다 보면 회반죽으로 칠한 높은 담장에 둘러싸인 저택이 나왔지. 한낮에는 대문이 열려 있지만 원숭이가 아닌 다른 동물의 출입은 금지됐고, 혹시라도 들어갔다가 발견되면 즉시 쫓겨나거나 그 자리에서 흠씬 두들겨 맞았단다.

저택 뒤편에는 아무도 오르내릴 수 없는 깎아지른 절벽이 있었어(288쪽 쇼조 저택 구조도 참조). 저택에는 쇼조 옹이 지내는 안채와 그의 신임을 받는 열다섯 마리의 수하들이 사는 동쪽 행랑채, 그리고 서쪽 창고와 또 그것들을 둘러싸고 있는 안뜰이 있었는데, 잊지 말아야 할 것이 바로 안채와 절벽 사이에 있었던 진흙 늪이란다. 이 늪은 흰색과 녹색이 섞인 기분 나쁜 진흙이 가득 들어차 있는데……. 아무튼 이 늪 가운데에 떠 있는 작은 섬에 대해서는 일단 나중에 설명하기로 하고, 원숭이 술 축제 다음 날 아침에 일어난 일을 먼저 들려주마.

쇼조 옹의 저택에서는 매년 가을 보름달이 뜨는 날 밤이면 원숭이 술 축제라는 행사를 열었단다. 한 해 동안 잘

# 쇼조 저택 구조도

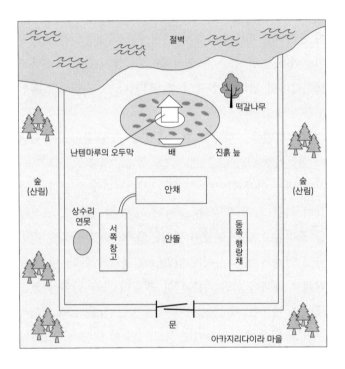

절벽

떡갈나무

난텐마루의 오두막    배    진흙 늪

숲
(산림)

안채

상수리
연못

서쪽
창고

안뜰

동쪽
행랑채

숲
(산림)

문

아카지리다이라 마을

익은 원숭이 술을 모두 함께 모여서 마시고 밤새도록 떠드는…… 쉽게 말하면 연회지. 나와 사루로쿠도 거기에 참가하게 됐어. 바람에 억새가 조용히 흔들리고 어딘가 멀리서 퉁, 퉁 하고 큰북을 두드리는 듯한 소리가 들리는 아주 기분 좋은 밤이었지. 나와 사루로쿠는 둘 다 술이 센 편이 아니라 달님이 하늘 꼭대기를 지날 무렵 그 자리를 떠나 우리에게 주어진 행랑채의 '221의 을' 방으로 돌아가 푹 잠들었어.

"이보게, 와타. 혹시 내 장갑 어디 있는지 모르나?"

다음 날 아침, 우리 방까지 와 차려준 아침밥을 먹고 나서 사루로쿠가 내게 그렇게 묻더구나. ……그래, 와타가 바로 이 할아비란다. 지금은 온몸의 털이 하얗게 셌지만 그때만 해도 이마의 아주 작은 부분에만 털이 하얬지. 그 흰털이 솜°처럼 보인다는 뜻에서 그렇게 불렸어.

큰 키에 말랐고 원숭이치고는 코가 오뚝했던 사루로쿠는 늘 냉철하며 이성적이었지. 자기 물건을 잃어버릴 일은 절대 없을 것 같았지만 그때는 그 역시 원숭이 술을 과음했는지 평소 애용하는 장갑을 잃어버린 듯했어.

"나도 모르네. 누가 주워오지 않겠나?"

"원숭이 녀석들은 주운 물건을 제 것인 양 쓰는 버릇이

---

● 일본어로 '와타(綿)'는 솜을 뜻한다.

있어서."

사루로쿠가 아쉬워하듯 말했을 때 방문이 벌컥 열렸어.

"오, 일어났나."

방 안에 들어온 건 주름 속에 눈과 코를 쑤셔 넣은 듯한 외모의 나이 많은 원숭이였지. 그는 목에서 늘어뜨린 천에 오른팔을 걸치고 있었어.

"여어, 무기 영감 아닌가. 아침까지 퍼마셨는데도 멀쩡하군."

"당연하지. 난 원숭이 술을 아주 좋아하니까. 젊은 놈들은 아직 전부 늘어져 있는데."

무기 영감이 와하하 하고 웃음을 터뜨렸어. 그는 사흘 전 행랑채 지붕을 수리하다가 미끄러져 오른팔 뼈가 부러지는 바람에 내가 목에 천을 달아 처치해줬지.

"사루로쿠, 어제 못다 한 이야기를 들려주겠네."

무기 영감이 말했어.

"무슨 이야기였지?"

"다테바야시에 있는 딱딱산 이야기."

무기 영감은 인간과 다른 산짐승들에게 이야기를 듣고 와서 동료들에게 들려주는 취미가 있었어. 그러나 저택에 사는 다른 원숭이들은 무기 영감을 상대하기를 꺼렸고, 심지어 난텐마루는 무기 영감이 이야기를 시작하면 "당신은 말이 너무 많고 입 냄새도 고약해. 이걸로 입을 틀어막고 있어" 하고 먹던 과일 따위를 집어 던질 정도였어. 그러니 이야기를 늘 잘 들어주는 우리 같은 손님이 무기 영감에게는 좋은 말벗이었던 게지.

무기 영감이 그날 들려준 이야기는 아카지리다이라에서 5리 정도 떨어진 다테바야시라는 인간 마을 근처에 사는 간타라는 못된 토끼 이야기였어.

다테바야시에는 차차마루라는 이름의 장난꾸러기 너구리가 살았는데, 그 너구리는 어느 날 실수로 나이 든 암컷 인간 한 마리를 죽이게 됐어. 아가야, 너한테는 이미 여러 번 말했지만 인간 놈들은 이 세상에서 가장 무시무시한 생물들이잖니. 능숙한 솜씨로 기상천외한 도구를 줄줄이 만들어 산짐승들을 가리지 않고 죽여대는 놈들이지. 신은 왜 그렇게 잔인하면서도 추악한 생물을 만들었는지 지금도 이 할아비는 이해가 안 된단다.

그런데 토끼인 간타는 그런 인간 녀석들과 사이가 좋았다더구나. 간타는 살해당한 암컷 인간의 원수를 갚겠다 다짐하고 산에 땔나무를 함께 주우러 가자며 너구리인 차차마루를 불러냈어. 그리고 그곳에서 땔나무를 잔뜩 주워 차차마루의 등에 얹고 앞장서서 가게 한 다음에 부싯돌을 꺼냈다고 해.

"응? 이 '딱딱' 소리는 뭐지?" 하고 묻는 차차마루에게 간타는 "여기는 딱딱산이니 딱딱 소리가 나는 게 당연하지"라는 이해할 수 없는 대답을 하고 차차마루가 짊어진 땔나무에 불을 붙였어. 결국 차차마루는 등에 심한 화상을 입고 말았지.

그 이튿날 간타는 화상약이라고 하면서 겨자를 섞은 된장을 가져와 차차마루에게 건넸다고 해. 어제 등에 불을 붙인 자가 간타라는 걸 몰랐던 차차마루는 또 감쪽같이 속아 넘어가 그 된장을 등에 바르고 고통스러워서 바닥을 데굴데굴 굴러다녔어.

간타의 악행은 거기서 멈추지 않았단다. 화상이 슬슬 나아질 무렵 이번에는 함께 낚시를 하러 가자며 차차마루를 불러냈지. 호수에는 배가 두 척 떠 있었고 차차마루는 간타가 가리킨 배에 순순히 올라탔다고 해. 그런데 차차마루가 탄 배는 간타가 만든 진흙 배여서 시간이 갈수록 무너져 내렸어. 너구리는 헤엄을 못 치니 결국 차차마루는 그대로 물에 빠져 죽고 말았단다.

"흐음, 그런 못된 짓을 하는 토끼가 다 있다니."

어느새 사루로쿠는 평소 애용하는 곰방대를 입에 물고 연기를 뿜으며 무기 영감의 이야기에 맞장구를 쳤어.

"차차마루가 인간을 한 마리 죽였다고 했나?"

"그래, 하지만 인간 놈들은 그렇게 우글우글 늘어나기만 하니 한 명 정도 죽어봐야 티도 안 나잖나. 그런데 다테바야시는 인간 마을이라 어느새 그곳에서는 차차마루가 못된 너구리고 간타는 영웅이 되어버렸다더군. 고약하지 않나?"

무기 영감은 안타까워하는 표정으로 고개를 흔들었어. 옆에서 이야기를 듣고 있던 나는 인간 따위를 편드는 간타에게 분노했지만 그보다 신경 쓰이는 게 있었어. 사루로쿠의 곰방대에서 풍기는 담배 연기 냄새였지.

"사루로쿠, 자네 또 지네풀을 피우는가?"

그러자 사루로쿠는 훗 웃으며 아랑곳하지 않았어.

"이렇게 여유롭게 지내다 보면 머리가 썩어버리잖나. 지네풀이라도 피워야지."

너도 너희 아비에게 들어서 알겠지만, 지네풀을 잘게 썰어서 불붙여 피우면 온천물에 쇳녹을 섞은 듯한 묘한 냄새가 입에서 코, 폐부로 퍼지고 머릿속이 아찔아찔해진단다. 계속 피우다 보면 눈앞이 번쩍이고 기분이 좋아져서 손에서 놓을 수 없게 되는데, 지나치면 오장육부가 너덜너덜해져버리지. 절대 손대서는 안 되는 물건이야.

"사루로쿠, 그렇게 계속 지네풀을 피우다 보면 언젠가 후회할 날이 올 걸세."

내가 그렇게 지적하자 사루로쿠는 곰방대에서 입을 떼고 말했어.

"와타, 오히려 내가 묻고 싶네만, 상수리 연못에서 붕어를 낚아채서 날름 먹어 치우는 건 괜찮나?"

나는 대번에 말문이 막혔어. 그날 이른 아침 아직 어둑어둑할 무렵에 몰래 방에서 빠져나가 서쪽 창고 뒤에 있는 상수리 연못에 갔었거든. 연못에는 쇼조 옹이 기르는 붕어가 바글바글 헤엄치고 있었지. 쇼조 옹은 식용이 아닌 관상용으로 붕어를 기른다고 했지만, 생선을 좋아하는 난 연못 이야기를 처음 들을 때부터 한 마리라도 좋으니 붕어를 꼭 먹고 싶었어.

"사루로쿠, 자네는 그때 곤히 잠든 줄 알았는데, 자는 척만 한 건가?"

그러자 사루로쿠는 곰방대를 들고 킬킬거렸어.

"아니, 곤히 잠들어 있었네."

"그럼 어떻게 알았지?"

"추리했지. 자네 다리에 뱀도랏 열매가 붙어 있잖나."

다리를 내려다보니 사루로쿠의 말대로 뱀도랏 열매가 한 개 붙어 있었어.

"가만히 자고 있었는데 그런 게 붙을 리 없지. 이 저택에서 뱀도랏이 자라는 장소는 서쪽 창고 주변뿐. 그리고 조금 전 현관에 가보니 말라 있던 수건이 축축이 젖어 있고 수초 냄새가 풍기더군. 상수리 연못에 들어간 누군가가 그걸로 손발을 닦은 게 분명하지 않겠나?"

"하지만 붕어를 잡아먹었다는 건 어떻게 알았지? 그냥 연못으로 산책하러 나갔다가 발만 담갔을 수도 있지 않나."

"그럴 리가. 자네는 평소에 깨끗이 비우는 밥을 오늘 아침에는 조금 남겼어. 그게 다 배 속에 뭔가가 들어 있어서 아니겠나?"

밥그릇에 남아 있는 밥을 보며 나는 얼굴이 달아올랐어. 그 누구에게도 들키지 않았다고 자신했건만 결국 이 친구는 모든 걸 꿰뚫어 본 거야.

"초보적인 추리일세, 와타."

"이야, 자네 정말 대단하군."

즐거운 듯 뻐끔뻐끔 지네풀을 피우는 사루로쿠를 보며 이번에는 무기 영감이 말을 걸었어.

"꼭 탐정 같잖은가."

"됐습니다, 영감. 그 탐정이라는 건 달에 사는 가구야 아가씨가 인간에게 처음 가르쳐줬다는 직업 아닌가요? 난 인간이 아닐뿐더러 탐정 따위도 아닙니다. 그저 눈앞에 수수께끼가 있으면 내버려두지를 못할 뿐이지요."

"큰일 났습니다! 사루로쿠 씨! 와타 씨!"

그때 정수리에 털이 툭 불거진 어린 원숭이 한 마리가 뛰어왔어. 쇼조 저택에서 부엌일을 맡는 원숭이 에테사쿠 였지. 그는 아직 나이가 어려서 어제 연회에서는 원숭이 술을 마시지 않고 음식만 열심히 날랐어.

"나, 나나나……."

에테사쿠가 얼굴이 시뻘게져서 좀처럼 말을 잇지 못하
자 난 그의 등을 퍽 한 번 때려줬어.

"진정하게. 무슨 일인가?"

"난텐마루 씨가 죽었습니다!"

난 곧장 사루로쿠 쪽을 돌아봤어. 눈을 휘둥그레 뜬 채
말문이 막힌 무기 영감 옆에서 사루로쿠는 이미 몸을 일
으켜 지네풀 재를 툭툭 털고 있었지.


## 02

난텐마루에 대해서는 지난번에도 들려줬지?

그는 원래 저택 밖에 살던 평범한 원숭이였지만 맛 좋
은 채소나 과일, 진귀한 물건들을 쇼조 옹에게 잔뜩 갖다
바치며 옹의 환심을 샀단다. 공물 대다수는 다른 원숭이
나 짐승들을 속여서 손에 넣은 것들이었고, 게다가 그는
평소에도 질투심이 강해서 다른 원숭이들을 해코지하다
가 결국 원한을 사서 살해될 지경에 처했어.

그런데 이 난텐마루는 다른 원숭이가 몇 마리 모여도
당해낼 수 없을 만큼 잔꾀에 능해 자신이 살해될 그 계획
을 무려 역이용했지. 너구리 한 마리를 속여서 자신과 똑
같이 둔갑시킨 후 대신 희생양으로 삼은 거야.

그날 이후 난텐마루는 쇼조 저택에 딸린 외딴 오두막에 틀어박혔고 외부에는 자신이 죽었다는 소문을 퍼뜨렸어. 물론 저택에 사는 원숭이들은 난텐마루가 살아 있다는 걸 알았지만, 난텐마루를 지키고자 한 쇼조 옹의 지시로 그 사실을 외부에 발설하는 건 엄히 금지됐지.

난텐마루가 사는 오두막은 진흙 늪에 떠 있는 작은 섬 한가운데에 있었어. 진흙 늪은 전체가 시도로모도로라 불리는 그야말로 기묘한 진흙으로 뒤덮여 있었는데, 곰의 똥과 복숭아꽃 냄새를 뒤섞은 듯한 독특한 냄새를 풍기며 몹시 끈적거렸지. 우리 원숭이들은 헤엄을 잘 치는 편이지만, 이 진흙이 몸에 달라붙으면 물고기마저 헤엄치지 못할 정도였어. 게다가 밑바닥을 알 수 없을 만큼 깊어서 한 번 빠지면 결코 빠져나올 수 없었지. 무기 영감 말로는 잠깐 쉬려고 늪에 내려앉은 물새가 그대로 진흙 속으로 꿀걱꿀걱 빨려 들어가는 일도 종종 있었다고 해. 한마디로 난텐마루는 자연이 만든 요새 속에서 살고 있었던 거야.

에테사쿠를 따라 우리가 진흙 늪에 도착했을 무렵에는 이미 저택 안에 있는 모든 원숭이가 모여 있었어. 아직 숙취가 가시지 않았는지 다들 흐느적거리는 상태였지.

"저, 저깁니다."

에테사쿠가 가리킨 곳에는 섬 옆에 작은 배가 한 척 떠 있었어. 그 배 안에서는 원숭이 한 마리가 상반신을 드러낸 채 있었고, 얼굴은 진흙 속에 잠겨 있었는데 그런 자세로는 절대로 숨을 쉴 수가 없을 것 같았지.

난텐마루는 매일 아침 그 작은 배를 타고 늪을 건너와 에테사쿠에게 아침 식사를 받아서 돌아갔다고 해. 그런데 오늘 아침에는 오지 않아서 에테사쿠는 어젯밤 그가 과음한 탓에 오늘 아침은 거르는가 추측했지만, 그래도 한번 확인해보려고 늪가에 갔다가 이변을 눈치챈 거야.

"오오, 오오오, 난텐마루여, 난텐마루여……."

온몸이 새하얀 긴 털에 뒤덮였고 날카로운 송곳니를 가진 쇼조 옹은 평소의 위엄은 온데간데없이 어찌할 바를 모르며 늪 가장자리를 서성거렸어.

"배를 대령했습니다!"

그때 몸집이 큰 파란 털 원숭이가 작은 배를 머리에 이고 다가왔어. 저택에서 경호원 임무를 맡는 아오고케라는 원숭이였는데 그가 가져온 배는 평소에 서쪽 창고 천장에 걸어두는 여분이라고 했어.

"지금 당장 섬으로 가세."

"잠깐!"

늪에 배를 띄우려 하는 아오고케 앞을 사루로쿠가 막아섰어. 아오고케가 배를 바닥에 내려놓자 그는 지그시 관찰을 시작했지.

"사루로쿠, 자네 지금 뭐 하는 건가?"

쇼조 옹이 그에게 물었어.

"진흙이 묻지 않은 것을 확인했습니다. 늘 사용하던 저 배와 이 배 외에 섬에 건너갈 다른 수단은 없겠지요?"

"그래, 이 저택에 배는 이 두 척뿐일세."

"자꾸 뭘 쭝얼거리지?"

아오고케는 묵직한 주먹을 앞으로 내밀고 술 냄새가 풍기는 콧바람을 내쉬며 사루로쿠에게 다가갔어. 이 아오고케는 평소부터 외지에서 온 우리가 영 마음에 들지 않는 듯했지.

"다 필요한 것들일세. 저 섬에는 나와 와타만 가야겠군. 그래도 되겠습니까?"

"잠깐! 나도 가겠네!"

아카지리다이라에서 쇼조 옹의 말은 절대적이야. 사루로쿠도 결국 "뭐 괜찮겠지요" 하고 동의했고 우리 세 마리는 배에 올라타 나와 사루로쿠가 노를 하나씩 맡아서 저으며 섬으로 향했어.

난텐마루의 작은 배로 옮겨 타고 나서는 사루로쿠와 힘을 합쳐 그의 몸을 끌어올렸어. 진흙범벅이 된 난텐마루의 얼굴이 늪 밖으로 나왔지.

"오오, 오오……! 나의 난텐마루가!"

쇼조 옹은 당장에라도 울음을 터뜨릴 것처럼 한탄했어.

"쇼조 옹, 잠깐만 조용히 해주시겠습니까? 집중이 안 됩니다. 와타, 난텐마루가 어떻게 죽은 것 같나?"

"술에 취해 얼굴부터 늪에 빠진 것처럼 보이기는 하네만……. 잠깐, 혹시 뭐 닦을 거라도 있나?"

그러자 사루로쿠는 오두막 문을 열고 들어가 수건을 세 장 가져왔어. 난 그걸 받아 들고 난텐마루의 머리부터 어깨에 걸친 부분을 닦았지. 덕분에 내 손도 진흙투성이가 됐어.

"사루로쿠, 여기 목을 조른 자국이 있네. 난텐마루는 목이 졸려 살해됐어."

"뭐라고?"

사루로쿠보다 쇼조 옹이 먼저 소리쳤어.

"누, 누, 누가 그런 짓을 했다는 말이냐? 내 당장 송곳니로 그놈의 목덜미를 콱!"

"진정하시랬지요."

쇼조 옹이 날카로운 송곳니를 드러내며 으르렁거리자 사루로쿠가 달랬어. 그 옆에서 나는 의문을 떠올렸지.

"사루로쿠, 그런데 좀 이상하군. 난텐마루는 오늘 새벽 원숭이 술 축제가 끝나자마자 곧장 이 오두막에 돌아오지 않았나. 누군가가 함께 이 섬에 건너와 난텐마루를 죽인 후 다시 돌아갔다면 배가 이쪽에 대어져 있을 리 없는데."

"그래, 서쪽 창고에 있던 배도 우리가 타고 오기 전까지는 진흙이 묻어 있지 않았으니 그 배를 썼을 리도 없지. 그리고 조금 전 확인했지만 늪가에는 난텐마루를 제외한 모든 원숭이가 모여 있었네."

"어떻게 이 섬으로 건너왔을까?"

"글쎄."

그렇게 대답하는 것치고 사루로쿠의 얼굴은 왠지 즐거워 보였어.

"수수께끼가 있으면 풀어야겠지. 일단 오두막 내부를 조사해보세."

우리 셋은 일단 오두막으로 들어갔어. 오두막 안은 난텐마루의 취향에 맞는 인간들의 도구로 가득 차 있었지. 가장 먼저 내 눈에 들어온 건 나무로 만든 동물 장식물이었어. 귀가 크고 코가 긴 동물이었는데, 그 코에 얹혀 있는 그릇에는 뭔지 모를 검은 가루가 들어 있더구나.

"쇼조 옹, 이게 뭡니까?"

사루로쿠도 그걸 보며 쇼조 옹에게 물었어.

"천축 일대에 사는 '코끼리'라는 이름의 거대한 동물일세. 전에 어디 여행을 다녀온 원숭이가 가져온 것을 난텐마루가 샀을 거야."

"호오, 신기하군요. 그럼 이건?"

"그건 망원경이라고 해서 유리를 들여다보면 먼 곳까지 볼 수 있다더군."

"아, 그건 저도 들어본 적이 있습니다. ······그런데 한쪽

유리가 빠져 있군요."

"난텐마루는 그런 망가진 물건들마저 애지중지했네. 그는 어쨌든 진귀한 물건, 그중에서도 특히 다구茶具들을 좋아해 어제 낮에도 저택을 찾아온 떠돌이 원숭이에게 이 번쩍이는 다구들을 손에 넣었지."

그의 말대로 '코끼리' 다리 밑에는 새것처럼 반짝반짝한 대나무 국자와 차솔, 차단지와 물병, 그리고 찻그릇이 보기 좋게 장식되어 있었어.

쇼조 옹 말로는 전날 저택을 찾은 떠돌이 원숭이를 에테사쿠가 맞았다고 해. 떠돌이 원숭이는 인간 녀석들이 버린 반짝이는 다구들이 있으니 비취와 바꾸지 않겠냐고 물었다더군. 쇼조 옹은 다구에 관심이 없지만 난텐마루가 반짝이는 새 물건을 좋아한다는 것을 떠올려 그와 떠돌이 원숭이를 만나게 했고, 아니나 다를까 난텐마루가 다구를 원해서 비취와 맞바꿔줬다고 해.

"난텐마루는 크게 기뻐하며 곧장 다구들을 들고 오두막에 들어갔지. ……어제까지만 해도 그렇게 나를 칭송했는데, 도대체 누가 난텐마루를 죽였단 말인가!"

"자자, 흥분하지 마십시오. 역시 와타와 둘이 조사하는 게 낫겠군요. 일단 돌아가주시겠습니까?"

사루로쿠가 누구의 소행인지 반드시 밝혀주겠다고 하자 쇼조 옹은 "그럼 난 가서 난텐마루의 장례를 치러야겠군"

하고 난텐마루가 원래 쓰던 배를 타고 돌아가기로 했어.

그런데 오두막에서 나가 난텐마루의 시신이 있는 배에 올라탔을 때 쇼조 옹은 "어어?" 하고 묘한 소리를 냈어.

"이거 이상하군. 이쪽 노에는 진흙이 묻어 있지 않잖은가."

나는 사루로쿠와 함께 배 쪽으로 향했어.

그의 말대로 두 개 있는 노 중에 하나에는 진흙이 묻었지만 다른 하나는 깨끗한 상태였지.

"난텐마루는 늘 이 배를 혼자 타고 왔다 갔다 했으니 이상할 건 없겠지요. 다른 하나는 예비품 아닐까요?"

나는 그렇게 지적했어.

"그런가? 이렇게 노 두 개를 써서 젓는 게 더 빠를 텐데."

쇼조 옹은 노 두 개로 빠르게 늪을 건너갔어. 문득 고개를 돌리니 사루로쿠는 오두막 동쪽으로 돌아가 맞은편 암벽을 보고 있었지. 암벽과 가까운 늪 옆에 번듯한 떡갈나무가 한 그루 보였어.

"와타, 저 떡갈나무와 이 섬 사이를 밧줄 같은 걸로 이으면 쉽게 건널 수 있지 않겠나? 서쪽 창고에는 인간 놈들 마을에서 훔쳐 온 밧줄이 아주 많던데."

그건 확실했어. 개중에는 제법 긴 밧줄도 있었지만, 그전에 내 머릿속에 의문 하나가 떠올랐지.

"밧줄을 어떻게 잇는다는 말인가? 올가미처럼 묶어서?

그런데 이 섬에는 밧줄을 걸 만한 곳도 없지 않나."

"그걸 떠나 이 섬까지 밧줄을 던질 만큼 팔의 힘이 센 자도 없겠지. 아오고케라면 모를까."

"그 녀석 짓일까?"

"글쎄."

사루로쿠는 어정쩡하게 대답하고 또다시 오두막에 들어갔어. 나도 오두막 안에서 이것저것 조사해봤지만 아무것도 발견되지 않았지. 사루로쿠는 작은 창 주변을 손으로 쓸었는데 그때 손 주변에서 뭔가가 반짝이고 있었어.

"자네 지금 뭐 하나?"

"아아, 이 창문으로 들어올 수 있을까 했는데."

나는 이상한 소리를 다 한다고 생각했어.

"거긴 누가 봐도 원숭이가 드나들 크기가 아니잖나. 또 드나들 수 있었다 해도 문제가 해결되지는 않지. 문에는 자물쇠가 채워져 있으니까."

애초에 범인이 이 섬에 어떻게 건너왔는지가 문제의 핵심이고 오두막에 어떻게 들어왔느냐는 문제가 아니었어. 사루로쿠는 그런 내 마음을 아는지 모르는지 작은 창 아래에서 '코끼리' 장식물을 돌아보며 만족스럽게 씩 웃더구나.

"이상하지 않나, 와타."

"뭐가 말인가?"

"그 다구를 어떻게 생각하나?"

"어떻게 생각하냐니…… 반짝반짝한 게 호화롭군."

그러자 사루로쿠는 한숨을 푹 내쉬었어.

"와타, 내가 늘 말하지 않나. 자네는 보기만 하고 관찰하지 않는다고."

나는 무슨 뜻인지 몰라 어깨를 으쓱했어. 사루로쿠는 곰방대를 만지작거리며 "뭐 됐네" 하고 체념한 듯했지.

"늪가로 돌아가지. 에테사쿠가 있는 곳으로."

"에테사쿠? 그는 왜?"

"너구리 녀석들이 있는 곳까지 안내해달라고 해야겠어."

갑자기 웬 너구리 타령인지 난 영문을 알 수 없었지만 어쨌든 사루로쿠와 함께 배를 타고 섬을 떠났어. 걸쭉한 진흙에 노를 넣어 열심히 젓고 있을 때였을까. 불현듯 등 뒤에서 "쾅!" 하는 굉음과 함께 엄청난 충격이 배를 덮쳤지.

고개를 돌렸을 때 얼마나 놀랐는지 지금도 꼭 어제 일처럼 생생하구나.

눈앞에서 난텐마루의 오두막이 폭발해 불타고 있었어.


## 03

에테사쿠는 아카지리다이라 가운데를 흐르는 개울을 따라 종종걸음으로 걸었고, 사루로쿠와 나는 그 뒤를 따랐어. 목적지는 너구리들이 사는 곳이었는데 사루로쿠가 도대체 너구리를 왜 만나고 싶어 하는지 나는 도무지 알 수 없었지. 사루로쿠는 걸어가면서도 뻐끔뻐끔 지네풀을 피웠지만 더 이상 그를 비난하지는 않았단다. 그런 것보다 훨씬 신경 쓰이는 게 있었거든.

"이보게, 사루로쿠. 오두막은 대체 왜 폭발한 건가? 이유가 뭐지?"

"글쎄." 사루로쿠는 믿을 수 없을 만큼 여유 넘치는 모습이었어. "아오고케가 조만간 밝혀내지 않을까."

오두막이 폭발하자 모든 원숭이들이 경악했고 결국 아오고케를 비롯한 원숭이들이 숙취 때문에 머리를 싸매면서도 조사에 나선 거야.

"그나저나 에테사쿠, 오늘 아침 자네가 우리 방에 뛰어들어왔을 때부터 궁금했는데, 자네는 원래 그런 장갑을 꼈었나?"

"방을 정리하다 전에 주운 걸 발견해 오늘 아침에 꼈습니다."

"그런가. 내 장갑은 아닌 듯하군."

"크기가 제 손에 딱 맞습니다. 사루로쿠 씨 손에는 조금 작지 않을까 싶은데요……."

"그렇겠지. 실은 어젯밤에 장갑을 잃어버린 것 같아서 말이야. 찾으면 가져다주겠어?"

"예, 알겠습니다."

에테사쿠가 대답했어.

"이보게, 사루로쿠." 나는 개운치 못한 기분으로 다시 입을 열었어. "난 자네가 도통 무슨 생각을 하는지 모르겠네. 도대체 너구리는 왜 만나러 가는 건가?"

"조금 전의 그 다구를 떠올려보게. 그 안에 뭐가 있었지?"

"대나무 국자와 차솔, 차단지와 물병, 그리고 찻그릇이 있었지."

"뭔가 빠진 게 있지 않나?"

"빠진 것……"

나는 문득 한 가지를 떠올렸어.

"차솥 말인가?"

"그래, 차솥이 없어도 찻물을 끓일 수는 있지만 그렇게 번쩍이는 다구들을 갖춘 난텐마루가 오로지 차솥만 빠뜨렸다는 게 납득이 안 되지."

"하지만 그걸로 뭘 알 수 있다는 말인가?"

"진흙 늪의 걸쭉한 진흙에 구애받지 않고 난텐마루의 오두막에 들어가는 방법일세. 에테사쿠, 어제 떠돌이 원숭이가 쇼조 옹에게 다구를 가져온 게 언제쯤이었지?"

에테사쿠는 발걸음을 멈추고 고개를 돌렸어.

"점심때가 지나서였습니다. 쇼조 님의 방에 제가 데려갔지요. 쇼조 님은 다도에 취미가 없어서 떠돌이 원숭이를 일단 내려보낸 후 반짝이는 물건을 좋아하는 난텐마루 님을 별채에서 불러 다구를 보여줬습니다. 그러자 난텐마루 님이 마음에 들어 하셔서 쇼조 님은 쌓아 둔 비취를 다구와 맞바꾼 겁니다."

"이후 난텐마루는 다구들을 들고 오두막에 돌아갔다…… 물론 그 안에는 차솥도 있었겠지."

"네, 아마 그랬던 것 같습니다만……."

에테사쿠는 별로 자신 없다는 듯이 말하고 다시 앞장서서 두 원숭이를 안내했어.

"알겠군. 와타, 그 차솥이 조금 전 오두막에 없었던 이유는…… 바로 차솥이 난텐마루를 죽였기 때문이야."

그 말을 듣고 나는 어안이 벙벙했어. 반면 사루로쿠는 그야말로 진지한 얼굴로 지네풀을 피우더구나.

"자네, 혹시 지네풀을 너무 많이 피워서 머리가 돌아버린 건가? 차솥이 난텐마루를 죽이다니."

"너구리가 둔갑한 차솥이라면 어떨까?"

사루로쿠는 후우 하고 하늘을 향해 연기를 내뿜었어.

"난텐마루는 너구리를 속여서 자기 모습으로 둔갑하게 한 후, 원한을 품은 원숭이들이 기다리는 집에 그를 보내 자기 대신 죽게 했다지?"

"원숭이와 게의 싸움 이야기 말인가."

"그래. 만약 그 너구리의 가족이 난텐마루가 지금 쇼조 옹의 저택에서 산다는 소식을 들었다면 어떨까?"

"흐음, 그렇군요."

나보다 에테사쿠가 먼저 입을 열었어.

"사실 난텐마루 씨가 반짝이는 새 물건들을 좋아한다는 건 예전부터 유명했습니다. 너구리 한 마리가 반짝이는 차솥으로 둔갑하고 그의 동료 너구리가 떠돌이 원숭이로 둔갑한다. 그리고 난텐마루 씨는 그 차솥을 보고 첫눈에 반해 자기 오두막에 가져갔다……."

이게 대체 무슨 소리란 말인가. 난텐마루는 *자신을 죽이고자 하는 상대를 제 손으로 오두막에 데려갔다는* 걸까. 차솥으로 둔갑한 너구리는 원숭이 술 축제가 시작되기 훨씬 전부터 오두막에서 난텐마루를 죽일 기회를 엿보고 있었다. 사루로쿠는 지금 그런 말을 하는 거였어.

"너구리들은 자신보다 극단적으로 작거나 큰 것으로는 둔갑할 수 없지. 국자나 차솥은 못해도 차솥이라면 둔갑할 수 있지 않았을까."

"그런데 말이야." 내 머릿속에는 이미 새로운 의문이 떠올라 있었어. "새벽이 되어 원숭이 술 축제에서 돌아온 난텐마루를 죽인 건 그렇다 치더라도, 그 너구리는 섬에서 어떻게 도망쳤지? 난텐마루의 배는 그가 사는 섬 쪽에 대어져 있었네. 원숭이도 헤엄치지 못할 진흙 늪을 너구리가 헤엄쳐 갔다고 보기도 어렵고. 또 너구리들은 새나 박쥐로 둔갑해도 날 수 없고 물새나 물고기로 둔갑해도 헤엄을 못 치잖나."

"죽이고 나서 바로 도망치지는 않았겠지. 우리가 섬에 갔을 때는 분명 오두막 뒤 같은 곳에 숨어 있었을 거야. 생각해보게. 내가 쇼조 옹에게 일단 돌아가라고 했을 때 뭔가 이상한 거 없었나?"

"이상한 거?"

"진흙이 묻어 있어야 마땅한 것에 진흙이 묻어 있지 않았지."

나는 당시를 떠올리다가 "앗!" 하고 소리쳤어.

"그러고 보니 노 한쪽에 진흙이 묻어 있지 않았지. 그런가. *그 노가 바로 너구리였나!*"

사루로쿠는 싱긋 웃었어.

"이제야 알아챘나 보군. 우리가 섬에 도착했을 때는 오두막 뒤 같은 곳에 숨어 있다가 우리가 오두막을 조사하는 틈을 타 진짜 노 중 하나를 늪에 가라앉히고 자신이 대신 노로 둔갑해 배 안에 들어가 있었던 거지. 하지만 증거는 남았네. 쇼조 옹은 깨끗한 노에도 진흙을 묻혔으니까. 그 진흙은 물로 씻는다고 해서 없앨 수 있는 게 아니야."

나는 명석한 친구를 보며 새삼 혀를 내둘렀어. 차솥으로 둔갑해 섬에 건너가 범행을 저지른 후 다음으로는 노로 둔갑해 현장을 떠난다. 오로지 너구리만 가능한 이런 기상천외한 방법을 평범한 원숭이들은 결코 눈치챌 리 없었지.

"오두막을 폭파한 것도 그 녀석이겠군. 우리를 날려버리려고 한 건가?"

"글쎄."

히죽 웃는 사루로쿠의 머릿속에는 이미 그 이유와 과정역시 전부 들어 있는 것처럼 보였어.

"그런 거였군요." 에테사쿠가 감탄한 듯 말했어. "사루로쿠 님은 정말 훌륭한 탐정이십니다."

"탐정은 무슨. 난 탐정 따위가 아니야."

사루로쿠는 부인했지만 나도 에테사쿠와 같은 마음이었어. 노로 둔갑해 섬에서 돌아온 너구리는 쇼조 옹 일행이 사라지자 바로 저택을 나가 마을로 돌아갔겠지. 몸에진흙이 묻은 너구리를 찾으면 이번 사건이 쉽게 해결될 수도 있는 거야.

그런데 일이 그렇게 쉽게 풀리지는 않았단다.

너구리가 사는 곳에 도착하자 사루로쿠는 너구리 촌장에게 모든 너구리들을 한곳에 모아달라고 했어. 낯선 원숭이를 보며 촌장은 당황했지만 원숭이에게 맞서서는 안 된다고 판단했는지 곧 모든 너구리들을 불러 모았고.

"다 모였습니다."

너구리는 고작 열 마리뿐이었어. 그리고 나와 사루로쿠,

에테사쿠도 합세해 너구리들의 몸을 샅샅이 뒤졌지만 진흙이 묻은 너구리는 한 마리도 없었지.

"정말 한 마리도 빠짐없이 다 모은 게 맞나?"

"맞아, 바보야."

너구리 촌장이 아닌 근처 나무에 앉아 있던 까마귀가 대답했어. 사루로쿠는 까마귀를 무시하고 너구리들에게 다른 질문을 던졌지.

"혹시 이 중에 어젯밤 집을 비웠던 자가 있나?"

"없습니다."

너구리 촌장은 딱 잘라 말했어.

"어떻게 그렇게 단언하지?"

"어제는 배 치기 축젯날이었으니까요."

배 치기 축제는 해 질 녘부터 동틀 때까지 계속 자기 배를 두드리는 너구리들의 축제인데, 매년 가을 보름달이 뜨는 밤에 열린다고 해. 난 원숭이 술 축제 때 어디선가 퉁, 퉁 하고 큰북을 두드리는 듯한 소리가 들린 걸 떠올렸어. 원숭이도 너구리도 전부 축제를 좋아하는 동물들이잖니.

"도중에 빠진 너구리는 한 마리도 없었습니다. 거짓말이라고 생각되시면 사슴이나 멧돼지들에게 물어보십시오. 그 녀석들도 옆에서 구경했으니까요."

"거짓말이 아니야, 바보야."

사루로쿠는 까마귀의 대답을 듣고 잠시 이맛살을 찌푸

리다가 다시 물었어.

"이 중에 혹시 난텐마루 대신 살해된 너구리의 유족이 있나?"

그러자 어느 너구리 한 마리에게 시선이 쏠렸어. 그는 날카로운 눈빛을 가진 젊은 너구리였어.

"자네인가. 이름이 뭐지?"

"도치마루. 뭐가 궁금한지 모르겠지만 나도 어젯밤 다른 너구리들과 함께 계속 배를 두드렸어. 졸려죽겠으니 얼른 자게 해줘."

"난텐마루를 원망하고 있나?"

난텐마루가 쇼조 옹의 저택에 몰래 살고 있다는 건 다른 동물은 물론이고 저택 밖 원숭이들에게도 비밀이었어. 우리도 난텐마루에 대해서는 입 밖에 일절 꺼내지 않았지. 나는 사루로쿠가 아무 생각 없이 그 이야기를 할까 봐 가슴을 졸였어.

"원망해봐야 소용없지."

도치마루가 대답했어.

"어디로 가버렸는지 모르고, 또 어딨는지 모르면 죽일 수도 없으니까."

그때 나는 사루로쿠의 코가 살짝 씰룩거리는 걸 목격했어. 사루로쿠는 느닷없이 허리에 차고 있던 부싯돌을 꺼내 딱딱 소리를 내며 치기 시작하더구나.

"혹시 이 소리를 좋아하나?"

사루로쿠의 물음에 도치마루는 대답하지 않았어. 사루로쿠는 다시 부싯돌을 허리춤에 달았고.

"이 정도로 하지. 이곳 너구리들에게는 더 이상 볼일이 없어. 와타, 에테사쿠, 가세."

그는 너구리들에게 등을 홱 돌리고 담배 연기를 뿜으며 다시 걷기 시작했어. 나와 에테사쿠는 그를 쫓아갔어.

"사루로쿠, 또 어딜 가는가? 차솥과 노가 너구리였다는 자네 추리가 결국 틀린 건가?"

"아니, 난 그렇게 확신해. 내 추리는 틀리지 않았어."

"하지만 너구리들은 모두⋯⋯."

"단지 그 너구리가 *아카지리다이라에 사는 너구리가 아니었을 뿐*. 에테사쿠, 다테바야시로 가는 길이 어디였지? 안내해주게."

나는 화들짝 놀랐어.

"다테바야시에 사는 너구리의 소행이란 건가? 그 녀석들은 난텐마루에게 원한 같은 게 없을 텐데."

"왜 어젯밤을 선택했는지 이제야 알겠군." 사루로쿠는 내 말에는 답하지 않았어. "도치마루 녀석은 부재 증명이 필요했던 거야. 밤새도록 배로 북을 쳤으니 이보다 더 확실한 증명은 없겠지."

사루로쿠는 연신 고개를 끄덕였지만 난 도무지 이해할

수 없었어. 그러는 동안 아카지리다이라 외곽의 숲에 도착했고 그곳부터는 가파른 비탈길 덤불 속으로 좁은 짐승 길이 이어졌다. 우리 원숭이들은 굳이 비탈길을 걷지 않아도 나무를 타면 산 같은 건 쉽게 내려갈 수 있지만.

"그럼 저는 여기까지. 아카지리다이라를 벗어나려면 쇼조 옹의 허락을 받아야 하니까요."

짐승 길 앞에서 에테사쿠가 말했어.

"그런가. 자네에게는 여러모로 신세를 졌군. 이번 사건을 해결하면 자네에게 가장 먼저 알려주지."

"네, 부디 몸조심하십시오. 장갑은 찾아보겠습니다."

"부탁하네."

손을 흔드는 에테사쿠를 남겨 두고 우리는 다테바야시로 향했어.


## 04

다테바야시로 향하는 길목에서 사루로쿠의 추리를 들으며 난 연신 놀랄 수밖에 없었단다. 사루로쿠와 함께 지낸 날들도 놀라움의 연속이었지만 그때만큼 내 귀를 의심한 적이 없었지.

난 설마 그렇게 터무니없는 일이 실제로 일어났을 리 없다고 생각했지만, 다테바야시에 도착하자마자 만난 나이든 고양이의 이야기를 듣고 사루로쿠의 추리는 더욱 현실감을 띠기 시작했어.

"토끼 간타는 말이다냥. 누군가에게 살해됐다냥."

그 고양이는 쉰 목소리로 말했어.

간타는 무기 영감이 말한 '딱딱산'에 사는 토끼였어. 인간 녀석들과 사이가 좋았고 너구리인 차차마루를 속여서 물에 빠져 죽게 한 간타. 그런 간타가 무려 이레 전에 죽었다는 거야.

"목에 밧줄이 감긴 채로 차차마루가 빠져 죽었던 호수에 둥둥 떠 있었다냥."

"혹시 누가 죽였는지 아나?"

"간타가 죽고 가장 먼저 의심받은 건 당연히 차차마루의 동생인 차타로였다냥. 하지만 차타로는 그럴 수 없었다는 게 밝혀졌다냥."

"왜지?"

"……그전에 네가 피우는 그 곰방대를 나도 한 번 피울 수 있겠냥? 그럼 가르쳐주겠다냥."

"오오, 그래. 피우게, 피우게."

사루로쿠가 곰방대를 내밀자 고양이는 곰방대를 입에 물고 눈곱 낀 눈을 가늘게 뜨더니 연기를 힘껏 들이마시고 "후냐아아앙" 하고 호쾌하게 연기를 내뿜었어.

"이거 정말 좋은 물건이다냥!"

"말이 통하는 고양이군. 난 이걸 피우며 생각을 정리하지. 조금 더 피워도 되네."

"받기만 하면 미안하다냥. 너한테는 이걸 주겠다냥."

그러더니 고양이는 어딘가에서 생선 토막을 꺼내 왔어. 그 생선은 색이 이상해서 아무리 봐도 썩은 것처럼 보였지만 사루로쿠는 "이거 미안하군" 하고 날름 생선을 먹어 치웠지.

"사루로쿠, 그런 건 함부로 먹으면 안 돼."

"웅? 고양이가 모처럼 나눠준 음식을 거절하라는 건가? 의원이란 작자들은 정말 고지식하다니까."

"의원이 뭘 알겠냥. 의원이 좋아하는 건 멍청한 개들과 그보다 더 멍청한 인간들뿐이다냥."

"시끄러워!" 난 결국 참지 못하고 녀석들의 대화를 잘랐어. "이보게, 고양이. 얼른 가르쳐주게. 차타로는 왜 간타를 죽일 수 없었다는 거야?"

"간타는 그날 저녁까지만 해도 아직 살아 있었고 시신으로 발견된 건 유삼각(오후 6시 이후)이었다냥. 그 사이에 차타로는 일하는 중이었다냥."

"일?"

"차타로는 형을 살해당한 후, 천애 고아가 됐고 여러 우여곡절 끝에 조베라는 인간 밑에 들어가게 됐다냥. 조베

에는 길거리 공연꾼이고 차타로는 둔갑술 특기를 살려 밤
마다 인간들 앞에서 재주를 부리고 있다냥. 뭐 그걸로 돈
이라는 걸 받아서 먹고살고 있으니 오히려 둘 중 밑에 있
는 건 조베에 쪽일지도 모른다냥."

고양이는 후암 하고 하품을 했어.

"그런데 그렇게 따지면 다테바야시에 사는 모든 이들
을 차타로가 부양한다고 해도 과언이 아니다냥. 여기저기
서 차타로의 공연을 보러 오는 놈들이 밥을 먹고 기념품
을 사 간다냥. 인간은 풍족해지면 먹을 것을 남기니 덕분
에 나도 맛있는 것들을 주워 먹고 있다냥."

"이야기를 되돌리지."

사루로쿠는 차타로가 인간들에게 도움을 준다는 이야
기에는 관심이 없는 듯했어.

"간타가 살해될 무렵 차타로는 인간들 앞에서 재주를
부리고 있었나?"

"그렇다냥. 이렇게 말하는 내가 두 눈으로 똑똑히 봤으
니 확실하다냥."

그 말을 듣고 나는 확신했어. 허무맹랑하다고 생각한
사루로쿠의 추리가 결국 옳았다는 걸.

"꽤 재밌는 고양이 녀석이더군. 그렇지 않던가? 와타."

고양이와 헤어진 후 사루로쿠는 기분이 좋아 보였어.

"지네풀 맛도 잘 알고 말이지."

"자네나 그 고양이나 모두 제명에 죽지 못할 걸세."

"논리적으로 사고하지 못할 만큼 오래 사는 내 모습을 상상하는 것만으로도 몸서리가 쳐질 정도야. 그런 꼴사나운 늙은 원숭이가 될 거면 차라리 일찍 죽는 게 낫다고."

정말 한마디도 지지 않는 녀석이었지. 내가 되받아치려 한 바로 그때였어.

"아야야야!"

느닷없이 사루로쿠는 배를 감싸 쥐고 몸을 웅크렸어. 좋아하는 곰방대도 바닥에 떨어뜨릴 정도이니 정말 아파 보였지.

"왜 그러나? 사루로쿠."

"배, 배가. 아야야…… 갑자기."

고양이가 준 그 쓰레기나 다름없는 생선 토막 때문이 분명했어. 난 주변을 둘러보다가 다행히 이질풀을 발견했고 곧장 그걸 따서 사루로쿠에게 줬어.

"이보게, 사루로쿠. 이걸 먹게. 복통에 잘 들을 거야."

"미안하군, 와타. ……아아, 차타로가 있는 곳에 얼른 가야 하는데."

"그렇게 식은땀을 뻘뻘 흘리면서 무슨 소린가."

"우리가 조사 중이라는 걸 차타로가 눈치채고 도망치면 어쩌…… 아아아얏!"

나는 결국 사루로쿠의 입에 억지로 이질풀을 쑤셔 넣었

어.

"사루로쿠, 자네는 여기서 쉬고 있게. 내가 대신 차타로를 만나고 오겠네."

"뭐, 뭐라고?" 사루로쿠는 이질풀을 우물거리며 내 얼굴을 빤히 쳐다봤어. "정말로 차타로를 붙잡아 올 수 있겠나?"

"차타로를 붙잡는 건 내가 아니야. 자네 추리지."

그러자 사루로쿠는 눈을 휘둥그레 떴어.

"난 자네의 추리를 믿고 있네. 이제 내가 제대로 된 증거만 찾아오면 되겠지. 아니면 날 못 믿는 건가?"

"아니."

사루로쿠는 고개를 흔들었어.

"와타, 자네는 내가 가장 신뢰하는 단짝이야. ……아얏. 그래, 알겠네. 이번에는 자네에게 조금 신세를 지도록 하지."

그러더니 사루로쿠는 길가 옆 풀숲에 벌렁 드러누워버렸어.


## 05

차타로를 찾기까지는 그로부터 시간이 조금 더 걸렸어. 해가 지기 시작해 주변이 붉게 물들 무렵에야 너저분한 오두막 뒤에서 차타로를 만날 수 있었지. 그곳은 폐업한 간장 가게인지 간장 냄새가 풍기는 나무통들이 여기저기 방치되어 있었어.

"뭐, 뭐야. 나한테 무슨 볼일이 있다고."

건방지게 인간 같은 옷을 입은 차타로는 나를 보며 겁먹은 표정을 지었어.

"난 아카지리다이라의 쇼조 저택에서 신세를 지고 있는 여행객인데, 오늘 아침 저택 별채에서 난텐마루가 살해된 채 발견됐네."

"난텐마루……? 그게 누구……."

"쇼조 옹의 수하였던 원숭이지."

전날 난텐마루가 반짝이는 다구들을 손에 넣었다는 것, 죽은 그의 집에서 차솥이 사라졌다는 것, 그 차솥이 너구리라면 모든 걸 설명할 수 있지만 아카지리다이라의 너구리들은 배 치기 축제에서 밤새 배를 두드리느라 범행을 저지를 수 없었다는 것……. 난 그날 보고 듣고 온 것들을 모두 설명했어.

"난텐마루는 예전에 아카지리다이라에 사는 도치노스케라는 너구리를 죽였어. 난 그 너구리의 아들을 의심했지만 녀석도 배 치기 축제에서 밤새워 배를 두드렸다더군. 순간 머릿속이 번뜩여 다테바야시에 가서 탐문 조사를 해봤더니 아니나 다를까, 얼마 전 너구리 차차마루를 죽인 토끼 간타가 누군가의 손에 살해당했다더군."

그리고 나는 마침내 사루로쿠가 끌어낸 해답을 입에 담았어.

"즉, 이건 *교환 범죄*야. 갑과 을이라는 너구리 두 마리가 있다고 가정해보지. 갑은 토끼 간타, 을은 난텐마루를 죽이고 싶어 해. 그러나 정석대로 죽이면 둘 다 가장 먼저 의심을 사게 되는 상황. 그래서 갑과 을은 협력하게 된 거야. 을이 토끼 간타를 죽이고, 그때 갑은 절대 간타를 죽이지 못하는 걸 증명하듯 여럿 앞에 자기 모습을 내보인다. 갑의 소행이 아니라는 걸 모두가 알 수 있도록. 그 후 갑은 답례로 난텐마루를 죽인다."

아가야, 넌 이미 이해했겠지만 물론 갑이 난텐마루를 죽일 때 을도 똑같이 여럿 앞에 자기 모습을 드러냈단다. 이렇게 자신과 전혀 관련 없는 상대를 죽임으로써 서로의 부재 증명을 확고히 하는 게 바로 교환 범죄야. 잔인하기는 해도 지혜롭지 않니?

"이 이야기에 등장하는 갑이 바로 차타로, 자네일세."

난 차타로를 지목했어. 차타로는 빨갛게 충혈된 눈으로 나를 빤히 바라보다가.

"난 모르는 일이야……."

꼭 하루살이 울음소리처럼 힘없이 중얼거리더구나. 그때 난 문득 한 가지 계책을 떠올렸어.

"지금쯤이면 쇼조 옹의 수하들이 그 너구리를 붙잡았겠군."

"붙잡았다고?"

"전에 난텐마루 때문에 아버지가 살해된 그 너구리 말이야. 손을 좀 봐주면 금세 자백하겠지."

"그건…… 도치마루는……!"

"응?"

차타로는 멋지게 내 덫에 걸려들었어.

"난 '을'인 너구리의 이름은 한 번도 말한 적이 없는데 자네는 어떻게 도치마루라는 이름을 알고 있지?"

그러자 차타로는 반박하지 못하고 우두커니 서 있었어. 난 승리를 확신하고 차타로의 다리 쪽을 가리켰지.

"처음부터 발뺌은 불가능했네. 자네의 그 다리와 꼬리에는 지금 흰 진흙이 묻어 있지 않나? 난텐마루가 잠들어 있던 오두막 주변은 온통 진흙 늪이었지. 그 진흙은 아무리 씻어도 지워지지 않는다고."

난 난텐마루의 얼굴을 닦을 때 내 손에 묻은 진흙을 그에게 보여줬어. 이제는 도망칠 수 없다고 깨달았을까. 차타로는 내 손을 보며 사시나무 떨듯 몸을 덜덜 떨기 시작했어.

그때 덜컥 하고 등 뒤에서 어떤 소리가 들린 것 같더구나. 돌아보니 낡은 나무통이 조금 흔들리고 있었지. 누가 그 안에 있나 했는데.

"나, 난……."

차타로가 입을 여는 바람에 난 다시 고개를 돌렸어.

"그래, 맞아. 난 도치마루의 계획에 동참했어. 모든 게 잘 풀린 줄 알았는데……. 들통났다면 어쩔 수 없지. 그래, 당신과 함께 아카지리다이라에 갈게. 가서 진실을 말할게."

이미 각오를 다진 얼굴이었어. 그 얼굴을 떠올리니 지금도 가슴이 메는구나. 형을 살해당한 원통함을 풀고 싶었다는 마음이 간절히 전해졌지. 하지만 나는 쇼조 옹, 아니 사루로쿠를 배신할 수 없었어.

"같이 가겠나?"

"응, 그런데 부탁이 하나 있어."

"부탁?"

"이제 곧 공연이 시작될 시간이야. 오늘도 관객이 많이 모였어. 난 조베에 씨를 배신할 수 없어. 적어도 그 공연에는 출연할 수 있게 해줘."

나는 잠깐 고민했어.

"자네는 인간 놈들의 구경거리가 되는 게 창피하지도 않나?"

"전혀. 인간도 엄연한 우리와 같은 생물이야. 모두가 다 잔인한 건 아니지. 상냥함과 배려심, 약한 면모도 가지고 있어. 난 조베에 씨와 함께하는 게 정말 행복해."

차타로는 눈빛을 반짝이며 말했어.

"돈을 많이 벌어서 조베에 씨랑 이세 신궁 참배를 가는 게 내 꿈이야."

그렇게 그는 마치 다테바야시에 다시 돌아올 수 있는 것처럼 말하더구나. 아카지리다이라에 가서 쇼조 옹에게 붙잡히면 예삿일로 끝날 리가 없는데 말이야. 난 그에게 괜한 정이 들기 전에 입을 열었어.

"좋아, 공연에는 참가하게나. 하지만 끝나면 곧장 아카지리다이라에 가야 해."

"응, 약속할게. 고마워."

그때 어디선가 "차타로!" 하고 부르는 목소리가 들렸어.

"그럼 다녀올게."

차타로는 내 앞에서 사라졌고 어느새 해는 완전히 저물어 있었지. 난 곧장 친구가 쉬는 곳으로 돌아갔어.

"이보게, 사루로쿠!"

사루로쿠는 오른손을 베개 삼아 드러누운 채 질리지도 않게 지네풀을 뻐끔거리며 피우고 있었어. 바닥에 떨어진 재의 양으로 보건대 내가 가자마자 바로 피워대기 시작한 듯했지.

"오오, 와타. 아직 조금 욱신거리지만 많이 괜찮아졌네. 역시 지네풀이 백약의 으뜸이라는 말은 틀리지 않아."

"그런 말은 아무도 한 적 없네."

"그건 그렇고, 차타로는 어딨지?"

내가 조금 전에 있었던 일을 설명하자 사루로쿠는 상반신을 벌떡 일으켰어.

"차타로가 도망쳐버리면 어쩌려고 그러나!"

"아니, 그 녀석은 그럴 리 없네. 이미 각오를 다진 얼굴이었어."

"그렇게 정이 많은 게 바로 자네의 약점이야."

사루로쿠는 배를 꾹 누르고 일어서서 인간 마을 쪽으로 비틀비틀 걷기 시작했어.

"어디 가는가?"

"어디겠나. 공연장이지. 똑똑히 감시해야 해."

그렇게 의심하지 않아도 될 것 같았지만 나도 공연이 궁금해서 비틀거리는 사루로쿠를 부축해 함께 걸어갔어.

공연장 위치는 금세 알 수 있었지. 쿵쾅거리는 악기 소리가 들렸고 새빨간 초롱불이 쉰 개나 걸려 있었거든. 우리는 인간 놈들에게 들키지 않게 조심조심 근처 집 지붕에 기어올라 무대를 내려다봤어.

널찍한 대청마루 뒤로 철 지난 벚꽃 그림이 그려진 판이 세워져 있었어. 무대 양옆에는 굵은 삼나무가 있는데 두 나무 사이에 밧줄이 묶여 있었지. 인간 관객 녀석들은 아마 백 마리쯤 있었을까. 무대와 객석을 메우듯 화톳불이 열 개 정도 피워져 있어 정말 밝은 곳이었지.

"자, 여러분! 지금부터 세상에서 가장 기묘한 보글보글 차솥을 감상하시지요!"

연분홍색 핫피*를 입은 수컷 인간이 큰 소리로 외쳤어. 그가 바로 조베에였지. 관객들이 지켜보는 가운데 조베에는 판자 뒤로 한 번 돌아가더니 커다란 차솥을 품에 안고 돌아왔어.

무대 한복판에 놓인 차솥은 움직이지 않다가 잠시 후 갑자기 혼자서 오른쪽, 왼쪽으로 흔들리더니 무대 위를 데굴데굴 구르기 시작했어. 인간 녀석들이 웅성거리기 시작하자 차솥은 다시 무대 한가운데에서 멈춰 섰지. 그리고 조베에가 북을 둥둥 두드리자 차솥에서 뿅 하고 꼬리가 돋아났고 뒤이어 앞다리, 뒷다리, 마지막으로 너구리의 얼굴이 나타나자 인간 녀석들이 환호성을 질렀어.

"오오, 꽤 재미있는걸."

사루로쿠는 언제 배가 아팠냐는 듯이 멀쩡히 곰방대를 피우며 무대 위에서 춤추는 차타로를 보고 감탄했어. '정말 태평한 녀석이야'라고 생각하며 무대로 눈길을 향했을 때 나는 순간 가슴이 덜컥했지. 밧줄이 묶여 있는 오른쪽 삼나무줄기에 검은 그림자 같은 게 보였거든. 그러나 눈을 비비고 다시 확인했을 때는 이미 아무것도 보이지 않았어.

---

* 일본의 전통 의상으로 주로 축제 때 걸치는 겉옷.

"자, 이것으로 끝이 아닙니다!" 조베에가 다시 목소리를 높였어. "마침내 여러분께 선보이는 최고의 기술! 이 보글보글 차솥이 지금부터 줄타기를 보여드리겠습니다!"

몸이 차솥인 차타로는 재주 좋게 삼나무 줄기를 올라갔어. 그리고 인간처럼 두 다리로 서서 오른쪽 뒷다리를 밧줄 위에 얹더구나. 인간 녀석들과 우리가 지켜보는 가운데 차타로는 천천히 밧줄을 타기 시작했어. 인간들에게 한 번씩 애교를 부리는 것도 잊지 않고 밧줄 중간쯤까지 갔을 때였을까.

"자, 여러분! 주목하십시오! 지금부터 보글보글 차솥이 공중제비를 돕니다!"

둥둥둥둥. 조베가 큰북을 빠르게 두드리자 차타로는 우산을 내던지고 북소리에 맞춰 밧줄 위에서 펄쩍 뛰어오르더니 공중에서 몸을 한 바퀴 빙글 돌았어. 그 후 허공에서 가지런히 모은 뒷다리로 다시 밧줄 위에 올라서려고 한 바로 그때.

뚝.

삼나무에 묶인 밧줄이 끊어졌고, 인간들이 악 소리를 지를 새도 없이 차타로는 무대 위에 쿵 떨어지고 말았어.

"차타로!"

조베에가 곧장 북채를 집어 던지고 뛰어갔어. 그러나 차타로는 입에서 피를 흘리며 사지를 축 늘어뜨리고 있었지.

이미 늦었다는 건 지붕 위에서 봐도 훤히 알 수 있겠더구나.

그날도 한밤중이 되자 달이 하늘 꼭대기에 걸렸어.

나와 사루로쿠는 인간들이 사라지고 초롱불과 화톳불도 꺼진 무대에 올라갔지. 무대 위에 아직 또렷이 남아 있는 차타로의 핏자국을 보며 나는 무심코 한숨을 내쉬었어.

"차타로에게는 오히려 다행이었을지도."

"와타, 그게 무슨 뜻인가?"

사루로쿠는 끊어진 밧줄을 주워 들며 물었어.

"차타로는 공연을 마치고 아카지리다이라에 가겠다고 했네. 만약 쇼조 옹 앞에서 모든 것을 털어놓았다면 갖은 고문을 당하고 죽었을 터. 그보다 사고로 이렇게 단숨에 죽는 편이……."

"사고라고?" 사루로쿠는 끊어진 밧줄의 끝부분을 나를 향해 내밀었어. "여길 잘 보게, 와타. 이래도 사고라고 할 건가? 여기에 칼 같은 걸로 자른 흔적이 있지 않나."

끊어진 밧줄의 끝부분. 사루로쿠의 말대로 정말 그곳에는 잘린 흔적 같은 게 보였어.

"차타로는 살해된 거야."

그 말을 듣고 온몸에 소름이 돋았지.

"그, 그게 무슨 말인가, 사루로쿠. 누구에게 살해됐다는 거야?"

내 물음에는 답하지 않고 사루로쿠는 다시 그 곰방대를 꺼내 부싯돌로 딱딱 소리를 내며 불을 붙였어.

"이제야 이런저런 것들이 하나로 이어지는군."

달빛 아래로 지네풀 연기가 천천히 피어올랐어.


## 06

그 후 우리는 밤새도록 산길을 걸어 아카지리다이라에 돌아갔어. 하루에 5리를 왕복하는 건 우리 원숭이들에게도 힘든 일이지만 사루로쿠는 오히려 갈 때보다 더 힘차게 가지와 가지 사이를 풀쩍풀쩍 뛰어다니고 가끔은 "요호오!" 같은 정체불명의 고함을 지르기도 했지. 아마 지네풀의 효력 때문 아니었을까.

그렇게 흥분이 극에 달했다가 갑자기 실이 끊어진 인형처럼 늘어지는 것 또한 지네풀의 무서운 점이지. 쇼조 저택의 행랑채 '221의 을'에 도착하자마자 사루로쿠는 풀쩍 쓰러져 그대로 죽은 것처럼 잠들어버렸단다. 나도 얼마 안되어서 눈을 붙이며 이 자극적인 하루의 막을 내렸고.

다음 날 아침, 사루로쿠는 나보다 먼저 일어나 툇마루에서 물구나무서기를 하고 있었어. 사건의 진상에 대해 물었지만 전날과 달리 그는 내게 아무것도 알려주지 않았지.

"좋은 아침입니다."

에테사쿠가 아침밥을 가져온 게 아마 그 직후였을 거야. 상을 든 손이 왠지 위태위태해 보였지.

"에테사쿠, 그렇게 장갑 같은 걸 끼고 있으면 상을 엎을 수도 있지 않겠나."

사루로쿠가 지적했어.

"아뇨. 그럴 일은 없습니다. 그보다 어젯밤에 늦게 돌아오셨지요? 수확은 있었나요?"

"그래, 있었지. 그렇지 않은가? 와타."

나는 어정쩡하게 고개를 끄덕였어.

"자, 에테사쿠. 식사를 마치면 진흙 늪 앞에 모든 이들을 불러 모으라고 쇼조 옹에게 전해다오."

그리하여 진흙 늪 앞에 쇼조 옹의 수하들이 모였어. 모든 것을 집어삼킬 것 같은 깊은 늪 너머로 보이는 난텐마루가 살던 오두막의 잔해. 그곳에는 검게 그을린 기둥만 하나 서 있고 그 밖에는 거의 잿더미였어.

"아오고케, 오두막이 폭발한 원인은 알아냈나?"

사루로쿠가 묻자 아오고케는 거칠게 콧숨을 흥 내쉬었어.

"화약이야."

"그건 나도 아네. 하지만 화약이라는 건 자고로 열이 있어야 폭발하는 법. 그 열을 어떻게 마련했는지를 묻는 거야."

그러자 아오고케는 아무 대답도 하지 못했어.

"……정말 한심한 원숭이들뿐이군. 자, 내가 가르쳐주지. 바로 망원경의 렌즈를 사용한 걸세."

"레엔즈?"

"망원경에 달린 유리 부품이지. 그걸 이용하면 빛을 한곳에 모아서 뜨겁게 달굴 수 있네. 오두막 내부의 햇빛이 닿는 곳에 그걸 두고, 빛이 모이는 곳에 화약을 뿌려둔다. 그렇게 하면 해의 각도가 맞을 때 화약이 폭발하는 거야."

나를 비롯한 모두가 아연실색한 얼굴로 사루로쿠의 설명을 들었어. 사루로쿠가 있던 오두막 창문 부근에서 반짝거리던 것도 아마 그 렌즈라는 것이었겠지.

"오오, 오오……."

쇼조 옹은 얼굴이 벌겋게 달아올라 몸을 부르르 떨었어.

"가여운 난텐마루. 살해된 것으로 모자라 그런 괴이한 수법으로 사는 곳까지 폭파되다니…… 사루로쿠, 대체 어떤 놈 짓인가? 얼른 그 녀석의 이름을 대게. 내가 아는 가장 고통스러운 방법으로 그 녀석을 처형할 테니!"

쇼조 옹이 잔인한 본성을 고스란히 드러내자 모든 원숭이들이 벌벌 떨었어.

"쇼조 옹, 침착하십시오. 지금부터 차근차근 설명하지요. 우선 난텐마루를 원망하던 자가 누구였는지를 떠올려야 합니다. 난텐마루가 예전에 자기 대신 희생양 삼은 도치노스케라는 너구리를 아십니까?"

"그래, 알다마다. 난텐마루가 저택 밖에 사는 녀석들에게 자신이 죽은 것처럼 연출하기 위해 이용했던 너구리 아닌가. 그리고 그 죽음에 신빙성을 부여하려고 '원숭이와 게의 싸움'이니 뭐니 하는 옛날이야기를 만들어 퍼뜨렸지. 정말 영리한 원숭이였어, 난텐마루는."

"바로 그 도치노스케의 아들 도치마루가 난텐마루를 원망하고 있었고, 난텐마루가 이 저택에 산다는 소식을 접하고 복수를 계획한 겁니다."

"뭐?"

또다시 송곳니를 드러내는 쇼조 옹 옆에서 헷 하는 웃음소리가 들렸어. 아오고케였지.

"너구리인 도치마루라면 나도 어제 만나고 왔어. 하지만 그 녀석들은 밤새도록 배 북을 두드렸다고 하던데. 그 것도 몰랐나? 멍청이 자식."

"멍청이라고 부르는 건 자유지만 모든 가능성을 검토하고 나서 불러도 늦지 않겠지. 이를테면 너구리들의 교환 범죄라거나."

사루로쿠는 아오고케를 날카롭게 한 번 흘겨보고 쇼조 옹을 비롯한 그곳에 있는 원숭이들에게 도치마루와 차타로의 교환 범죄 과정을 설명했어. 실제로 다테바야시에 가서 토끼 간타가 살해된 사실을 파악한 것. 차타로를 추궁

해 그가 계획에 따라 차솥으로 둔갑한 후 난텐마루의 오두막에 몰래 들어갔다고 자백했다는 것까지.

"말도 안 돼!"

그렇게 소리친 건 무기 영감이었어.

"설마 내가 자네에게 들려준 '딱딱산' 이야기가 그렇게 난텐마루와 연관되어 있었다니."

"그, 그런 건 아무래도 상관없네!"

쇼조 옹이 뒷발로 땅바닥을 쿵쿵 굴렀어.

"그 차타로라는 너구리 놈은 지금 어딨지? 왜 데려오지 않았나?"

"죽었습니다."

사루로쿠보다 먼저 내가 입을 열었지. 그리고 차타로는 보글보글 차솥 공연 도중에 밧줄에서 떨어졌다는 이야기도 전했어.

"죽었다니." 쇼조 옹은 하늘을 올려다봤어. "천벌이 내렸나 보군. 둔갑술로 원숭이를 죽인 분수도 모르는 너구리에게."

"그렇게 단정 짓기는 아직 이릅니다."

사루로쿠가 단호하게 말했어.

"차타로가 탔던 밧줄을 저와 와타가 자세히 조사했지요. 그랬더니 그 밧줄에는 칼에 잘린 자국이 있었습니다. 차타로는 누군가에게 살해당한 겁니다."

"살해당했다고? ……허허, 그런 짓을 하는 너구리이니 다른 곳에서도 원한을 샀나 보구나."

"차타로는 다테바야시의 인간들에게 인기가 많았습니다."

쇼조 옹의 말에 반박한 건 나였어.

"차타로를 보려고 멀리서도 찾아오는 인간들 덕분에 다테바야시가 번성했다더군요. 자신들에게 이익을 가져다주는 차타로를 인간이 죽였을 리는 없습니다."

"와타의 말이 맞습니다. 아무튼 그래서, 인간 이외에 날붙이를 다룰 수 있는 생물이라면 원숭이가 있겠지요. 물론 원숭이나 인간으로 둔갑한 너구리도 할 수는 있었겠지만 너구리끼리 서로 죽일 이유는 없을 겁니다."

사루로쿠의 말에 순식간에 그 자리에 긴장감이 흘렀어. 여기서부터는 나도 알지 못하는 사루로쿠의 추리가 시작된 거야.

"원숭이가 차타로를 죽였다고? 이유가 뭐지? 그 녀석이 벌써 난텐마루의 원수를 갚아줬다는 건가?"

"쇼조 옹은 이미 아시겠지만 난텐마루의 원수를 갚기 위해 굳이 다테바야시까지 갈 만한 원숭이는 아카지리다 이라에 없습니다. 오히려 반대지요. *바로 그 원숭이가 난텐마루를 정말로 죽인 녀석입니다.*"

원숭이들은 모두 말문이 막혔고 사루로쿠가 설명을 이

어갔어.

"어제 오두막에 잠입하는 데 성공한 차타로는 차솥 모습으로 난텐마루를 죽일 기회를 가만히 노리고 있었습니다. 그리고 원숭이 술 축제가 끝나 오두막에 돌아온 난텐마루가 잠들어 슬슬 죽여야겠다고 생각했을 때 또 다른 원숭이 한 마리가 그 오두막에 들어온 겁니다. 차솥이 너구리일 줄은 생각도 못 한 그 녀석은 아무도 보지 않는다고 판단하고 조금 전에 말한 그 화약 장치를 설치하기 시작했습니다. 아침이 되어 해가 하늘에 떴을 때 오두막째로 난텐마루를 날려 보낼 수 있을 거라 믿었겠지요."

사루로쿠는 혀로 입술을 쓱 핥았어.

"그러나 그 녀석이 장치를 설치하고 있을 때 난텐마루가 눈을 떴습니다. 오두막에 침입한 녀석의 심상치 않은 살기에 난텐마루는 생명의 위험을 느껴 도움을 청하려 했겠지요. 그 녀석은 필사적으로 몸싸움을 벌인 끝에 결국 난텐마루를 목 졸라 죽였지만, 그때의 충격으로 모처럼 설치해둔 렌즈의 위치가 어긋나고 말았습니다."

"말도 안 돼." 나는 무심코 끼어들고 말았어. "차타로는 자기가 죽였다고 했는데."

"확실한가? 그저 '도치마루의 계획에 동참했다'라고 한 게 아니고?"

사루로쿠를 비롯한 원숭이 수십 마리의 눈길을 받으며

나는 다테바야시의 그 간장 냄새가 나는 오두막 뒤에서 있었던 일을 떠올렸어. 그때 차타로는 분명 '난텐마루를 죽였다'라고 확언하지는 않았지. 그러기는커녕……

"당신과 함께 아카지리다이라에 갈게. 가서 *진실을 말할게*'. 차타로는 그런 말을 했었던 것 같은데."

그건 '내가 죽였다고 자백하겠다'가 아닌, '내가 목격한 *진짜 살인범에 대해 말하겠다*'라는 뜻이었던 거야.

"차솥으로 둔갑해 쇼조 저택에 잠입한 것만으로도 쇼조 옹의 노여움을 살 건 분명하니까. 자네를 따라가겠다고 하는 데만도 그만한 각오가 필요했을 거야."

그때 내 머릿속에 사루로쿠의 추리를 뒷받침할 만한 사실 하나가 더 떠올랐어. 차타로는 언젠가 조베와 함께 이세 신궁 참배를 가는 게 자기 꿈이라고 했지. 꼭 다테바야시에 다시 돌아올 수 있을 것처럼 말해서 나는 안타까운 마음이 들었지만, 차타로는 정말 다시 돌아올 생각이었던 거야. 어차피 그를 죽인 건 자기가 아니니까.

"잠깐, 잠깐만."

아오고케가 어이가 없다는 듯 끼어들었어.

"사루로쿠, 넌 중요한 걸 잊었어. 평소 진흙 늪에는 배가 한 척밖에 없지. 원숭이 술 축제가 끝나 난텐마루가 돌아온 이후라면 배는 섬 쪽에 대어져 있었을 터. 하지만 또 한 척의 배에 진흙이 묻어 있지 않은 건 어제 너도 확인하지 않았나? 난텐마루를 죽였다는 그 녀석은 어떻게 섬으로 건너갔지?"

"아아, 그래. 자, 모두 이쪽으로 오시지요."

사루로쿠는 늪 동쪽 가장자리를 따라 걷다가 떡갈나무가 있는 곳에서 멈춰 섰어. 그곳에는 둘둘 말린 밧줄이 놓여 있었지.

"조금 전에 이곳에 가져다 달라고 했네."

"하하, 정말 바보 같군. 밧줄 따위를 써서 섬으로 건너갔다고? 저 검게 그을린 기둥을 향해 밧줄을 던지기라도 했다는 건가?"

"오히려 너무 단순해서 후보에서 제외되어 있었지."

사루로쿠는 밧줄 끝을 잡고 떡갈나무를 쓱쓱 올라가더니 제법 높은 위치의 줄기에 밧줄을 단단히 묶고 다시 내려왔어. 그리고 밧줄의 다른 쪽 끝을 들어 아오고케에게 건네더구나.

"자네, 이 밧줄 끝을 손에 쥔 채로 진흙 늪을 한 바퀴 돌아보게."

아오고케는 언짢아 보였지만 쇼조 옹이 누런 눈으로 노려보고 있어서 사루로쿠가 시키는 대로 진흙 늪을 한 바퀴를 돌아왔어. 밧줄 길이가 충분해 늪을 한 바퀴 돌아도 남을 정도였지.

"수고했네."

사루로쿠는 아오고케에게 밧줄을 받아 들고 다시 떡갈나무에 올라가 밧줄을 끌어당겼어. 그러자 이게 웬일일까. 밧줄이 섬에 있는 검게 그을린 기둥에 딱 걸리더니 떡갈나무에서 섬까지 밧줄이 이어진 거야. 늪 속을 거쳐 온 탓에 밧줄에는 진흙이 잔뜩 묻었지만.

"지금은 오두막이 타버렸기 때문에 의지할 수 없겠지만 오두막에 있었다면 차양 같은 곳에 걸려 확실한 건널목이 되겠지. 우리 원숭이들은 너구리와 달리 밧줄 같은 건 쉽게 건널 수 있지 않나. 그리고 그 밧줄은 난텐마루를 죽이고 이곳에 돌아온 후 늪에 가라앉혀 버리면 그만이고."

"이, 이런 짓을 원숭이 술을 잔뜩 마시고 취한 상태에서 했다고?"

"아니야!" 쇼조 옹이 버럭 외쳤어. "아무리 마셔도 취하지 않는 녀석이 있지 않나!"

그러자 모든 원숭이의 눈길이 그에게 향했어. 그는 바로 무기 영감이었지.

"무기 영감, 그러고 보니 난텐마루는 평소에 먹다 남은 과일 같은 걸 던지며 영감을 바보 취급했다지?"

"잠깐, 잠깐만. 난 그때 분명 취하지는 않았지만 밤새도록 술을 마셔 지친 상태였네. 내 방에 들어가자마자 바로 곯아떨어졌다고."

"무기 영감은 불가능합니다."

사루로쿠는 천으로 목에 매단 무기 영감의 팔을 천천히 가리켰어.

"아무리 원숭이라도 팔뼈가 부러진 상태에서 밧줄을 타고 섬에 건너갈 수는 없겠지요."

"그럼 누구 짓이라는 건가! 얼른 알려주게!"

쇼조 옹이 몰아붙이자 사루로쿠는 마침내 입을 열었어.

"또 있지 않습니까. 그날 취하지 않았던 원숭이가."

사루로쿠의 눈길이 향한 곳에는 하얀 장갑을 낀 작은 원숭이가 있었지.

"에테사쿠……, 자네가……?"

쇼조 옹이 너무나 뜻밖이라는 듯이 중얼거리자 사루로쿠는 서서히 고개를 끄덕였어.

"모든 가능성을 하나씩 없애고 마지막에 남은 것이 바로 진실입니다. 그게 아무리 터무니없고, 뜻밖이더라도 말이지요."

"아닙니다, 사루로쿠 씨. 전……."

"생각해보면 어제 너구리들이 있는 곳으로 가는 길에 난 자네에게 추리를 들려줬지. 반짝거리는 차솥이 너구리였음을 알게 되자 자네는 매우 놀랐을 거야. 그래서 자네는 우리와 헤어진 후 다시 몰래 우리를 쫓아와 다테바야시에 가서 토끼 간타에게 형을 살해당한 너구리를 찾았네. 아마 와타와 차타로의 대화도 전부 엿듣지 않았을까."

난 그 당시를 떠올렸어. 그러고 보니 그때 간장 나무통 뒤에서 뭔가가 덜컥거리는 소리가 들렸지. 공연 무대 옆 삼나무를 내려가던 검은 그림자도……

"아닙니다. 전 다테바야시 같은 곳에는……."

"에테사쿠, 보다시피 이런 방법을 써서 밧줄을 걸면 밧줄에는 진흙이 반드시 묻고 마네. 그 말은 곧 이 밧줄을 타고 건넌 녀석의 손에도 남아 있다는 뜻이지. 증거가."

사루로쿠의 말이 채 끝나기도 전에 주변에 있는 원숭이들이 에테사쿠를 제압하고 장갑을 벗겼어. 그의 작은 손에는 흰색과 녹색이 뒤섞인 진흙이 잔뜩 묻어 있었지.

그 모습을 보며 사루로쿠는 곰방대를 입에 물고 부싯돌로 딱딱 소리를 내어 불을 붙였어. 지네풀 연기가 뿌옇게 피어오르기 시작했지.

"에테사쿠의 아버지는 오래전 밖을 거닐다 뒷다리를 총에 맞았다고 들었습니다. 그 일 때문에 결국 1년 전 목숨을 잃었고요. 그때 총을 쏜 원숭이가 바로 난텐마루였던 것입니다."

"아악!" 원숭이들 아래에 깔린 에테사쿠가 소리쳤다. "그래! 난텐마루! 그런 원숭이는 죽어야 마땅해! 하지만…… 그, 그러니까……."

"할 말이 더 남았나?"

"난 난텐마루를 목 졸라 죽이지 않았어! 그저 산 채로 날려버리려고 망원경 렌즈를 설치한 다음에 곧장 오두막에서 나갔다고! 그런데 오늘 아침이 되어도 화약이 터지지 않았고, 걱정되는 마음에 확인하러 갔을 때는 이미 죽어버린 난텐마루의 모습이……."

악귀처럼 얼굴이 일그러진 쇼조 옹을 향해 에테사쿠는 필사적으로 호소했어.

"난 그를 죽이지 않았어! 누군가 다른 놈이 내가 설치한 장치를 옮기고 난텐마루를 죽인 거야!"

"볼썽사납구나, 에테사쿠."

"아니야! 거짓말이 아니야!"

"데려가랏!"

쇼조 옹이 호령하자 에테사쿠는 원숭이들에게 붙잡혀 어디론가 질질 끌려갔어. 쇼조 옹은 슬픈 얼굴로 그 모습을 끝까지 지켜봤고.

그날 이후 에테사쿠의 모습은 볼 수 없었고, 나와 사루로쿠는 며칠 후 쇼조 옹의 저택을 뒤로했지.

자, 이걸로 이 이야기는 끝이란다.


# 07

응? 아직도 잠이 안 온다고?

……뭐? 에테사쿠가 난텐마루를 죽인 걸 믿을 수 없다고? 아가야, 사루로쿠의 말처럼 모든 가능성을 하나씩 없애고 마지막에 남은 게 바로…… 응?

……흐음, 사루로쿠가 추리한 대로 화약과 렌즈를 설치하는 동안 눈을 뜬 난텐마루를 죽였다면 렌즈 장치를 그대로 둘 이유가 없다고? 복수는 이미 끝났으니 굳이 오두막을 폭발시킬 필요도 없이 난텐마루의 사체가 발견될 때까지 그저 가만히 기다리기만 하면 된다고? 그래, 그렇구나. 듣고 보니 네 말이 맞는구나.

…………

……정말 영리한 아이로구나.

그래, 솔직히 다 털어놓으마. 그날 사루로쿠의 추리를 처음 들었을 때는 이 할아비도 거기까지는 생각이 미치지 못했단다. 사루로쿠가 너무 자신만만했고, 원숭이들은 그런 사루로쿠를 오롯이 믿고 흥분했으니까.

하지만…… 쇼조 옹의 저택을 떠나 여행을 이어가며 기회가 있을 때마다 사건을 돌이켜보다가 조금씩 이상한 점들을 깨닫기 시작했지.

아가야, 혹시 그 이상한 게 뭔지 알겠느냐?

……흐음. 에테사쿠의 마지막 고백이 정말 사실이라면 에테사쿠가 밧줄을 타고 섬에 건너가 화약과 렌즈를 설치하는 모습을 차솥 상태인 차타로가 목격했다는 말이 되

지. 너구리들이 사는 곳에 가다가 사루로쿠의 추리를 듣고 그걸 깨달은 에테사쿠는 목격자인 차타로를 죽일 동기가 생긴 거야. 그러니 에테사쿠가 우리 뒤를 따라와 다테바야시에 가서 공연에 쓰이는 밧줄을 잘라 차타로를 죽인 건 사실이겠지. 이상한 건 그보다 전에 일어난 일이란다.

……그래, 에테사쿠가 설치한 장치는 에테사쿠가 계획한 시간에 작동하지 않았지. 그건 곧 에테사쿠가 렌즈를 설치하고 사라진 후 다른 누군가가 오두막에 들어가 난텐마루를 목 졸라 죽였다는 말일 테고, 그때 벽에 몸이 부딪히거나 해서 렌즈 위치가 어긋나버렸겠지. 난텐마루를 목 졸라 죽인 그 녀석은 뒤늦게 자신보다 먼저 난텐마루를 폭발로 오두막째 날려서 죽이려 한 자가 있었다는 걸 깨닫고 렌즈를 원위치로 되돌렸어. 그래서 에테사쿠가 계획한 시간보다 훨씬 나중에야 오두막이 폭발해버린 게야.

그런데 뭔가 이상하지 않니? 난텐마루를 목 졸라 죽인 그 녀석 또한 밧줄을 사용했다면, 그 녀석의 손에도 진흙이 묻어 있어야……

그래, 아가야, 잘 발견했다.

손에 묻은 진흙을 숨기려면 장갑 같은 걸 껴야겠지만, *장갑에 묻은 진흙은 그 장갑을 버리면 쉽게 인멸할 수 있지.* 자기 입으로 먼저 '잃어버렸다'라고 떠들어두면 장갑이 없어진 것도 별다른 의심을 사지 않을 테고.

그는 원체 똑똑한 원숭이였단다. 난텐마루를 원망하는 이들은 저택 안팎에 산더미처럼 많았고, 쇼조 옹은 자신을 의지하고 있으니 나중에 누구에게든 죄를 덮어씌울 수 있겠다고 생각하지 않았을까. 오두막에서 이것저것 조사할 때 녀석은 차타로가 차솥으로 둔갑한 것과, 에테사쿠가 자기보다 조금 일찍 오두막에 들어와 렌즈 장치를 설치하고 나간 것도 모두 깨달았겠지. 죄를 덮어씌울 상대는 에테사쿠로 한다 해도 자신이 난텐마루를 죽이는 걸 목격한 그 차솥 너구리는 어떻게든 해야 했어. 그래서 그는 너구리가 사는 곳에 갔지만, 상황은 그가 생각한 것보다 좀 더 복잡했지. 너구리 녀석들이 계획한 건 교환 범죄였으니까. 그래서 차솥으로 둔갑한 너구리를 찾으러 이번에는 다테바야시까지 가야만 했고. 뭐 그가 수수께끼 풀이를 좋아했던 건 사실이니 그런 상황을 즐겼던 건 분명하겠지만.

　……그래, 네 말대로 그 복통도 꾀병이었을 수 있겠지. 자신이 난텐마루를 죽이는 모습을 차타로가 목격한 상황. 그러니 그는 차타로와 얼굴을 마주해서는 안 됐을 거야. 차타로가 내 앞에서 '이놈이 죽였다'라고 그를 지목하기라도 하면 모든 게 물거품이 되어버릴 수 있으니까. 녀석은 나를 기다리며 차타로를 어떻게 죽일지를 떠올리고 있었을 게 분명해. 하지만 그럴 때 아카지리다이라에서 몰래 따라온 에테사쿠가 차타로의 밧줄을 대신 잘라줬으니 수

고를 던 셈이지.

그나저나 차타로는 교환 범죄에 가담하기는 했지만 아무도 죽이지 않고 그 입만 봉인당했으니 이 얼마나 가엾은 너구리니.

응? 하품을 하네. 이제는 슬슬 졸리는 모양이구나.

……뭐? 왜 죽였냐고?

아가야, 기억하니? 원숭이와 게의 싸움의 진실을. 난텐마루가 '밤'에 빗댄 부나조라는 원숭이가 있었지. 인간 마을에서 총을 훔쳐 와 직접 총을 만들었다는 그 원숭이 말이다. 그가 아이린이라는 이름의 어여쁜 아내를 맞이하기로 했다는 것도 알고 있지? ……실은 오래전 가끔 더워서 잠들기 힘든 밤에 사루로쿠가 잠꼬대를 하는 걸 들은 기억이 있단다. "아이린, 아이린" 하는 잠꼬대를.

……쇼조 옹 저택에 처음 갔을 때 부나조를 혼내준 수하들에게 들키지 않았느냐고? 너도 알다시피 사루로쿠는 많이 야위어 있었단다. 아마 혼이 난 뒤에 피폐해져 체형이 바뀌어버렸겠지. 게다가 그는 얼굴 윗부분이 짓무른 것처럼 새빨갛다고 했지? 그것도 아마 생김새를 바꾸려고 스스로 그렇게 만들었을 수 있지. 물론 화약을 써서 말이야. 그러고 보면 망원경 렌즈 설치도 화약 같은 것에 정통하지 않으면 알기 어렵지 않겠니?

화약 이야기가 나온 김에 하나만 더. 아가야, 혹시 기억하니? 부나조는 자기가 만든 화약을 너무 사랑한 나머지 밥에 섞어 먹는 이상한 버릇이 있었다는 걸. 사루로쿠가 좋아했던 지네풀은 온천물과 쇳녹이 섞인 듯한 묘한 냄새가 난다고 했지? 그 녀석이 끊임없이 지네풀을 피워댄 것도 아마 이제는 손에 넣을 수 없게 된 화약이 그리워서였는지 몰라.

물론 이 할아비가 직접 확인한 건 아니란다. 그 녀석은 내 친구였으니 그런 식으로 의심하기는 역시 마음이 켕겼거든.

사루로쿠는 지금 어디서 뭘 하느냐고? 흐음, 그게 아마 가이˚ 부근의 산속이었나. 어느 날 눈을 뜨니 내 옆에서 사라지고 없더구나. 그날 이후로는 한 번도 만나지 못했고.

그러고 보니 정말 지금쯤 어디서 뭘 하고 있을지.

후후, 아가야. 왠지 지금 할아비 귀에 녀석의 목소리가 들리는 것 같구나.

'와타, 그러니 난 탐정 따위가 아니라고 줄곧 말했지. 탐정은 살생을 저지르지 않는다네'라는 목소리가.

……응? 바로 조금 전까지만 해도 깨어 있더니 언제 잠들었니?

잠든 얼굴이 정말 사랑스럽구나.

˚ 아마나시현의 옛 지명.

그건 그렇고 우리 손자, 정말 대단하다. 할아비가 넌지시 숨긴 이야기 속 진실을 이런저런 단서의 파편을 주워 모아 이렇게 훌륭히 맞힐 줄이야. 너야말로 이 옛날이야기의 진짜 명탐정이라고 해도 되지 않을까.

나도 그동안 우여곡절이 많았지만, 이제는 이렇게 귀엽고 영리한 손자를 둔 할아버지 원숭이가 됐으니 행복하다고 할 수 있겠지.

경사로세, 경사로구나.

## 🌿 역자 후기 🌿

 근래 일본 미스터리 소설계의 출간 경향을 보면 정말 각양각색의 독특한 설정을 가진 작품들이 출간되고 있다는 것을 알 수 있습니다. 추리 소설 고유의 양식에 치중한 본격 미스터리와 작품의 주제와 메시지에 중점을 둔 사회파 미스터리의 치열한 대결이 펼쳐진 60, 70년대의 황금기를 거쳐 80년대 후반 아야쓰지 유키토의『십각관의 살인』출간 이후 1세대 본격 추리 소설 작가들에 의해 펼쳐진 '신본격 미스터리 붐'을 두 번째 황금기라 한다면,『시인장의 살인』,『영매탐정 조즈카』등 '특수 설정 미스터리'로 대표되는 베스트셀러들이 속속 나오며 80, 90년대생 젊은 작가들의 활약이 돋보이는 지금은 가히 미스터리 소설의 제3의 황금기라 부를 만합니다. 2010년대 후반부터 지금까지 이어지는 이 시기의 작품군에서 유독 눈에 띄는 것이 바로 독자들의 눈길을 사로잡는 작품 고유의 '설정' 즉, 콘셉트에 치중하는 경향을 보인다는 것입니다. 추리 소설로서의 최종적인 완성도도 중요하지만, 그 이전에 독자가 궁금한 마음에 자연스럽게 책을 손에 들게 하는 매력적인 설정과 콘셉트를 갖췄는지가 중요한 평가 요소로 자리 잡게 된 것입니다. 늘 그래왔듯 그 경쟁은 매우 치열하게 전개되고 있으며 개중에는 매력적인 스토리 설정 하나만으로 성공한 작품이 있는가 하면, 완성도는 뛰어나도 독자의 눈길을 사로잡는 '한 방'이 없어 소리소문없이 묻히는 작품도 많습니다. 예나 지금이나 두 마리의 토끼를 다 잡는 것은 언제나 어려운 법이고 그런 상황에서 어떤 작품이 콘셉트, 완성도, 판매량을 모두 거머쥐며 단권을 넘어 훌륭한 시리즈로 자리 잡는 것은 업계의 축복이라 할 수도 있을 것입니다. 그 대표적인 사례로 꼽을 수 있는 것이 바로 이 작품『옛날 옛적 어느 마을에 역시 시체가 있었습니다』를 포함한 아오야기 아이토의 '전래 동화×본격 미스터리' 시리즈입니다.

시리즈 1권인『옛날 옛적 어느 마을에 시체가 있었습니다』는 일본에서 누구나 알 만한 유명 전래 동화 다섯 편을 '밀실 살인', '알리바이 트릭', '다잉 메시지', '도서倒叙 추리', '후더닛Who done it' 등 추리 소설의 단골 클리셰들을 넣어 누구나 흥미진진하게 읽을 수 있는 미스터리 소설로 재탄생시킨 작품입니다. 2019년 일본에서 출간 이후 남녀노소를 가리지 않고 누구나 즐길 수 있는 대중성 있는 이야기와, 미스터리 핵심 독자들도 만족할 만한 추리적 재미도 놓치지 않았다는 호평을 받으며 독자의 관심과 인기를 불러 모았고, 2019년 '서점대상' 후보를 비롯한 각종 연말 미스터리 랭킹의 상위권에 오르며 작품은 출간 1년 만에 판매 부수 10만 부를 훌쩍 뛰어넘는 기록을 써냈습니다. 독자의 열화와 같은 성원에 힘입어 출간된 시리즈 2권 『빨간 모자, 여행을 떠나 시체를 만났습니다』는 일본을 넘어 전 세계적으로 유명한 서양 전래 동화들을 밑바탕으로 하여 독자 접근성을 한층 높였고, 탐정 캐릭터로 등장하는 '빨간 모자'가 여러 사건을 차례차례 해결하며 마지막에 하나의 거대한 목표를 향해 가는 연작 단편집의 구성을 훌륭히 살렸다는 평가를 받으며 향후에도 이어질 '전래 동화×본격 미스터리' 시리즈의 기반을 단단히 다졌습니다. 그 뒤 얼마 안 되어서 출간된 시리즈 3권 『옛날 옛적 어느 마을에 역시 시체가 있었습니다』는 다시 일본 전래 동화로 돌아가 이번에는 자칫 너무 치중했다가는 마니악해질 수 있는 추리 소설의 클리셰를 넘어 '다섯 명의 청혼자가 가져오는 다섯 가지 신비한 물건', '반복' 등 미스터리로 흥미롭게 재구축할 수 있는, 이야기 자체의 설정이 뛰어난 다섯 편의 전래 동화를 소재로 삼았습니다. 이번 속편을 한마디로 표현하자면 더욱 독하고, 영리하고, 아기자기해졌다고 할 수 있는데, 특히 여러 귀여운 동물 캐릭터들이 등장해 아기자기한 재미를 주면서도 추리 소설로서의 완성도는 전작들을 넘어설 만큼 뛰어나고, 또 단순한 '권선징악'을 넘어서 자기 욕망에 충실한 등장인물의 성공과 몰락, 동시에 심리 묘사를 통해 독자에게 다양한 독후감을 선사하는 묘미도 여전한, 모범적인 속편이라할 수 있습니다.

작가 생활 이전에는 학원 수학 강사로 활동했던 작가는 늘 자신이 예전에 가르쳤던 중학교 2학년 여학생을 독자로 상정해 작품을 쓴다고 합니다. '책 읽기를 워낙 싫어했던 그 아이가 재미있게 읽을 수 있는 책이라면 성공'이라는 하나의 목표를 가지고 미스터리를 잘 모르는 독자, 추리 소설이라면 왠지 어렵게 느끼는 독자도 가볍게 책을 집어 들고 '미스터리 소설이라는 게 이렇게 재밌구나'라고 느낄 만한 작품을 쓰고 싶다고 어느 인터뷰에서 밝힌 바 있습니다. 그 인터뷰를 읽으니 독자의 폭넓은 지지를 받으며 어느덧 시리즈 판매 누계 30만 부를 넘어선 이 '전래 동화×본격 미스터리' 시리즈의 성과가 허투루 만들어진 게 아니라는 느낌을 받았습니다. 더 놀라운 것은 작가의 엄청난 의욕과 집필 속도입니다. 아오야기 아이토 작가는 이 시리즈뿐만 아니라 다른 여러 작품도 속속 내놓으며 일본 미스터리 소설계에서 현재 가장 주목받는 젊은 작가 중 하나로 활발하게 활동하고 있는데, 이 후기를 쓰고 있는 2022년 8월에 다시 서양 동화를 소재로 한 시리즈 4권이 현지에서 이미 잡지 연재를 마치고 출간을 기다리고 있는 상황입니다. 2권에 이어 4권에서도 '빨간 모자'가 탐정으로 등장하고 이번에는 조수, 즉 왓슨 역으로 '피노키오'가 나온다는 흥미로운 소식도 들립니다. 또 시리즈 2권 『빨간 모자, 여행을 떠나 시체를 만났습니다』는 무려 넷플릭스 영화화가 결정되어 2023년 전 세계에 공개될 거라고 합니다. 무궁무진한 작품 소재와 작가의 필력이 맞물린 이 축복 같은 시리즈가 앞으로도 우리나라를 비롯한 전 세계 독자의 사랑을 받으며 꾸준히 이어져나가는 모습을 여러분과 함께 지켜보고 싶습니다.

2022년 겨울
이연승

# 옛날 옛적 어느 마을에 역시 시체가 있었습니다

1판 1쇄 인쇄 2022년 11월 30일
1판 1쇄 발행 2022년 12월 16일

지은이 아오야기 아이토
옮긴이 이연승
펴낸이 김기옥

문학팀 김세화 | 마케팅 김주현
경영지원 고광현, 김형식, 임민진

표지디자인 형태와내용사이 | 본문디자인 고은주
인쇄·제본 (주)민언프린텍

펴낸곳 한스미디어(한즈미디어(주))
주소 (04037) 서울시 마포구 양화로 11길 13(서교동, 강원빌딩 5층)
전화 02-707-0337 | 팩스 02-707-0198 | 홈페이지 www.hansmedia.com
출판신고번호 제313-2003-227호 | 신고일자 2003년 6월 25일

ISBN 979-11-6007-859-6 (03830)

한스미디어 소설 카페 http://cafe.naver.com/ragno | 트위터 @hans_media
페이스북 www.facebook.com/hansmediabooks | 인스타그램 @hansmystery